Shadowmancer

El hechicero de las sombras

G.P. TAYLOR

Shadowmancer

El hechicero de las sombras

Traducción de Ismael Attrache

ALFAGUARA
JUVENIL

Título original: *SHADOWMANCER*
Publicado primero en 2003 por la editorial Faber&Faber, Ltd.

Del texto: 2003, G. P. Taylor
Del mapa: 2003, Sally Taylor
De la traducción: 2003, Ismael Attrache
De la edición: 2003, Santillana Ediciones Generales, S. L.
Torrelaguna, 60. 28043, Madrid, España.

De esta edición

ALFAGUARA

Aguilar, Altea, Taurus, Alfaguara S.A. de Ediciones
Beazley, 3860 (1437) Buenos Aires. República Argentina

ISBN: 950-511-910-0
Hecho el depósito que marca la ley 11.723
Impreso en Argentina - Printed in Argentina.

Primera edición: noviembre de 2003
Primera reimpresión: enero de 2004

Edición: Elena de Santiago
Dirección técnica: Víctor Benayas
Maquetación y diseño de interiores: Fernando de Santiago
Imagen de cubierta: Deborah Vess
Diseño de cubierta: Ghost
Tipografía de cubierta: Ruth Rowland

Una editorial del grupo **Santillana** que edita en:
España • Argentina • Bolivia • Brasil • Colombia • Costa Rica • Chile • Ecuador
El Salvador • EE.UU. • Guatemala • Honduras • México • Panamá • Paraguay
Perú • Portugal • Puerto Rico • República Dominicana • Uruguay • Venezuela

Taylor
    Shadowmancer : El hechicero de las sombras.- 1ª. ed.– Buenos Aires : Aguilar, Altea,
Taurus,
Alfaguara, 2003.
    328 p. ; 21x14 cm.- (Alfaguara juvenil)

    ISBN 950-511-910-0

    1. Literatura Infantil y Juvenil Inglesa I. Título
    CDD 828

Bahía de Runswick

Aquí hay dragones

Cuevas de trasgos

Whitby

Páramo de Hawsker

Páramo de Jugger Howe (no es un lugar para los humanos)

Baytown

El Roble Retorcido

Océano Alemán

Stregoika Manor

Molino de los Espíritus Burlones

Canteras de alumbre

Mina de alumbre

Páramo Blanco

Crags (lugar de brujería)

Vicaría

Túnel

Granja de Bell Hill

Horca de Rudda

Acantilado de las Bestias

Bosque de Wyke

Círculo de Piedras

Camino del Norte

Cueva de trasgo

Cascada de la Bahía de Wreckers

La tormenta oscura

Era una tranquila noche de octubre. En la cima del acantilado la cosecha estaba recogida y los haces de maíz permanecían apilados formando unas peculiares casitas de paja. Una brillante luna de plata iluminaba un mar en calma, y en la lejanía, la silueta del *Amistad,* un bergantín que transportaba carbón, se recortaba contra las olas. Las velas del barco parecían las banderas de un pequeño ejército preparándose para la guerra.

El fulgor de la luna llena penetraba en las profundidades más oscuras del bosque que se extendía por las cimas de los acantilados. Una figura menuda y vestida de negro, con levita y botas hasta la rodilla, caminaba con dificultad, cargada con un largo estuche negro de cuero, siguiendo tímidamente los pasos de un hombre alto y seguro de sí mismo, de largos y sueltos cabellos blancos.

No muy lejos, un zorro se escondía cuando lo despertó de pronto el pánico de un ciervo que salía del cobijo de un acebo y se internaba corriendo en la oscuridad del bosque de Wyke.

—¿Qué ha sido eso? —el hombre menudo se asustó; la voz le temblaba y no le obedecía. Se le cayó del susto el estuche de cuero y se agarró a la figura envuelta en una capa, a la que iba siguiendo muy de cerca en aquella tranquila noche de otoño—. Está ahí —chilló—. Lo veo, está en los árboles.

Su compañero le agarró una oreja.

—Cállate, Beadle —gritó—. No hace falta que te oiga todo el mundo.

El hombre menudo abrió los ojos de par en par intentando escudriñar la oscuridad y esconderse en la capa de su compañero al mismo tiempo. Beadle detestaba aquello, la valentía era cosa de los demás. La noche estaba para pasarla junto al fuego de la posada, escuchando historias de lugares remotos, noticias de la guerra en otros países y del contrabando, y bebiendo una cerveza tibia y espumosa.

Aquel lugar, el bosque de la Cima del Acantilado, era otro mundo para Beadle, donde se encontraba fuera de lugar. El bosque era morada de espíritus burlones, brujas curanderas, trasgos y zulaks. Beadle temía a los zulaks más que a ninguna otra cosa. Eran unas extrañas e invisibles criaturas de las tinieblas que asaltaban a las personas de noche, las asfixiaban con una bruma oscura y se quedaban con sus vidas. Circulaban rumores de que se metían por las ventanas abiertas y entraban en las casas para cubrir como una manta oscura a una desprevenida víctima dormida, que una vez atrapada, no podía moverse. Le quitaban las fuerzas y le llenaban la cabeza de ideas horribles y espantosas: eran los sueños de los zulaks. Dejaban a sus presas inertes, con las extremidades entumecidas y los ojos hundidos por las noches pasadas en vela temiendo su regreso.

Beadle se agarró aún con más fuerza a la capa de su compañero cuando una suave brisa movió las hojas secas de los árboles.

—¿Es una persona o son... ellos? —apenas podía pronunciar las palabras; un escalofrío le recorrió la pierna derecha, le temblaban los párpados y tenía la boca seca.

—¿Ellos? ¿Quiénes son ellos? ¿No puedes decir la palabra? ¿De qué tienes miedo?

Beadle se encogió de hombros y hundió la cara en la mohosa capa negra de su alto y enfadado compañero. "Zulaks", susurró débilmente, intentando ahogar la voz para no ser oído.

El hombre levantó las dos manos y se las llevó a la boca formando una trompeta; tomó una gran bocanada de aire y, con una voz que salía de las profundidades de su alma, bramó: "Zulaks, zulaks, zulaks". La voz retumbó por todo el bosque, el zorro salió disparado de la maleza y se internó corriendo en la espesura.

Una bandada de grajos negrísimos salió de los árboles y sus graznidos se extendieron por el cielo mientras describían círculos más allá de las ramas, danzando a la luz de la luna.

—...No —susurró Beadle, ya aterrorizado—. Por favor, padre Demurral, no pronunciéis esa palabra; os oirán y vendrán a por nosotros, lo decía mi madre...

Fue interrumpido bruscamente.

—¿Nosotros, Beadle? ¿Has dicho "nosotros"? —Demurral se irguió junto a la forma acurrucada y asustada de su criado—. Yo no temo a nada ni a nadie, pero ellos tienen todos los motivos del mundo para temerme. Esta noche, amiguito, verás quién soy en realidad y no le dirás una palabra a nadie. Yo domino a criaturas mucho más aterradoras que los zulaks. Una palabra de lo que veas esta noche y nunca te atreverás a cerrar los ojos ni querrás vivir un solo día más. Ahora muévete, tenemos cosas que hacer; un barco aguarda su destino y yo aguardo el mío.

Demurral agarró a Beadle del cuello y lo puso en pie, arrastrándolo por el camino hacia el mar. Beadle no podía oponerse, llevaba 20 años al servicio del párroco de Thorpe. Cuando cumplió 11 años lo pusieron a trabajar a cambio de un penique a la semana, alojamiento y comida incluidos, una cama en el granero, paja fresca y un domingo de descanso una vez al mes. La gente decía que había tenido suerte: era enclenque y con una pierna atrofiada. Demurral resultaba ser un amo difícil: empleaba palabras duras y tenía una mano aún más severa. A veces, Beadle se colaba al fondo de la iglesia y le escuchaba sermonear desde el púlpito y hablar de las llamas del infierno, la condenación, calderos hirvientes de sangre incandescente, serpientes y todos los horrores que aguardaban al infiel.

Beadle gruñó en voz baja:

—Rayos, truenos, maldición, menudo trabajo tengo; está muy oscuro, hace mucho frío...

Demurral lo interrumpió:

—Deja de murmurar; tenemos cosas que hacer. Mueve esa pierna un poco más deprisa. Puede que así lleguemos a la roca antes de que pase el barco —Beadle se escurrió en el barro al intentar obedecer la orden de su amo—. Ten cuidado con el estuche, he necesitado mucho tiempo y mucho dinero de mi propio bolsillo para encontrar lo que he estado buscando. Ahora, tenemos que pasar por la cascada para llegar a la roca.

Beadle sabía que Demurral no había empleado su propio dinero para comprar el estuche negro. Domingo tras domingo se lo robaba a los habitantes del pueblo, quitándoselo de los arrendamientos y del diezmo.

Se acordó de la noche en que el estuche alargado de cuero negro llegó a la vicaría. Beadle atisbó por la ranura de la puerta del estudio, que estaba ligeramente entreabierta. Era la primera vez que veía a un hombre de piel negra; nunca había llegado un comerciante semejante a aquellos lares. El encargado de la posada de Hart dijo que había llegado a Whitby en un coche de caballos, como único pasajero del bergantín *Whitehall*, que había atracado el día anterior procedente de España.

Beadle observó detenidamente cómo el hombre abría el estuche y, a la titilante luz de las velas, mostraba un largo y reluciente bastón de metal tan alto como él. A continuación, sacó del estuche una maciza piedra negra como la pez en forma de puño cerrado. Dentro de éste, clavó un puñal de plata engastado con dos fragmentos del más negro azabache.

Fue entonces cuando Beadle vio algo tan hermoso que la imagen quedó grabada en su alma para siempre. El hombre extrajo una bolsa de terciopelo negro de debajo de la capa y la dejó delicadamente en la mesa. Cuando la abrió, Beadle pudo distinguir dos alas de oro que se desplegaban en la espalda de una estatuilla. Antes de que pudiera ver más, Demurral se levantó rápidamente de la mesa y cerró de un portazo. Él y su huésped hablaron en voz queda. Beadle aplicó la oreja izquierda a la puerta y escuchó.

El visitante se dirigió a Demurral con un inglés fluido:

—He asumido muchos riesgos y recorrido muchos kilómetros para traeros esto. Tiene una magia poderosa y nada los detendrá para recuperarlo. Sois un hombre valiente, Demurral. Eso, o un necio con mucho dinero.

Beadle oyó reír a su amo.

—Soy lo que soy. Ahora tomad el dinero, marchaos y ni una palabra a nadie. No tengáis miedo de aquello que destruye el cuerpo, sino de aquello que destruye el alma —Demurral hizo una pausa y después prosiguió—: ¿Cuándo llegará el otro querubín?

El huésped de Demurral respondió en voz baja.

—No tardará mucho; no pueden estar separados. El querubín os encontrará —Beadle oyó pasos aproximándose a la puerta y se escondió detrás de la enorme cortina de la ventana del vestíbulo.

Ahora, muchas noches después, Beadle y Demurral salieron del bosque que cubría el camino del acantilado. El ruido de la cascada y el olor del mar hicieron nacer en Beadle una sensación de emoción teñida de inquietud. Demurral descendió por una escala a un lado de la catarata y llegó a la playa de guijarros. Beadle ató el estuche con una cuerda de cáñamo y se lo bajó con cuidado a su amo.

—Sí —exclamó Demurral—. Ha llegado la hora. Deprisa, ya veo las velas.

Beadle casi cayó a la playa de guijarros; no quería quedarse atrás, en la linde del bosque. Un escalofrío le recorrió la espalda y el cabello se le erizó. Podía haber zulaks por todas partes.

Demurral se dirigió a una gran roca lisa a escasa distancia de las tranquilas olas rompientes. Bajo la intensa luz de la luna las cosas adquirían un brillo plateado y azul oscuro; todo parecía muy frío.

Advirtió que la roca tenía la forma de una palma abierta, ahuecada para recibir al mar. En el centro había cavado un pequeño orificio. Tres escalones habían sido tallados en un lado de la roca; sin embargo, eran demasiado pequeños para sus pies, por lo que se encaramó a la piedra a gatas.

—¡Venga, hombre! —exclamó Demurral—. Sólo tenemos unos minutos, luego será demasiado tarde —por primera vez dejó ver a Beadle todo lo que había en el estuche—. No te acerques, esto es una tarea sagrada...

Demurral buscó el báculo dorado y colocó el mango en el orificio del centro de la roca. Era un bastón hecho con la mejor madera de acacia y cubierto de láminas de oro batido. Rápidamente enroscó en él la mano de piedra negra y depositó en ella el puñal de plata. Se arrodilló y abrió un bolsillo largo, estrecho y oculto dentro del estuche. De un paño extrajo una imagen alada de oro macizo. Beadle sonrió por la emoción. A la luz de la luna llena, la figurilla irradiaba un resplandor fantasmal.

Demurral miró a Beadle y, acto seguido, sacó la estatuilla de oro de la caja.

—Esto es un querubín. Sólo hay dos en todo el mundo. Ahora tengo uno y esta noche me haré con el otro.

Beadle contempló la bella talla que Demurral sostenía en la mano. Era del tamaño de una lechuza y tenía el rostro de un hermoso niño con los ojos de la perla más pura.

—Apártate, Beadle. Nuestra tarea va a comenzar —exigió Demurral.

Agarró el báculo dorado y colocó la mano izquierda en el puño de piedra. Levantó el querubín con la mano derecha, apuntando con él hacia el bergantín que avanzaba silenciosamente en la noche con las velas desplegadas. Beadle vio las luces roja y verde de babor y estribor balanceándose cuando el barco subía y bajaba por el ligero oleaje.

Demurral exclamó en la noche:

—¡Olas y viento, fuego y agua! ¡Trueno, rayo y granizo, oíd mis deseos, oíd mis palabras! Surgid del norte y de las profundidades. Tormenta, tempestad y viento enfurecido, haced que el barco naufrague en esta orilla, traedme el querubín.

Un único relámpago de luz brillantísima pareció salir de la boca del querubín, llegó al mar y de ahí rebotó hacia arriba hasta acercarse al cielo, produciendo un fuerte estruendo, similar al de un rayo chocando en la tierra.

Beadle saltó hacia atrás del susto, perdió el equilibrio y se cayó a la playa de guijarros, golpeándose en la espalda. Durante unos instantes se quedó quieto.

—¿Qué haces, Beadle? No hay tiempo para descansar. Levántate, levántate —dijo Demurral, enfadado.

Beadle se quedó tumbado en los guijarros y gimió en voz baja. Se llevó la mano al bolsillo de la levita y tocó la cáscara rota y la masa blanda del huevo duro y frío que iba a cenar.

Todo estaba en silencio. Ningún movimiento, sólo la misma tranquilidad de antes. El barco de vela se movía de forma majestuosa entre el oleaje, avanzando cada vez más hacia el norte.

Entonces sucedió. Al principio de manera imperceptible, luego cada vez más ruidosamente, en las profundidades del mar se oyó un cántico penetrante y agudo, que no se apreciaba con el oído, sino con el alma. Del mar negro oscuro surgió un coro de selot: gráciles, etéreas criaturas femeninas que cantaban y daban vueltas alrededor del barco, despertadas de su letargo por la llamada del sacerdote.

Se movían entre los aparejos, las velas y las sogas dando vueltas y más vueltas, ofreciendo un canto que iba cobrando intensidad. Sus cabellos verde mar flotaban tras ellas, largos y ondulados, y sus ojos ciegos contemplaban el anochecer.

Desde detrás de la roca Beadle escuchó las voces que salmodiaban en tonos cada vez más aterradores. A él le daba mucho miedo mirar desde su refugio y se tapó los oídos, intentando impedir que los cánticos de las selot lo volvieran loco.

—¿Qué están cantando? Me traspasa el cerebro como un cuchillo caliente. Decidles que paren.

Beadle escondió la cabeza en un montón de algas húmedas, con la esperanza de hundirse hasta el fondo.

—Es la canción de las profundidades. Están llamando a los muertos para que se unan al festín. Las selot no se detendrán hasta que el barco naufrague contra las rocas. Quieren un sacrificio, no clemencia —gritó Demurral haciéndose oír sobre el viento y las olas, mientras devoraba con la vista el espectáculo que tenía ante los ojos.

Con la canción, el mar se encrespaba cada vez más. Las olas iban y venían rompiendo en los acantilados de Baytown, cinco kilómetros al norte. Grandes nubes negras se juntaban en el cielo y los rayos fulminaban el oleaje.

Cuando la tormenta se encrespó, los botes de pesca amarrados en la bahía se estrellaron contra las rocas que sobresalían por encima de la marejada, junto al alto acantilado. El embarcadero del pueblo quedó inundado; hasta en la calle principal, las olas golpearon las puertas de las casas como la leva cuando buscaba hombres que llevarse a la fuerza al mar.

A causa de las embestidas de las aguas, el acantilado se desmoronó de pronto y toneladas de barro y rocas cayeron sobre las agitadas olas. Con el fragor de la tormenta las casas y tiendas de King Street se vinieron abajo y cayeron al mar. Cuando los edificios se deslizaron deshaciéndose en la vorágine, los hombres, las mujeres y los niños se despertaron bruscamente y pidieron auxilio en la oscuridad de la noche, pero sus gritos de súplica fueron ahogados por el clamor terrible del océano Aiemán.

Unas lenguas de fuego grises y azules emergieron del fuerte oleaje. Figuras fantasmales como gigantescos caballos blancos surgieron de las olas que empezaban a romper en la costa.

El firmamento se ennegreció cada vez más y una nube cargada ocultó la luna llena, mientras los relámpagos iban del cielo al mar, restallando en el agua. Uno de ellos azotó el barco: la vela mayor se partió y cayó sobre la cubierta, haciendo que la sobresaltada tripulación saliera disparada de sus hamacas.

Otra vela se estaba cayendo, partiendo la cubierta en dos y lanzando al aire astillas de madera. El barco subía y bajaba con cada ola; un hombre salió despedido y cayó al mar.

—Un disparo directo —exclamó Demurral, riendo y frotándose las manos de júbilo por lo que veía—. Un rayo más y el querubín será mío —elevó la estatuilla al cielo y entonó nuevos encantamientos—: ¡Viento, granizo, rayo, trueno y olas!

El mar se encrespó siguiendo sus órdenes; cada oleada era más alta que la anterior. Olas gigantes se abatían sobre el barco, casi tragándose al navío.

En el barco, el capitán gritaba a la tripulación:

—¡No soltéis las sogas! ¡No soltéis las sogas! ¡Nos dirigiremos a la playa! ¡Es la única posibilidad que nos queda! —giró el timón y el bergantín puso rumbo a la costa dando bandazos.

El primer oficial se enfrentó a las olas que rompían en cubierta. Se quitó de encima los aparejos deshechos, avanzó con dificultad hasta la escotilla trasera y la abrió.

Miró en la oscuridad. Allí, observándolo también, había un muchacho de piel oscura y luminosos ojos blancos.

—Toma los barriles vacíos y átate a ellos, que nos hundimos —apenas se le podía oír en medio del rugir del mar y los chillidos de las selot.

Mientras hablaba, una ola golpeó la popa del barco, arrojando al primer oficial contra el suelo de la bodega, donde una gran viga de madera se deslizó y lo aprisionó contra un armario. Quedó inconsciente y con la cabeza sumergida en el agua. El muchacho tomó los barriles y ató al primer oficial con las sogas sobrantes. Una turbia agua salada entraba por la escotilla abierta y le mojaba los pies.

—¿Estáis bien ahí abajo? —gritó el capitán, dirigiéndose a la bodega.

El mar se elevaba como una montaña enorme, cada vez más alto, cada vez más cerca. Se dio la vuelta y vio que una gran ola se cernía sobre él. Levantó al barco por la popa y lo hizo zozobrar, volcándolo, quebrándolo por el centro y lanzándolo en círculos por la corriente en dirección a la playa. El navío se estrelló contra las rocas y quedó dividido en dos partes cuando la quilla se abrió con un chasquido. El sonido de la madera partiéndose fue más fuerte que el ruido de la tempestad, y pudo escucharse hasta en el corazón del bosque.

Al ver los apuros del barco, Demurral comenzó a brincar en la roca donde estaba la mano:

—Es mío, es mío, esta noche lo tendré. Esta noche, Beadle... Esta noche tendré el querubín.

Beadle lo miró y vio que su expresión cambiaba. Le empezaron a brillar los ojos y unas volutas de bruma verde lo rodearon.

—Tendré a los dos querubines. Serán míos —repetía el párroco una y otra vez.

La mano negra del bastón de acacia empezó a brillar con una intensidad creciente. Apuntó a Beadle con el bastón.

—Mira. La mano me dice que el querubín se acerca. Cuando lo tenga, el poder de Dios será mío. Se acabó el implorar favores. Cuando posea el querubín, él será quien tenga que escucharme a mí.

Demurral bramó en la noche y bajó de un salto de la roca a la playa de grava. Con la mano sostenía el bastón de acacia.

—¡Vamos, Beadle, vamos a esperar la llegada del querubín! —dicho esto, agarró a Beadle de la oreja y lo arrastró.

A lo lejos, el *Amistad* estaba destrozado en las rocas. Los mástiles se habían partido, las velas y los aparejos estaban sueltos, colgando como una horca en las aguas tranquilas. El barco estaba completamente abierto, exponiendo todo su interior a la tortura del mar.

El capitán flotaba boca abajo en el agua, balanceándose levemente con las olas. Estaba muerto, como toda la tripulación, incluyendo al primer oficial, aunque éste había permanecido a flote gracias a los barriles. Los cuerpos heridos cabeceaban en la bajamar mientras las selot se adueñaban de sus almas, llevándoselas a las profundidades. La tormenta se deshizo en la noche, las nubes negras se disiparon y la luna perdió esplendor mientras se ocultaba por las colinas del oeste.

En la bahía, los restos del *Amistad* fueron empujados a la orilla por las olas, ahora más pequeñas. Demurral recorría la playa de arriba abajo cada vez más enfadado. Le gritó al mar:

—¡Ven conmigo, preciosidad, ven conmigo!

En las manos tenía el bastón de acacia. El brillo del puño mágico se estaba apagando.

Beadle seguía cada uno de sus pasos:

—¿Cómo sabéis que estaba en el barco? ¿Cómo sabéis que estará aquí?

—Tiene que estar aquí. Tiene que ser esta noche. Sólo hay dos querubines en todo el universo y deben estar juntos. Siempre se encontrarán, así está escrito —Demurral miró el barco.

—¿Y si se ha hundido en el naufragio? El oro no flota —preguntó Beadle.

—Entonces, querido amigo, tendrás que aprender a nadar o correrás la misma suerte que ellos y las selot también se cebarán con tu alma —señaló con un dedo largo y huesudo la embarcación que estaba hecha trizas en las rocas—. ¿Dónde estás? ¡Ven a mí, ven a mí! —gritó el párroco.

El mar no ofreció respuesta alguna. El viento callaba y las olas rumoreaban en los guijarros. Beadle siguió a Demurral por la playa y los dos buscaron el querubín en la marea. No había ni rastro de él.

El ángel envenenado

A la mañana siguiente, mientras las olas rompían y se deshacían en la playa, un intenso resplandor ambarino apareció por el norte en la línea del horizonte; las nubes tenían destellos verdes y el sol naciente de la mañana refulgía rojo como la sangre. Parecía que acabasen de colorear el cielo.

Los habitantes de Thorpe llenaban la playa observando el naufragio y llevándose todo lo que consideraban útil. Obadías Demurral, párroco de Thorpe y de todas las tierras al sur, corrió al centro de la reunión y se encaramó a una pequeña roca. Así estaba más alto que la muchedumbre que revisaba las cajas, las velas y los barriles destrozados, esparcidos por la playa. Beadle, su sirviente, lo seguía, aún más dolorido por la caída de la noche anterior. El *Amistad* yacía deshecho a unos cien metros de la orilla meciéndose ligeramente.

—Caballeros, damas, nos hallamos sumidos en una gran tragedia. Muchos hombres de bien han perdido la vida en ese navío y tenemos que enterrar a los muertos de Baytown. No nos convirtamos en ladrones de tumbas —era evidente su falsa preocupación. La muchedumbre se reunió a su alrededor y empezó a cuchichear y quejarse. Demurral dijo aún más alto—: Como cura de la parroquia tengo el derecho de quedarme con los objetos salvados del naufragio. Todo esto es mío.

—El mundo entero es vuestro, señor vicario —gritó entre la muchedumbre un niño con un par de botas viejas colgadas del cuello; después, riendo, se escondió debajo de un pescador corpulento.

Éste le agarró el cuello de la chaqueta raída y desgastada y lo sostuvo en el aire, hasta que la tela se rasgó; el chico le dio unas patadas en las espinillas.

—¡Déjame en el suelo, saco de espinas! —gritó.

El pescador lo zarandeó sosteniéndolo del cuello; después lo soltó y el chico aterrizó estrepitosamente en la playa, resbalándose y cayendo de espaldas en un charco entre las rocas justo enfrente del párroco Demurral.

—Thomas Barrick —rugió éste—. Tendría que haber supuesto que eras tú. No sólo te has mojado las orejas, sino también el trasero.

La multitud se rió del chico, que se levantó y se quitó la arena húmeda de la parte trasera de los pantalones. Se dio la vuelta y se dispuso a marcharse. Demurral siguió hablando:

—Amigos, tratemos estas cosas con gran dignidad. Llevad todo lo que encontréis a la vicaría y yo haré un inventario como es debido. Subastaremos los restos del naufragio en el muelle de Whitby la víspera de Todos los Santos. Dividiremos lo que vendamos entre el número de personas hoy presente —Demurral sonreía al hablar, pero su expresión se mostraba impenetrable y secreta.

Como una congregación obediente, todos los habitantes del pueblo asintieron. El pescador vociferó:

—Estoy de acuerdo con el párroco, vamos a recoger lo que encontremos y lo venderemos en el muelle —mientras hablaba, asentía dándose la razón.

Thomas se dio la vuelta y le dijo a gritos:

—Tú le darías la razón al verdugo antes de que abriera la trampilla para ahorcarte. Lo que recojáis no será lo mismo que vendáis —miró fijamente a Demurral—. ¿Va a robar una décima parte de esto, como de todo lo demás?

—No hagáis caso a ese bichejo, lo que pasa es que es demasiado vago para ayudar y demasiado tozudo para brindarse a hacerlo. Él saldrá perdiendo, porque lo único que tiene es el pan de la beneficencia —Beadle se sorprendió a sí mismo. No tenía intención de hablar; las palabras habían aparecido en su boca. La muchedumbre lo vitoreó y él sacó pecho, sintiéndose importante de repente. Se le encendieron las orejas y frunció la nariz con gran júbilo.

Thomas tomó una piedra lisa y redonda de la playa.

—No me importa trabajar, Beadle. Otra palabra tuya y te arrancaré esa verruga de la punta de la nariz. ¿Dónde estabas tú la noche en que mi madre se quedó sin casa por un incendio? —echó el brazo hacia atrás, cerró un ojo y apuntó con la piedra.

Una anciana habló dulcemente e hizo un gesto con el dorso de la mano para que el muchacho continuase su camino.

—Vete de aquí, Thomas, éste no es el lugar ni ésa es la forma. Deja en paz al párroco o te las verás con el juez.

—Me iré, pero no olvidéis mis palabras: ese hombre tiene un plan y éste no viene de Dios. Pagaréis más que con la vida —los ojos se le llenaron de lágrimas de ira y tiró con fuerza la piedra al acantilado.

Demurral sonrió con suficiencia a Beadle y dijo en voz baja:

—Él podrá tirar piedras, pero ya se dará cuenta de que yo puedo manejar las sombras. La oscuridad no tardará mucho en cernirse sobre su vida.

Thomas se dio la vuelta y caminó por los guijarros hasta un montículo de barro y pizarra que salía del acantilado metiéndose en el mar, separando la bahía y el acantilado de las Bestias. Subió gateando por la pizarra y la roca hasta la plataforma de madera. La cabeza le ardía de ira y se tragó las lágrimas que no quería verter.

Thomas Barrick tenía 13 años. Había pasado toda su vida en Thorpe y nunca había ido más allá de Whitby. Su padre desapareció en el mar en una gran tormenta cuando el muchacho tenía siete años. Él y su madre siguieron viviendo en una casita que alquilaban a la Iglesia. Era más un conjunto de habitaciones que una casa: tenía una habitación en el piso inferior y otra en el superior, con un retrete sin agua en el jardín que compartían con otras tres casas. El párroco era dueño de los pueblos de Peak y Thorpe. Todas las casas, posadas, granjas y tiendas le pagaban el alquiler y el diezmo: una décima parte de todo era para Demurral y los vecinos del pueblo no volvían a ver ni un penique.

Thomas se había quedado ahora sin casa. La muerte de su padre y la enfermedad de su madre le habían hecho imposible pagar el alquiler, y con Demurral no existía la caridad. Mientras recorría el camino del acantilado de las Bestias, recordó que el párroco y sus secuaces habían amenazado con desahuciar a su madre en una semana si no pagaba.

Dos noches después de aquello, salió a recoger carbón mineral en la playa. Desde la orilla vio el humo. Volvió corriendo al pueblo y se encontró con la casa ardiendo vivamente en la oscuridad. Demurral y Beadle pasaban por allí precisamente en ese momento. Su madre estaba tumbada en la parte trasera del carro de la señora Leadley, tapada con una manta.

—No te preocupes, Tom, no le ha pasado nada. La llevaremos al hospital, allí la cuidarán —lo tranquilizó ella.

Demurral intervino bruscamente:

—Lo lamento, Thomas, tendríais que haber cuidado mejor mis propiedades. Me temo que estamos ante una clara violación del contrato de alquiler. Tendréis que encontrar otro sitio donde vivir —enarcó una ceja. La comisura de su boca dibujó una mueca de satisfacción—. Siempre hay sitio donde habitan mis cerdos.

—¡Cerdos! —exclamó Thomas—. Aquí sólo hay un cerdo... y ése es el párroco.

Se agarró a una vieja zarza para incorporarse. Las espinas se le clavaron en la palma de la mano, pero la rabia le calmó el dolor. Encontró el camino del bosque que pasaba por Nab y que bajaba a la bahía, que era un lugar de aventuras, con una arena finísima y sin guijarros. Tenía la forma de una herradura gigantesca abierta hacia el mar. Con la marea baja, se formaban espléndidos charcos entre las rocas, llenos de algas, peces pequeños y cangrejos rojos. Era un lugar de leyendas, historias estremecedoras que se remontaban al albor de los tiempos, cuentos sobre el rey Enrique y Robin de Loch Sley, un lugar delimitado por el páramo en lo alto y por el ancho mar.

En las últimas semanas la bahía también había sido su casa. Desde el incendio vivía en una guarida grande donde los aldeanos creían que habitaba el trasgo de Thorpe. Cada pueblo tenía su propio trasgo, un espíritu que adoptaba la forma de un hombre de poca estatura. Los trasgos eran criaturas de ojos grandes, orejas pequeñas y mechones de pelo negro y desaliñado: igual que Beadle. Tenían poderes mágicos y hacían trastadas a los desprevenidos y a los que no les dejaban comida o dinero.

Los habitantes de Peak decían que Beadle era hijo de un trasgo, que había sido concebido cuando su madre se quedó dormida en el acantilado de las Bestias.

Los trasgos siempre vivían en una madriguera o en una cueva en el acantilado junto al mar. Se decía que podían curarlo todo, desde los dolores sin importancia hasta la tos ferina. Esta enfermedad había matado a la hermana mayor de Thomas cuando ésta tenía dos años. Estuvo tosiendo y tosiendo varios días con sus noches, y finalmente murió. Su madre dijo que su espíritu se había ahogado, apagándole la vida. La próxima vez, dijo, llevarían a su hijo a que lo viese el trasgo.

Cuando Thomas tenía cinco años estuvo tosiendo todo el invierno. El Jueves Santo estaba tan enfermo que ya no podía caminar. Su padre lo llevó a que lo viera el trasgo de la bahía de Runswick.

Lo envolvieron en grasa de ganso y papel de estraza y lo taparon con una gruesa manta. Su padre se había propuesto cubrir los 15 kilómetros a pie con Thomas colgado a su espalda. Cuando llegaron a la bahía de Runswick era media tarde. Su padre se dirigió a la guarida del trasgo y, a continuación, gritó el hechizo en la oscuridad.

—¡Trasgo! ¡Trasgo! El chico tiene una tos fuerte. Quítasela, quítasela, quítasela —al mismo tiempo tiró una moneda de un penique a la cueva, levantó a Thomas del suelo y le dio tres golpes en la espalda antes de meterle la cabeza en la madriguera.

Thomas aún recordaba el nauseabundo olor a moho. Aquello estaba oscuro, húmedo y lleno de comida podrida, arrojada por la anciana que cuidaba del trasgo. Thomas inspiró profundamente y empezó a toser y a toser y a toser. Sintió que se le iba a cortar la respiración. Tosió hasta ponerse malo. Pero no tosió más después de aquello.

Se sentía engañado. Un camino tan largo y ni siquiera había visto al trasgo de refilón. No podía ser tan pequeño. Si apenas le cabía la cabeza en la madriguera, era imposible que cupiese un trasgo. El Sábado Santo se había convencido de que los trasgos no existían, pero se preguntaba por qué se le había ido la tos.

Ahora volvía a su hogar provisional en las profundidades de una auténtica cueva de trasgo, pensando en la enfermedad de su madre en vez de recordar su propia dolencia. Allí tenía todo lo que necesitaba: madera de un naufragio para la hoguera, helechos para dormir, cabos de vela que le había robado a Demurral y el pan de la beneficencia. Todas las semanas le dejaban una hogaza en el armario al final de la iglesia. Era toda la caridad que recibía; toda la caridad que quería. Thomas se prometió entonces que, ahora que tenía casa, iría a ver a su madre.

El muchacho sabía que ningún habitante del pueblo se acercaría a la cueva hasta el día de Todos los Santos, por miedo al trasgo. Volvió deprisa al camino y se metió en el bosque. Había una suave pendiente antes de la playa. El techo de árboles enseguida se abriría, y vería Baytown y la costa.

De pronto oyó el sonido de algo rascando la madera, como el ruido de un animal grande afilándose las garras. Miró pero no pudo vislumbrar nada. Thomas sabía que no había perros salvajes en esos bosques, pero el sonido volvió, esta vez detrás de él y acercándose. Iba moviéndose de árbol en árbol y raspaba cada uno al pasar. Era como el sonido de un gato, sólo que se trataba de una criatura más ruidosa y grande.

Thomas se encogió de hombros y se levantó el cuello raído para protegerse del viento que silbaba entre los árboles. Entonces oyó un grito que casi le hizo estallar los tímpanos y que estuvo a punto de cortarle la respiración. Empezó a correr asustado hacia las cuevas.

Lo que lo perseguía se acercaba rápidamente. El camino del acantilado de las Bestias estaba resbaladizo a causa de la escarcha matutina y, al bajar la pendiente corriendo, saltaba las raíces nudosas de los árboles que surgían del suelo. A 20 metros el camino se bifurcaba. Por la derecha iba a la playa y las cuevas, directo al pico de Nab y luego al mar. Se agarró a la rama de un árbol joven y se impulsó hacia el camino de la playa.

Rió para sus adentros y pensó: "Nadie me atrapará, sea hombre o bestia".

De pronto, delante de él, a escasa distancia en el camino, volvió a oír el grito. Unas garras inmensas e invisibles rascaban frenéticamente la madera, abriendo grandes heridas en la fibra y destrozando la corteza de un roble situado a su izquierda. A su alrededor la luz se convertía en una oscuridad penetrante, absorbida por la forma tenebrosa que le cerraba el paso, una sombra que lenta y meticulosamente empezaba a adoptar la forma de un animal grande y negro.

Thomas sintió que el miedo lo atrapaba y que el sudor le cubría la frente. El animal empezó a tomar forma, cobrando una apariencia casi sólida, elevándose amenazadoramente sobre él. Un aura de poder rodeaba a la criatura.

Sacando fuerzas, se dio la vuelta y corrió en dirección al pico de Nab. Enseguida dejó atrás los árboles y tomó el sendero estrecho que atravesaba la cima llena de vegetación y rocas que separaba el acantilado de las Bestias y la bahía. Miró el lugar del naufragio a sus espaldas. La playa estaba vacía, a excepción de una figura solitaria vestida de negro monacal con los dos brazos levantados por encima de la cabeza, y con una figurilla en las manos que lanzaba destellos en la luz de la mañana.

No había escapatoria. Estaba atrapado en la cima del acantilado. Detrás de él estaban la criatura y el bosque; delante, el mar, 30 metros más abajo. Por arriba se podían ver las almenas de la vicaría, la casa de Demurral.

La vegetación de un lado del camino comenzó a agitarse; las ramas se desgajaban de los troncos y eran lanzadas al aire. La bestia invisible estaba en el margen del bosque y a escasa distancia de Thomas.

El muchacho sintió que le sacaban del cuerpo la energía y la vida. Una neblina densa, que empezó a hacerse más y más penetrante, lo rodeó. Le pesaban los párpados y lo único que quería era dormir. Empezó a soñar con los ojos abiertos, pero ya no podía ver el mundo ni oír el mar. Formas oscuras aparecían y luego se desvanecían; rostros desfigurados con hábitos negros se le acercaban tambaleantes, cuchicheando y riendo con los dientes rotos. En medio de la somnolencia le pareció que la neblina lo levantaba del suelo. Una mano oscura le apretó el cuerpo dejándole casi sin respiración. En el sueño vio a su padre la noche de la gran tormenta. Luchaba contra el mar mientras las olas se abalanzaban sobre él, hundiéndolo más en las profundidades.

A través de la negrura vio algo que se le acercaba.

—Ven conmigo, Thomas. Ven conmigo. Dame la mano; te libraré de la oscuridad —era la voz potente, cálida y cariñosa de su padre muerto—. Lucha como te enseñé a hacerlo.

Thomas levantó débilmente la mano, luchando contra las espesas volutas de niebla que lo atenazaban en su estado de debilidad.

—No puedo... Quiero dormir. Sólo dormir —su voz se apagó. No tenía fuerzas. Le estaban quitando la vida mientras la criatura tenebrosa daba vueltas a su alrededor, apretándolo cada vez más.

Hubo una explosión súbita y atronadora. La neblina desapareció y Thomas sintió que se le caían los brazos. Vio el cielo, después el mar, después el acantilado. Estaba recorriendo los 30 metros hasta las rocas de abajo.

El mar se lo tragó enseguida y el agua gélida le quemó la piel. Se hundió más y más, rodeado de los círculos verdes de las algas. Sentía que los pulmones le iban a estallar mientras sacudía desesperadamente brazos y piernas, intentando alcanzar la superficie y el aire fresco de octubre. Pero no podía. Tenía los pies enredados en una masa de algas que cubría el rocoso fondo del mar. Contuvo la respiración lo máximo que pudo hasta que cerró los ojos y aspiró, sabiendo que no había aire. Dejó de luchar con las algas y se abandonó a las olas, con el cabello largo tapándole la cara como una máscara de agua.

El tríptico

Thomas se despertó en su cueva. Una hoguera cálida brillaba en la oscuridad y olía a pescado caliente. Su ropa estaba colgada en la pared, secándose al calor de la lumbre.

—¿Cómo? —dijo en voz baja, recorriendo con la mirada la cueva que tan bien conocía, en la que había vivido los meses anteriores—. ¿Quién?

Sonó un crujido procedente de los guijarros de la entrada de la cueva y unos pasos se arrastraron hacia él. Una sombra oscura se movió por la pared, haciéndose más grande. Thomas se arrebujó debajo de la deshilachada manta gris de caballo y escondió la cabeza.

—Estás despierto, ¿verdad? —era más una afirmación que una pregunta.

Thomas se destapó lentamente la cara y vio los ojos de un muchacho de piel negra y cabello largo que llevaba recogido en trenzas hasta el hombro, con gotas de aceite brillantes.

—¿Quién eres...? —pero a Thomas le interrumpió la voz suave del muchacho, que respondió en un inglés perfecto.

—Me llamo Rafah. Me di cuenta de que estabas en peligro cuando te vi caer al mar. Te saqué de las algas —había paz en su voz. Hizo una pausa, sonrió y dijo—: Bienvenido a mi hogar —su mirada recorrió la cueva iluminada por el fuego.

—Éste no es tu hogar —repuso Thomas—. La cueva es mía. Yo la encontré antes que tú. Llevo años viniendo aquí —se arrebujó más en la manta y miró a Rafah con ojos entrecerrados.

—Quizá tendría que haberte dejado en el mar; así podría haber vivido aquí yo solo. Espero que no todo el mundo de este país sea tan ingrato como tú... ¿o son peores? —Rafah rió y dio la vuelta al pescado que se estaba asando lentamente en unos palos largos suspendidos encima del fuego—. ¿Quieres comer, o sigues lleno de algas?

A Thomas le bastaba con estar vivo. Se acordó de lo que había sufrido esa mañana y de las fuerzas que habían intentado acabar con su vida. Recordó a la criatura que lo había perseguido en el bosque, y la visión del párroco Demurral en la playa. Rafah percibió su mirada distante.

—Piensas mucho para ser tan joven. ¿Por qué vives aquí y no con tu familia?

Thomas sintió que los ojos se le llenaban de lágrimas.

—No puedo vivir con ellos. He perdido mi casa y mi familia, y no tengo dinero, por eso vivo aquí —hundió la cara en la manta y aspiró su olor.

Thomas nunca había visto a alguien como ese chico. Rafah podía tener 14 o 20 años. Poseía el brillo de la juventud y una sonrisa extraordinaria que se abría al mundo. Llevaba unos amplios pantalones de color negro, una camisa blanca y botas hasta la rodilla. Parecía un bandolero o un contrabandista.

—¿De dónde eres? Nunca había visto a un... —hizo una pausa, sin saber con qué palabra describirlo.

Rafah ya había visto esa mirada muchas veces. Era la mirada azorada y airada con la que su interlocutor contemplaba el color de su piel antes de dirigirse a él con brusquedad o de ignorar completamente su presencia.

—Puede que sea distinto por fuera, pero hablo inglés... y muchos otros idiomas —hizo una pausa—. Vengo de Kush, la región que vosotros llamáis África. Quiero volver allí tan pronto como sea posible.

Dio la vuelta al pescado. La piel crepitó y chisporroteó en las llamas de la hoguera.

—He venido a buscar algo que le robaron a mi familia; después regresaré. Vuestro mar está frío y vuestro sol es demasiado débil. Por eso sois tan pálidos. Cómete el pescado y después te enseñaré un secreto.

Mientras Thomas comía, Rafah tiró de un cordón que llevaba al cuello y sacó una bolsa bordada con hilos de oro. La abrió por la parte superior y extrajo con cuidado un elaborado trozo de oscuro azabache, como un enorme ojo almendrado. Enseñó el objeto a Thomas.

—En mi país dicen que si conocemos el espíritu de Riatamus, nuestros ancianos podrán tener sueños y los jóvenes tendrán visiones. Mira en su interior, pececillo, y dime lo que ves.

Thomas observó las profundidades de la piedra. Vio que la oscuridad empezaba a transformarse lentamente en un azul más intenso, como el clarear del cielo al amanecer.

Miró más detenidamente hasta que los bordes de oro macizo se convirtieron en el horizonte de un mundo nuevo. Veía nítidamente grandes construcciones de piedra como catedrales alzándose en bosques tupidos. Unos enormes pájaros rojos y verdes describían círculos sobre los altos árboles. Cientos de personas como Rafah estaban congregadas en los escalones del templo más grande. Llevaban túnicas de lino blanco con aros de oro refulgente en el cuello. Los mechones de sus cabellos brillaban a causa del aceite dorado que centelleaba bajo el sol de la mañana.

—Ésos son los míos —dijo Rafah sonriendo—. Están en el templo. Van a encontrarse con Riatamus. Él nos guía en todas las cosas. Es él quien me ha enviado aquí y él te ha traído para que me ayudes. Te ha pescado como un pez —su risa resonó en toda la cueva, su sombra se agitó en las paredes y su rostro brilló a la luz ambarina de la hoguera.

Asustado, Thomas apartó la vista del ojo de piedra y miró a Rafah.

—¿Quién eres? ¿Eres un brujo? Sólo ellos pueden hacer esas cosas —se incorporó—. ¿Cómo sabes que voy a ayudarte? ¿Y ayudarte a qué? No quiero tener nada que ver con la brujería. Te ahorcarán por ello —Thomas tuvo un súbito acceso de valentía. Puede que Rafah fuera mayor, pero a él aquello no le importaba.

Decidió que, si Rafah era un brujo, saldría corriendo de la cueva, incluso sin la ropa. Empezaba a sentir que ese día era un sueño del que enseguida despertaría; un día en que lo habían perseguido, casi se había ahogado y lo había rescatado un africano que hacía aparecer visiones en piedras de azabache.

Rafah sonrió de nuevo.

—No soy un brujo, ni un hechicero, ni un mago. Ellos rebosan maldad. Lo único que yo poseo es aquello que me otorga Riatamus —Rafah lo miró a los ojos—. Vuelve a mirar, pececillo. Éste es el poder de la bondad. Él te lo enseñará.

Thomas no podía apartar la vista. Sentía que el calor de la hoguera aumentaba; la madera ardía con más intensidad. La cálida negrura de la piedra atrapó su mirada. Allí, dentro de los círculos de niebla oscura, vio a dos hombres, uno blanco, el otro negro. Salían corriendo de la entrada del templo, bajaban los escalones y se internaban en el bosque. El hombre blanco llevaba la figurilla de oro más hermosa que Thomas había visto jamás.

Mientras corría, la envolvió en su camisa manchada de sudor y se llevó el bulto al pecho. Entonces el bosque quedó inundado por una rompiente espuma blanca y la escena cambió de pronto. Thomas pudo ver las velas de un barco que se hinchaban y deshinchaban en pleno vendaval. Las olas golpeaban y embestían contra su alto mástil. Había dos hombres acurrucados en un camarote debajo de la cubierta, agarrándose mutuamente frente a la furia del mar. De nuevo cambió la imagen en la piedra y el camarote se desvaneció, siendo reemplazado por un estudio iluminado con velas. Thomas contuvo el aliento. Allí, en el misterioso ojo de la piedra, podía adivinarse un rostro que conocía muy bien.

—¡Demurral! —gritó Thomas—. ¡Demurral!

—¿Conoces a ese hombre? —había un tono de urgencia en la voz de Rafah—. Dímelo, tengo que saberlo. ¿Lo conoces?

Por primera vez en su corto encuentro, Thomas notó un cambio en su acompañante. Rafah parecía estar esperando una noticia urgente y desagradable.

—Él es a quien busco, tiene algo que le robaron a los míos —intentó mantener la compostura, pero Thomas se percató de que los ojos se le encendían de inquietud.

—Lo conozco —respondió Thomas—. Ha robado a tanta gente, tantas veces, que ya le resulta fácil —su voz sonaba pesarosa por los años de penurias que Demurral había infligido a su familia—. Lo odio, lo odio tanto que podría matarlo, igual que él intentó acabar con mi madre —escupió las palabras—. Se dice hombre de Dios. Alguien que conoce a Dios no actúa de ese modo. Con todas esas trampas y mentiras, a mí me parece un hijo de Satán. El pueblo entero se encuentra bajo su poder y quiere controlarnos a todos.

Rafah intervino con rapidez:

—Es más que este pueblo lo que quiere tener bajo control. Si se sale con la suya y si emplea lo que ha robado, podría controlar el mundo él solo, incluso el poder de Riatamus.

Thomas no conocía a Riatamus, y tampoco le interesaba. Pero había esperado mucho tiempo para desquitarse con el párroco Demurral y creyó ver una oportunidad de vengarse. Él se enorgullecía de sus dotes para pelear, pescar y saquear los escondrijos de los contrabandistas de Baytown sin que éstos se enteraran. Conocía cada centímetro del pueblo y de los pasadizos de debajo de la vicaría. Lo que Demurral hubiese robado, él se lo robaría a su vez. Thomas contempló las ascuas de la hoguera apagada mientras intentaba ocultar sus pensamientos.

—Así que me vas a ayudar, sé que lo harás —Rafah se puso muy contento—. ¿Quién es ese Demurral? Cuéntamelo todo y después haremos un plan —Rafah extendió una mano negra y fuerte, agarró la muñeca de Thomas antes de que a éste le diese tiempo a responder y le miró fijamente a los ojos—. Primero nos comprometeremos con nuestra tarea. Ese Demurral no sirve a Dios y hará todo lo que esté en su mano para destruirnos a los dos. Nos enfrentamos a príncipes y gobernantes, espíritus y demonios. Demurral es más que un hombre, es alguien que habla con los muertos: el hechicero de las sombras.

La presión en el brazo de Thomas se hizo más fuerte y la sonrisa de Rafah más amplia.

—Ahora voy a hablar con Riatamus. Cierra los ojos.

A Thomas no le quedó otra opción. Era una orden y no una petición. Había algo poderoso en Rafah, algo a lo que él no podía resistirse, y tampoco quería. Lo único que le preocupaba era el creciente hormigueo en su mano por la fuerte presión de Rafah y el olor de sus pantalones quemados en la hoguera. Obedecer significaría que podría salvar su mano y, con suerte, los pantalones. Apretó los ojos, pero intentó dejar abierta una ranura para ver lo que pasaba.

Rafah empezó a hablar con una voz más grave y profunda que antes:

—Señor Riatamus..., Creador de todo lo bueno..., llénanos con tu espíritu.

Gritó y en la cueva retumbó el poder de aquellas palabras. Thomas abrió los ojos y vio lenguas de fuego moviéndose por la estancia: Un remolino recorría la gruta, lanzando por los aires su cama y sus provisiones. En el centro del suelo de la cueva la hoguera ardía con mayor intensidad aún, mientras alrededor, sus libros, velas, pan y mantas bailaban y giraban en el aire. Se agarró a Rafah todo el tiempo que pudo y después, sin pensar, se volvió a internar en el tornado. Se elevó en el aire y fue lanzado contra la pared húmeda y viscosa. Se le estremeció todo el cuerpo.

Los ojos se le llenaron de lágrimas y empezó a sollozar. Mientras estaba allí, inmóvil en el suelo de la cueva, era como si unas manos invisibles deshiciesen el nudo de emociones que tantos años había llevado sobre su pecho. La ira por la muerte de su padre, el odio al mundo y el miedo a morir, todo empezó a disolverse y a salir de él. Thomas no comprendía qué pasaba. El olor mohoso de las algas, las paredes húmedas y las pieles de pescado fue reemplazado por la fragancia abrumadora de la cosecha del prado. En la oscuridad de la cueva, sintió como si el sol veraniego le calentase suavemente.

Oyó a Rafah hablando a gran distancia:

—Déjate llevar. Deja que Riatamus toque tu corazón; sabe cuánto dolor tienes. Conoce la tristeza de tu vida. En Riatamus todos podemos encontrar la paz.

Thomas sintió la calidez de la mano de Rafah en la frente, el calor fluía por todo su cuerpo. No opuso resistencia, y dejó que el fenómeno continuara durante lo que parecieron horas de paz dichosa. "¿Es esto más brujería?", pensó para sí, medio soñando.

Como si conociese los pensamientos de Thomas, Rafah repuso:

—No, no hay que temer a esto. No es obra del hombre o un conjuro de las tinieblas. No hay poder alguno en mi interior; es un don que te da el Creador. Tómalo... Respira... Haz que este momento dure —sus palabras resonaron en lo profundo de la mente de Thomas. Brindaban tranquilidad y le proporcionaban descanso y sueño.

Rafah lo tapó con la manta, echó más leña al fuego, se volvió a sentar y cerró los ojos.

El romper de las olas los sacó de su ensoñación. Thomas se despertó primero y, en la penumbra de las ascuas, se vistió. Sus pantalones estaban rígidos y calientes y olían a sal marina. Rafah abrió los ojos y su sonrisa se expandió como el sol.

—¿Has soñado?

Thomas apenas podía contener una nueva sensación de júbilo:

—He soñado con muchas cosas, mi padre... mi madre... ayer. Era todo muy real. Me siento como si mi cuerpo tuviera alas —Thomas hizo una pausa; la sonrisa se le borró del rostro al acordarse de la imagen—. He soñado con Demurral. Sé por qué estás aquí y qué es lo que buscas. Él tiene la figurilla que vi en tu piedra... Ha intentado usarla contra ti.

—No te asustes, sólo era un sueño; pero éstos vienen a nosotros para avisarnos de lo que se avecina y también de lo que hay en nuestros corazones —Rafah se levantó de la cama improvisada de helechos en el suelo de la cueva—. Los sueños son una sombra del futuro y de nosotros mismos; no hay que tenerles miedo, sino aceptarlos y usarlos en nuestro beneficio —puso la mano en el hombro de Thomas—. ¿Dónde vive Demurral? ¿Está cerca?

Thomas pensó en el camino más rápido de la cueva a la vicaría.

—Está a unos cinco kilómetros, pero si no te molesta la oscuridad pueden ser sólo dos si nos internamos por el túnel del bosque.

Conocía los túneles gracias a las noches en que había ayudado a su padre a cargar barriles de brandy de contrabando, seda y tabaco que unos barcos pequeños acercaban a la costa. Su padre era pescador; una vida mísera y difícil que complementaba con visitas ocasionales a una goleta francesa de la que volvía con cosas maravillosas. Demurral se había aprovechado incluso de esto. "Gastos de almacenamiento", lo llamaba. No se trataba de brandy para el cura o de tabaco para su empleado. No. Demurral quería su parte en dinero, en oro o plata.

"Esta noche", pensó Thomas, "la avaricia de Demurral propiciará su caída".

—Entonces vamos por el túnel —dijo Rafah—. No hay tiempo que perder.

En la entrada de la cueva la tenue luz de la luna llena iluminaba las piedras que conducían a la playa de arena. Al norte Thomas veía el brillo ambarino; aunque le parecía luminoso, no daba mucha luz, haciendo que la noche se mostrara oscura y amenazadora.

El aire era fresco y limpio: un cambio enorme tras el moho y el humo de la cueva. Caminaron en silencio por el bosque. Thomas evitó el camino donde se había topado con el zulak y llevó a Rafah por el borde del acantilado, dejando el mar a la izquierda y la parte más tupida del bosque a la derecha.

Empezaron a subir la pendiente dejando atrás la bahía, en dirección a la vicaría, que dominaba la cima del acantilado del cabo de Peak. Los árboles se elevaban sobre sus cabezas como dedos nudosos de manos ancianas. Las hojas secas caían al suelo por efecto de la suave brisa nocturna y crujían en la maleza. El ulular de un viejo búho, grave y ronco, rompió el silencio y las ramas secas de los árboles chocaron unas contra otras.

Thomas salió del camino y se introdujo en una pequeña zanja que estaba tapada por un acebo. Tras apartar la planta espinosa, apareció la entrada de un túnel. Estaba abierta en la roca con la anchura justa para que una persona llevara un barril de brandy sin desgarrarse los dorsos de las manos.

—Por aquí —Thomas habló lo más bajo posible, pero el búho salió del árbol con un fuerte grito.

Sin previo aviso, una figura menuda surgió de las tinieblas junto a ellos, agarrándolos por la garganta y tirándolos boca abajo en el suelo. Quedaron tumbados uno al lado del otro en los helechos y la hierba, respirando el olor de la tierra fría y con el tacón de una bota clavada en la nuca. Les habían tendido una emboscada y estaban atrapados.

—¡La bolsa o la vida! ¿Qué preferís, una bala o un puñal? —se oyó el familiar chasquido de una pistola al ser cargada y Thomas sintió el círculo frío del cañón de acero apretándole en la nuca.

—Dame el dinero, Barrick, o tu amigo será el primero —era la voz de una chica, una voz que Thomas conocía.

—Quítate de mi espalda, Kate Coglan —intentó moverse, pero el peso de la chica lo mantenía pegado al suelo.

—¿Dónde estabas, Thomas? Es lunes. Los lunes te acerco la comida. Llevo horas esperando —se volvió a oír el chasquido del percutor de la pistola que caía sin encender la pólvora.

—He tenido una visita. Lo llevo a ver a Demurral. Bueno, ¿me dejas levantarme? —Kate Coglan se bajó de sus espaldas de un salto y se sentó sobre una mata de helecho marchita.

—¿Quién es tu amigo? No es de los nuestros.

Rafah se puso en pie y se quitó el polvo de la túnica.

—Pues me alegro de no ser de los vuestros. Llevo menos de un día en este país y la bienvenida no ha sido educada ni amistosa —dejó de hablar y la miró de arriba abajo—. Debo decir que, para ser una chica, te pareces mucho a un hombre —Rafah señaló los pantalones y botas que llevaba. Kate Coglan era una chica, sin lugar a dudas: una chica rebelde e impetuosa, pero una chica al fin y al cabo.

Thomas se interpuso entre ambos. Sabía que Kate se pondría en pie, con los puños listos para llenar de profundos moratones la piel oscura de Rafah.

—¿Qué haces con la pistola, Kate? ¿Te has convertido en una bandolera?

—Se la he tomado prestada a mi padre; a estas alturas estará borracho como una cuba, así que no se dará cuenta de que ha desaparecido. La he traído para cargarme a los espíritus o trasgos, o a cualquier cosa que se ponga en mi camino —apuntó a Rafah con el arma—. ¿Eres un espíritu o es que no te lavas? Nunca había visto a alguien como tú.

—Es africano y me ha salvado la vida —Thomas notó que las palabras de Kate eran afiladas e imprudentes, que herían como una espada. Miró a Rafah.

—No te preocupes, Thomas, he oído cosas mucho peores y de boca de personas mucho más aterradoras que una chica con ropa de hombre —Rafah sonrió—. Ten compasión. A tenor de cómo se viste, ya tiene suficientes problemas —guiñó un ojo a Thomas y los dos le hicieron una reverencia a Kate.

—Ya basta —les gritó ella—. Empecemos de nuevo —hizo una pausa y sonrió—. Yo soy Kate; tú conoces a Thomas. ¿Quién eres? —se levantó de los helechos, se metió la pistola en el cinto y tendió la mano derecha.

—Me llamo Rafah. Vengo de África. Me alegro de que empecemos otra vez —se acercó. Kate sintió la suave calidez de su mano, y sus miradas se encontraron. Thomas interrumpió el momento.

—Vamos a buscar algo que tiene Demurral. Una cosa que pertence a la familia de Rafah y voy a ayudarlo a recuperarla. ¿Quieres venir? Tu pistola no nos vendría nada mal; estaría bien que montaras guardia aquí para que podamos escapar.

Kate buscó entre el acebo y tiró a Thomas una bolsa de muselina.

—Puede ser. Primero, ahí tienes la cena. Pan, queso y torta de jengibre. Cuanto antes te lo comas, mejor.

Se sentaron en la hondonada y compartieron la comida. Rafah les habló sobre el viaje y el naufragio. Kate charló y llenó el aire nocturno con sus preguntas. La luna empezó a ocultarse lentamente detrás de las colinas lejanas. Thomas se puso en pie, se acercó a la parte inferior del acebo e hizo un agujero en el terreno con la punta de la bota. La tierra se convirtió en madera y sacó a la luz la tapa de un barril enterrado cerca de la entrada del túnel.

—Necesitamos algo de luz —se agachó e introdujo los dedos debajo de la tapa firme de madera, abriéndola y buscando dentro—. Lo siento, Kate, aquí sólo hay dos faroles. Pero no pasa nada, tú tienes una vista de lince —colocó la mecha y encendió la yesca que había encontrado al fondo del barril. El bosque quedó iluminado con la brillante luz ambarina de los faroles.

Kate volvió a tapar el barril.

—No debemos dejar huellas y no quiero que mi padre sepa que he estado aquí.

Su padre era el recaudador de impuestos. Patrullaba la costa desde Whitby a Hayburn Wyke buscando contrabandistas; al menos a aquellos que habían olvidado pagarle su parte de brandy. Así era la vida en los páramos y la costa. Una frágil frontera separaba la ley del desorden, el bien del mal, y este mundo del próximo. Por suerte, aquella noche su padre estaría tan borracho que no sabría, ni le importaría, dónde estaba ella.

—No os quedéis ahí, no quiero estar aquí toda la noche —Kate les hizo un gesto para que se pusieran en marcha. Se sacó la pistola del cinto y amartilló el percutor.

Thomas respondió:

—No mojes la pólvora, apunta el cañón y dispara a todo aquel que intente seguirnos.

Empezaba a sentir que no se trataba de un juego, aquello era real. Una cuestión de vida o muerte.

Rafah y Thomas se internaron en la oscuridad del túnel. Oían el agua goteando del techo. A cada paso, el aire se hacía más y más frío; la luz del farol sólo iluminaba unos pocos metros y proyectaba sombras fantasmagóricas en la pared. Thomas tenía miedo de que apareciese la criatura del bosque, o de encontrarse el escondrijo secreto de un trasgo o de toparse con un espíritu burlón.

—¿Conoces el camino, pececillo? —dijo Rafah en un susurro de voz.

—Tenemos que seguir por el túnel de la izquierda. Ahí es donde dejamos siempre el dinero de Demurral. Hay una vasija de piedra vacía al lado de una puerta de hierro. Cuando la encontremos, habremos hallado la entrada a la bodega de la vicaría y entonces empezarán nuestros problemas.

Rafah respondió enseguida en voz baja:

—Ten esto por seguro: los malvados no quedarán sin castigo, pero los justos serán libres —las palabras, pese a ser pronunciadas en un susurro, se oyeron en todo el túnel.

Caminaron en medio de un frío cortante durante 10 minutos. El olor intenso de la humedad era cada vez más fuerte. Los pies de Thomas hacían crujir los huesos de un ciervo muerto. La cabeza y las astas cayeron a un lado.

—Se debió de perder. Aquí abajo hay kilómetros de cuevas y túneles. Por eso los usan los contrabandistas; una vez aquí, si conoces el camino, no podrán atraparte.

—Ya, pero si no lo conoces puedes acabar tan muerto como el ciervo —dijo Rafah, esperando que sus palabras no se hiciesen realidad. Sentía claramente el peso de la misión sobre sus hombros. Él era el responsable de Thomas y ahora de Kate. Habían venido a este mundo para ayudarlo. Tenía que protegerlos.

Por encima de sus cabezas, en la vicaría, Obadías Demurral se hallaba frente a la gran mesa de roble de su estudio, rodeado de libros polvorientos. En la parte frontal de ésta se encontraba el bastón de acacia, recubierto de láminas de oro puro, y a su derecha, la figurilla alada del querubín robado. Bajo la tenue luz de las velas de la estancia, la mano de azabache empezó a brillar cada vez con mayor intensidad.

Llamaron a la puerta. Demurral despertó de su sopor.

—Sí, pasa.

Beadle entró con una bandeja de trozos de carne bien cortados, la punta de una barra de pan y un cáliz enorme de vino tinto.

—Vuestra cena, amo.

—Déjala ahí, en la mesa, y vete —contestó con brusquedad a su sirviente.

—Amo...

—¡Vete ya, Beadle! —gritó.

—Amo..., se trata de la mano.

—A mi mano no le pasa nada. Vete, Beadle, antes de que te dé un tortazo con ella en el cogote —tomó la barra de pan y se la tiró acertándole en el ojo izquierdo y esparciendo migas por toda la habitación.

Beadle, sin inmutarse, volvió a intentarlo, pero esta vez se cubrió la cabeza con ambos brazos, temiendo que le tirase vino, queso, o las dos cosas.

—Amo, la... mano... negra... está... brillando.

—¿Qué? —gritó Demurral, lanzando el vino por los aires. Se dio la vuelta para observar la mano ya ardiendo, ya casi incandescente.

Corrió junto a Beadle y lo abrazó por la cintura, frotándole la verruga de la nariz con la hebilla del cinturón.

—Deprisa, vamos a preparar la bienvenida a nuestro invitado. Sabía que no se hundiría con el barco y ahora está aquí. Alabado sea Pirateon, dios oscuro del universo.

—¿Qué tengo que hacer, amo? —Beadle correteaba por la habitación recogiendo pedazos desperdigados de pan y usándolos para limpiar el vino.

—Ve al sótano y tráeme la Mano de Gloria. Rápido, no tenemos mucho tiempo —Demurral estaba impaciente y los dos salieron corriendo hacia el sótano.

De un gran baúl de roble Beadle extrajo la mano, envuelta en un paño de seda negra. Era la mano cortada de un asesino ahorcado recubierta de cera para que cada dedo se encendiese como una vela. Una vez prendida, todos en la casa se sumirían en un profundo sopor hasta que se apagase, excepto aquel que la portara. Demurral la tomó y encendió el dedo meñique.

—Vete, Beadle, o tú también sucumbirás al hechizo.

Demurral se dirigió a la puerta metálica que daba al túnel. Con una lámpara de la pared encendió el pulgar y los demás dedos. Éstos chisporrotearon y silbaron mientras el hechizo empezaba a surtir efecto en la oscuridad. Abrió la firme puerta metálica y la luz de la mano disipó las tinieblas. Demurral se introdujo en el túnel.

—Bienvenidos, amigos míos, bienvenidos a mi casa. Venid, comed conmigo y compartiremos las maravillas de esta noche.

Thomas y Rafah se apretaron contra las paredes del túnel e intentaron fundirse en la humedad.

Demurral volvió a decir:

—Venid, venid, vamos, no seáis tímidos, sé que estáis cerca. No os voy a hacer daño —esbozó media sonrisa y enarcó una ceja para disimular la mentira. Desde su escondite, ellos intentaban no respirar por miedo a que los oyera.

—Si no os encuentro yo... —se detuvo para pensar—, a lo mejor un zulak os saca de vuestro agujero.

En el frío del túnel, unas gotas de sudor cayeron por la frente de Thomas. Rafah percibió su miedo y se acercó para darle la mano. Miró hacia abajo y advirtió que los faroles estaban empezando a apagarse. Pronto quedarían sumidos en la oscuridad.

El roble, rey del bosque

Kate Coglan permanecía escondida en el acebo esperándolos a la entrada del túnel, envuelta en tinieblas. Siempre decía que no le tenía miedo a nada. No creía en fantasmas, ni en las criaturas de la noche, ni en el mismo Dios. Su padre le había quitado a palos toda creencia. Para él ella era lo más cercano a su hijo, que había muerto dos años antes de que naciera Kate. Era una muerte de la que nunca se hablaba y sólo estaba señalada por una pequeña lápida en el cementerio de la cima del acantilado; la madre y el hijo juntos.

Kate siempre vestía recios pantalones hasta la rodilla, botas de caña alta y una gruesa chaqueta, todo ello coronado por un tricornio. Llevaba el cabello largo recogido en una coleta, pero sus grandes ojos azules y su piel reluciente revelaban que era una jovencita.

En cuanto a los fantasmas, Kate estaba convencida de que no existían. En sus 14 años nunca había visto ni uno y aquello que no había visto no podía hacerla daño. ¿Para qué tener miedo a lo invisible si toda la pena y el dolor de su vida eran causados por aquellos que la rodeaban? Muchas veces le hacía preguntas a su padre sobre la vida y la muerte; pero éstas habían sido ignoradas, bien mediante el silencio, bien con el dorso de la mano. Él le había dicho una y otra vez que lo que se ve en la vida es todo lo que hay. Cuando era pequeña la zarandeaba repetidas veces si preguntaba por su madre. Gritaba borracho que estaba muerta y que no había más que hablar, que nunca la volverían a ver. Decía a gritos: "Si existe Dios, ¿por qué se iba a llevar a mi hijo y después a mi mujer? El Dios del amor... es el Dios de la imaginación... Un consuelo para los débiles".

Kate se tapaba la cabeza y se acurrucaba en una esquina de la habitación, porque, cuando se enfadaba, su padre tiraba los muebles que tenían en la casa. Luego sollozaba y la abrazaba tristemente, pero ella no podía llorar. Tenía todas las lágrimas enterradas en lo más profundo de su alma, como los recuerdos lejanos y débiles de su madre. No permitiría que nada ni nadie la hiciesen daño, y ahora, con una pistola en la mano, estaba dispuesta a enfrentarse al mundo entero.

Atisbando desde detrás del acebo apuntó la pistola cargada hacia la oscuridad. Oía los gritos resonantes y ahogados de Demurral precipitándose por la negrura turbia y saliendo por la boca del túnel. Conocía bien su voz. Desde su escondrijo pensó en Thomas y Rafah, y con cada nuevo grito desde las profundidades del laberinto se preocupaba más.

En la penumbra del bosque empezó a vislumbrar formas extrañas en todo lo que miraba. Un árbol pareció transformarse en la cabeza de un gigante, una nube se asemejaba a un cisne pegado a una estrella y una mata de hierba adoptó la forma de un cerdo salvaje que se arrastraba por la maleza. Kate contempló la noche. Entonces se quedó paralizada. ¡La noche la estaba mirando también!

En el claro, a escasos metros de distancia, cinco pares de ojos de un rojo encendido observaban fijamente el acebo. Kate sintió cómo las palmas de las manos le empezaban a sudar y un pánico repentino se apoderaba completamente de ella. No se atrevía a moverse por miedo a que la vieran. Incluso a una distancia tan corta, no distinguía la forma de las criaturas, sólo unos ojos rojos mirándola. No las había oído llegar; habían aparecido sin más.

Mientras las contemplaba, Kate pudo ver un halo plateado que empezaba a formarse alrededor de cada figura, como un millón de chispas minúsculas brincando en el fuego. Brillaban cada vez con más fuerza. Todas las chispas empezaron a juntarse formando remolinos, como si las impulsara un viento invisible avivando unas ascuas. Al hacerse más intensas, cambiaron del color plata al rojo, al verde, al azul. Finalmente, y tan rápido como habían surgido, desaparecieron. Kate miró atemorizada la oscuridad, y se quedó petrificada al ver lo que había delante de ella.

Allí, en el claro, se distinguían cinco figuras altas cubiertas de los pies a la cabeza con una armadura. Todas llevaban un casco bruñido con la forma de una cabeza de serpiente, con ojos centelleantes que brillaban como diamantes. Dos grandes colmillos de marfil salían de la parte frontal de los cascos.

Los petos de las armaduras delineaban cada músculo; una larga espina de metal llegaba al codo, donde se unía a un grueso guante de cuero. Entre las piezas de la armadura, Kate veía la piel de las criaturas, de un verde oscuro y sin vida, que presentaba un resplandor extraño que casi se confundía con la noche. En la cintura llevaban un recio cinto de cuero negro, en el que parecían guardar una espada corta con una empuñadura del mismo material. La criatura más pequeña portaba un escudo redondo con incrustaciones de plata y engastado con refulgentes piedras rojas.

Desde su escondrijo no distinguía los rasgos de los rostros. Sólo veía los ojos rojos y brillantes que seguían contemplándola. Kate apuntó con la pistola directamente a la cabeza de la criatura más grande. Tomó aire lentamente y en silencio. Estaba aterroriza-da. Una voz en su cabeza gritaba "¡Aprieta el gatillo!". Era incapaz de moverse, estaba rígida de miedo, petrificada como una estatua.

La voz volvió a decirle a gritos "¡Aprieta el gatillo!".

De nuevo fue incapaz de moverse. La pistola empezó a darle tirones en la mano con todo su peso como si alguien se la estuviera quitando. Kate tenía ganas de escapar dando gritos, pe-ro sabía que sólo daría cinco pasos antes de que la atrapasen. Si movía la mano o bajaba la pistola, las criaturas la oirían. Kate hi-zo acopio de todas sus fuerzas para sostener el arma. Notaba que los músculos del brazo le empezaban a doler. Tenía ganas de llo-rar, tenía ganas de irse a casa. La voz volvió a gritar en su cabeza: "Aprieta el gatillo... Aprieta el gatillo".

Temblando ahora de miedo, Kate intentó disparar el ar-ma, pero su dedo no se movía. Un frío paralizante empezó a ex-tenderse por su brazo, como si la estuvieran convirtiendo lenta-mente en piedra.

Las criaturas se acercaron entre ellas y empezaron a far-fullar y canturrear en un idioma que no entendía. Rezongaban y roncaban, aproximándose para formar un círculo.

Sabía que sólo le quedaban unos instantes para dejar caer la pistola. De pronto, de las profundidades del túnel surgió un gri-to ensordecedor. Kate supo que tenía que ser Thomas. Al grito le sucedió enseguida el ruido de alguien corriendo desesperada-mente por el camino, hacia la entrada.

Mientras Thomas corría, Kate podía oír el eco de sus ex-clamaciones. "¡No, no, no!". Eran los chillidos de alguien que te-mía por su vida o que escapaba de la presencia del mal. Cada se-gundo sonaban más cercanos.

Pero ella no fue la única que oyó los gritos; las criaturas se dieron la vuelta y se detuvieron frente a la entrada del túnel, con los ojos brillándoles con mayor intensidad que antes, y con nubes de vapor verde deshaciéndose en el frío aire nocturno cuando dejaban escapar soplidos de expectación por la nariz. Sin que se oyera una orden, sacaron las espadas al mismo tiempo. Entonces se disiparon en silencio y se perdieron entre la tupida espesura alrededor del claro, mientras sus penetrantes ojos rojos brillaban como grandes luciérnagas en la maleza.

Kate oía a Thomas pidiendo auxilio mientras se acercaba corriendo a ella. El eco estridente de sus gritos salía del túnel como el sonido de un monstruo dormido al que han despertado de su sueño. No había forma de avisarle de lo que le esperaba. A Kate le parecía que Thomas escapaba de una pesadilla para quedar atrapado en otra.

El muchacho salió de la boca del túnel y cayó en la hierba fría del claro. Dio unas vueltas, se levantó jadeando y exclamó con premura:

—¡Kate, sal, que viene Demurral! ¡Está recitando unos encantamientos! ¡Venga! —chillaba Thomas.

Kate no respondió. Desde donde estaba veía los ojos de las criaturas en sus escondites mirando a Thomas. Quería hablar, pero un miedo intenso le atenazaba la garganta como una mano fría y oscura.

Paralizada, pudo ver a Thomas a escasos metros de distancia. Era su amigo y lo conocía desde que era pequeña. Estaba más unida a él que a ninguna otra persona. Detrás, veía a las criaturas esperando el momento de atacar.

—Venga, Kate, déjate de tonterías. Sé que estás escondida —dijo Thomas—. Tenemos que darnos prisa... Demurral no anda muy lejos. ¡Sal, Kate! —gritó Thomas, desesperado.

Entonces descubrió una forma oscura en un montoncito de hierba, cerca del borde del claro. Veía el perfil de un hombre y el costado de un brazo. Bajo la intensa luz de las estrellas, podía contemplar débilmente los destellos del metal bruñido.

—Esta vez te he pillado. Baja la pistola. Sé que eres tú.

La figura no respondió ni se movió. Thomas avanzó un paso y dio una patada al montoncito de hierba.

—Levántate, hay que irse sin pérdida de tiempo. Estará aquí en un par de minutos. Hay que subir a la vicaría.

Thomas, dio otra patada al montoncito para que Kate lo siguiera rápidamente.

Dos ojos rojos se encendieron, iluminándole el rostro con un débil resplandor. La figura con armadura se incorporó cuan alta era. Thomas observó los ojos, petrificado, mientras la criatura se alzaba ante él, llegando a los dos metros y medio de altura. Oyó el ruido de los otros seres que salían de sus escondites del bosque y avanzaban hacia él por la hierba crujiente. Vio que el metal brillante era una espada corta. El espectro la levantó rápidamente por encima de la cabeza y profirió un rugido potente y estremecedor. El muchacho sintió que una fuerza invisible lo postraba de rodillas y cayó en la hierba húmeda. Esperó a que la espada se abatiera sobre él.

El bosque quedó en silencio y una extraña paz se apoderó de él. Todo estaba quieto a su alrededor No sentía miedo en su interior. Thomas ya no quería correr o luchar. Agachó la cabeza y esperó el golpe. El momento duró una eternidad. Nunca había pensado que moriría en aquel lugar. Siempre había creído que lo reclamaría el mar, como a su padre y a tantos de su familia. Morir en la mar era lo esperado. Llevaba desde edad temprana una mascarilla que le había dado su madre. Era una señal de buena suerte y lo protegía de morir ahogado. Aquél era el único objeto de valor que tenía. Valía seis guineas, ni un penique menos. Pero ¿cómo podía la membrana seca de su mascarilla de nacimiento, metida en un relicario de plata, superar en poder a las espadas?

Oyó los jadeos de la criatura y lo rodeaó la bruma fría que salía de su nariz. Con cada inhalación, como el tictac de un reloj, esperaba que la espada cayese y acabase con su vida.

Creyó que esperaban el momento perfecto para su ejecución, como si en el silencio alguien fuese a dar la orden; entonces la hoja caería. Thomas aguardó. La sola presencia de la bestia extendía en torno a él una inmovilidad gélida y la parálisis lenta del frío entumecedor. A su alrededor veía la hierba perlada de rocío convirtiéndose en escarcha espesa. Todas las hojas y briznas de hierba quedaron cubiertas de cristales de hielo mientras las criaturas soplaban la bruma helada sobre el bosque.

El frío se hizo tan intenso que Thomas apenas podía respirar, y sintió que el vaho de la garganta se le convertía en hielo. Se vino abajo y cayó a los pies de la bestia, agarrando con las manos el metal enroscado de la pierna de bronce de la armadura. En ese instante, cuando tocó a la criatura, vio el mundo del que ésta procedía. En breves segundos fue como si una llave invisible le hubiera abierto la mente.

Súbitamente, Thomas conoció su nombre y su misión. ¡Eran los varrigales! Pudo ver el estéril país frío del que venían: era un lugar de oscuridad y tormentas, ventisca y truenos, un mundo gris y amorfo donde su misión consistía en esperar. No estaban muertos ni vivos de verdad, sino que existían sin más, aguardando el control de un amo desconocido. Los varrigales eran una raza de guerreros, prisioneros del tiempo y de la magia de aquel que resucita a los muertos. Presos de quien sabía los hechizos olvidados.

Una explosión repentina sacó a Thomas de su trance. El trueno duró una eternidad, llenándole de calor la nuca e iluminando el claro con una luz brillante. Oyó el sonoro y súbito impacto del plomo contra el metal y sintió un temblor que sacudió a los varrigales de la cabeza a los pies. La espada corta se desplomó al suelo, a centímetros de su cabeza, cayendo ruidosamente sobre el piso helado y cortándolo con facilidad. A la criatura le fallaron las rodillas y cayó hacia delante.

—¡Thomas, corre, corre! —gritó Kate desde su escondite en el acebo.

Los varrigales se cayeron de bruces mientras el muchacho se escabullía rápidamente, tomando la espada del suelo con dedos adormecidos, poniéndose en pie y levantándose de la tierra fría. Atacó a la oscuridad y acertó a dar en la espalda de la bestia que se dirigía al lugar donde se escondía Kate. La espada cortó la armadura como un cuchillo caliente corta la mantequilla. El varrigal cayó al suelo aullando y silbando. Los demás espectros se volvieron hacia Thomas, levantando sus armas para luchar.

—Kate, vamos. Iremos al molino de los Espíritus Burlones —exclamó Thomas, mientras ella salía corriendo del acebo en dirección al claro—. Corre, Kate, corre.

Un varrigal embistió contra el joven y éste respondió al golpe con la espada. Unas chispas verdes centellearon en la noche. Él y Kate empezaron a correr. Los dos avanzaron entre los helechos, que los rozaban como mil dedos puntiagudos.

Desde el claro pudieron oír que los varrigales discutían a gritos. Luego se hizo un silencio, sólo roto por sus pisadas al huir por el camino que se internaba en el bosque. Corrieron a ciegas entre los árboles por un sendero de ciervos que los alejaba del claro, en dirección al molino de los Espíritus Burlones. Habían recorrido más de un kilómetro. Thomas se detuvo. Los pulmones le estallaban entre jadeos; no podía seguir. Los dos se desplomaron junto al tronco de un gran roble. Allí, en el bosque, lo único que Thomas oía nítidamente eran los latidos de su corazón. Miró a Kate, que intentaba sonreír y contener el llanto al mismo tiempo.

—¿Quiénes eran, Thomas? Me habían congelado —susurró, tragando aire y temiendo ser oída.

—Fuesen lo que fuesen, sé que Demurral ha tenido algo que ver con su aparición—intentó sonreír a Kate—. Ha sido un buen disparo, me ha salvado la vida —el muchacho le acarició las mejillas dulcemente. Aún estaba muy fría—. Vamos, sólo estamos a un par de kilómetros del molino de los Espíritus Burlones; podemos escondernos allí.

—¿Y Rafah...? ¿Vas a dejarlo atrás?

—No. Era todo parte del plan —dijo, respirando con dificultad; todavía le faltaba el aire—. Cuando llegamos a la entrada secreta de la vicaría, Demurral apareció con una mano encendida y profiriendo maldiciones. Los faroles se estaban apagando, así que nos escondimos y yo hice todo el ruido que pude para que el viejo me persiguiera. Con suerte, Rafah estará a salvo en el interior, buscando aquello por lo que ha venido. Si mañana no ha vuelto, iré en su busca.

Kate le dio la mano.

—Estoy asustada, Thomas. Nunca había visto algo así. He disparado a uno..., lo he matado.

Thomas sabía que no podía mostrar miedo.

—El mundo ha cambiado, Kate. Puede que nunca vuelva a ser como antes. No hay marcha atrás y lo que ha sucedido esta noche no se puede enmendar. Es una locura. Algo está alterando el mundo. En el túnel casi se podía sentir. Se palpaba una sensación de algo muy malo y perverso. Se me hizo un nudo en el estómago —Thomas tomó la espada que había sustraído al varrigal y le dio la vuelta, para mirar la hoja, que tenía una mancha de sangre de la criatura.

—¿Qué vamos a hacer? —susurró Kate—. Mi padre me buscará por la mañana. No puedo ir al molino; tengo que irme a casa.

—¿A casa? Si Demurral se sale con la suya, todos nos quedaremos sin casa. Cuando toqué a la criatura vi el lugar del que provenía; pude ver dentro de su mente —se detuvo y miró a la chica—. No te das cuenta, Kate. Demurral tiene un plan para el futuro. Si lo consigue llevar a cabo, este mundo cambiará más de lo que podemos imaginar. Rafah me ha dicho que el vicario tiene unos poderes con los que puede resucitar a los muertos, controlar el viento y el mar, y hacer que esas bestias del claro acaten todas sus órdenes. No hay vuelta atrás; no está en nuestras manos. Tenemos que ayudar a Rafah porque él es el único que puede detenerlo.

—¿Cómo lo sabes? Acabas de conocerlo —Kate empezó a sollozar—. Quiero que esto termine, que todo vuelva a ser como antes. Ojalá nunca lo hubiera conocido. ¿A ti también te ha embrujado? —dijo Kate entre lágrimas—. Esta noche he matado a alguien... Lo vi morir. Intentó acabar contigo... Por favor, Thomas, haz que termine esto, haz que termine esto.

Acto seguido, la chica puso sus rodillas contra el pecho, acurrucándose todo lo que podía. Si cerraba los ojos, pensaba, quizá podría olvidarse de todo, como un mal sueño que se desvanece con el alba. Thomas la abrazó. Nunca la había visto llorar. Ella siempre había sido fuerte, había controlado todas sus emociones. En el bosque negro se abrazaron, sin hablar. Thomas también tenía miedo, pero no se atrevía a decirlo. ¿Cómo podían enfrentarse a Demurral? Él era el párroco, el dueño de la mina de alumbre, el juez. Representaba todo el poder en su mundo. Él era un niño, sin casa y pobre, y ahora un proscrito.

Se apoyó en el árbol y miró al cielo a través de las ramas desnudas. El roble, rey del bosque, había perdido su gloria y volvía a hundirse en la tierra. Alrededor había hojas marchitas; las cáscaras rotas de las bellotas esperaban a la primavera para que las despertase, para que desplegase por la tierra la bandera de una nueva vida, la génesis interminable.

Thomas habló en voz baja tapando con sus palabras el suave llanto de Kate.

—Nos quedaremos aquí hasta el amanecer; luego iremos al molino. Intenta dormir. Yo montaré guardia.

Ella no respondió, pero hundió su cara en el hombro del chico para entrar en calor. Thomas se levantó el cuello basto y roto del abrigo. Tomó la espada con una mano y contempló la noche. Entre los árboles podía ver las lucecitas de Baytown al norte, debajo de una nube brillante. Intentó permanecer despierto, pero la llamada del sueño le cerró los pesados párpados. El sopor apartaba de su mente los temores del día y sus pensamientos se convirtieron en sueños.

La tierra era como una cama blanda al final de un largo camino. La agitación leve y constante de las ramas calmó su espíritu. Se acurrucó contra Kate, que olía a jabón, tierra y pólvora, y respiró sin hacer ruido, sintiéndose a salvo, sabiendo que tenía una amiga.

El altar de oro

Thomas soñó. Todo estaba negro como la pez; se encontraba en una fría cámara de piedra. La oscuridad lo oprimía y lo envolvía como un velo apretado. A lo lejos, en la esquina, ardía la llama de una vela que lanzaba haces de luz por la cámara. Comprobó que era una estancia grande y abovedada, tan alta como un edificio. El techo era muy elevado y se sostenía sobre siete columnas de piedra coronadas por unos cuernos de carnero tallados. En un extremo, pudo ver un altar de oro con una gran cruz engastada. Tenía incrustaciones de jaspe, calcedonia, sardónice, topacio y crisólito, que cubrían completamente su superficie. Un círculo dorado parecía flotar en el aire detrás de la cruz, adornado por siete espléndidas esmeraldas. Se dirigió al altar. La enorme piedra azul del centro de la cruz se volvió negra y, cuando se acercó, todas las piedras preciosas se transformaron en ojos humanos azules y penetrantes que seguían cada uno de sus inciertos pasos.

De la pared surgieron siete figuras altas y aladas ataviadas con túnicas largas, blancas y ondulantes. Las alas de las criaturas se enroscaban hacia delante y les tapaban las cabezas mientras se dirigían al altar. Tenían el cabello largo y dorado; cada mechón brillaba como un grueso hilo de metal. Su piel era oscura y de un brillo que resplandecía. Eran fuertes y enérgicas, de más de dos metros de altura, con hombros anchos e inquisitivos ojos oscuros. Mientras entraban empezaron a cantar, y sus voces potentes llenaron la cámara. Cada palabra era como música. Su tono subía y bajaba resonando por la amplia estancia, colmando cada centímetro con una profunda sensación de paz. Thomas empezó a temblar cuando las ondas sonoras penetraron vibrando en su alma. Se agarró las manos para que le dejasen de temblar, entrelazando los dedos y juntándolas. Escuchó las palabras:

"Santo, santo, santo. Dios de los Ejércitos.
Llenos están el Cielo y la Tierra de tu gloria".

Las palabras resonaron en su cuerpo mientras las repetían una y otra vez avanzando hacia el altar. Una de las figuras llevaba una gran espada, otra un escudo, otra un casco. Thomas se acercó, como si tuviera derecho a formar parte del ritual. Era como si entrara en un momento de su vida que lo cambiaría para siempre. No sabía, ni le importaba, si las criaturas podían verlo.

Eran mitad humanos, mitad otra cosa. A cada paso que daban, la cámara vibraba. Las túnicas blancas brillaban con una pureza que el muchacho no había visto hasta entonces. No podía creer que fuera un sueño, era muy real, muy verdadero. Una voz le habló en su interior.

"Despierta, despierta".

Nunca se había sentido tan despejado, nunca se había sentido tan vivo. En esa cámara, en medio de la luz, en presencia de las criaturas aladas, había más vida de la que jamás había imaginado. Thomas notaba que alguien lo miraba, que no era el único que contemplaba el ritual. Se dio la vuelta y vio a un hombre a su derecha. Llevaba una túnica de lino, pantalones largos y anchos, y un par de zapatos de lo más exquisito, aunque extraños, con punta plateada. El hombre no era blanco ni negro, pero parecía estar bruñido por el sol. Su cabello era muy oscuro, rizado y revuelto como un espino enmarañado. Sonrió y se dirigió a él con una voz profunda y cálida, llamándolo por su nombre.

—Thomas. Todo esto es para ti —se dirigió al altar—. No tengas miedo, muchacho. Las fuerzas a las que te vas a enfrentar no son de carne y hueso. Son los señores de las tinieblas y los espíritus del mal.

El hombre tomó a Thomas de la mano. Éste lo miró a los ojos y se dio cuenta de que eran los de la cruz, de un azul intenso, acogedores, capaces de verlo todo y llenos de sabiduría. Se sintió desnudo delante de él, como si conociese toda su vida. Cada secreto, cada mentira, cada mal pensamiento quedó al descubierto. Pero todo esto fue recibido con una sonrisa, y el hombre apretó dulcemente la mano de Thomas.

Se dirigió a él:

No tengas miedo. Todo lo que has hecho puede ser enderezado, borrado, perdonado —Thomas apartó la mirada, se sentía avergonzado. Vio por primera vez que estaba vestido con harapos que le caían del cuerpo como ropas fúnebres. Agachó más la cabeza, sin poder mirar al frente.

—¿Quién sois? —el chico·apenas podía pronunciar las palabras. No despegó la vista del dibujo del suelo de piedra y esperó la respuesta.

—Yo soy un rey. ¿No has oído hablar de mí? ¿No conoces mi voz?

—Nuestro rey es codicioso, está gordo y loco —dijo Thomas—. Nunca hablaría con un ladrón como yo. Vos no podéis ser mi rey —siguió con la vista puesta en el suelo, sin querer mirar al hombre.

—Soy rey, pero no del mundo. Sólo tienes que creer en mí. Thomas, yo puedo ser tu rey —tocó con delicadeza la frente del joven.

—¿Cómo no voy a creer en vos cuando estáis delante de mí? Os he visto con mis propios ojos. No puedo dudar de lo que he visto.

—¿Crees sólo en aquello que ves? En la vida hay más cosas que las que nos muestran los ojos. Te conozco desde que tomaste forma en el vientre de tu madre. Antes del inicio de los tiempos extendí ante ti tus días —miró a Thomas y sonrió—. Tú puedes creer en algo, pero no seguirlo. Te resulta fácil creer en mí cuando estás en mi mundo. Pero ¿en qué creerás cuando regreses al tuyo? ¿En qué creerás cuando no puedas verme? —el rey puso la mano en el hombro del muchacho—. Thomas, si crees en mí, ¿me seguirás?

Pero éste apenas podía hablar; nunca había estado antes en presencia de alguien semejante. Percibía su callada majestad y autoridad. El rostro del hombre empezó a irradiar una luz blanca y pura, llenando la cámara y envolviendo a Thomas en su resplandor. Era tan intensa que el chico cerró los ojos y apartó la mirada.

—Mi señor. Vos seréis mi rey. Os seguiré —Thomas pronunció las palabras lentamente, con la cabeza gacha.

—¿Sabes de verdad qué estás diciendo, Thomas?

—Lo sé —el joven estaba seguro de su respuesta.

—Entonces alza la vista y mira —el hombre le levantó la cara por la barbilla—. Abre los ojos. Esta luz nunca ha cegado a aquel que la mira de veras. Es la luz del mundo. Una luz que la oscuridad nunca comprenderá.

Thomas abrió los ojos. La cámara estaba llena de criaturas aladas arrodilladas delante del hombre, y sus cánticos se hacían cada vez más fuertes.

"Santo. Santo. Dios de los Ejércitos.
Los Cielos te proclaman rey.
¡Llena está la Tierra de tu gloria!".

Thomas no comprendía.

—¿Quiénes son? —preguntó entonces, con una voz teñida de incredulidad.

—Son los serubines, el ejército del Mulkut. Acércate al altar. Hay algo importante que debemos hacer.

Acompañó a Thomas al altar. Bajo el potente fulgor del rey, la cámara resplandecía. No había sombras, ni lugares oscuros, ni secretos. Los serubines hicieron un círculo alrededor de Thomas y el rey. El canto se hizo más y más intenso. En el altar, el muchacho se detuvo delante de la cruz, los ojos iluminando su alma. A sus pies había un libro viejo, con la cubierta de oro batido, las páginas hechas de grueso pergamino. El libro se abrió solo y Thomas vio que estaba lleno de nombres. Las páginas fueron pasando una a una y en la última empezó a aparecer su nombre, escrito por una mano invisible sin tinta ni pluma.

—Éste es el *Libro de la Vida*. Todo aquel que tenga su nombre escrito en él no debe temer a la muerte —el rey sonreía mientras hablaba—. Thomas, hoy te voy a otorgar dos presentes. Llévalos siempre contigo. Te serán de utilidad en los días venideros.

Entonces, uno de los serubines se acercó al rey, le entregó un grueso cinto de cuero con hebilla de oro y éste se lo colocó a Thomas en la cintura.

—Es el cinto de la verdad. Tu enemigo empleará la mentira y el engaño. Él es el padre de la mentira. Ten cuidado. Es un león hambriento y destruirá tu alma. No te separes de mi verdad y nunca sucumbirás.

El rey miró al más alto y fuerte de los serubines y le indicó que se acercase a Thomas. La criatura tenía el rostro más hermoso que hubiera visto jamás. No era masculino ni femenino, viejo ni joven. Sus rasgos eran casi transparentes pero poseían gran fuerza.

El joven observó que la túnica blanca del serubín estaba hecha con un hilo que despedía una hermosa luz de oro y plata en cada hebra. La llevaba atada con un grueso cinturón hecho de madera viva. Capullos nuevos y brotes verdes se entrelazaban con ramitas oscuras de serbal que le crecían en la cintura, formando una hebilla fuerte y una vaina para la espada que portaba. Las alas del serubín brillaban y centelleaban; no eran de pájaro y no quedaban fuera de lugar en un ser tan humano. Parecían palpitar, cambiando mínimamente de tamaño como si les diera vida cada latido de la criatura. El serubín desenvainó la espada dorada, levantó la hoja encima de su cabeza y luego la bajó lentamente, ofreciéndosela a Thomas. El rey miró al muchacho a los ojos.

—Azrubel te dará su espada. Antes de aceptarla, piensa en la batalla que has de librar. No la tomes a menos que estés dispuesto a luchar. Hoy alcanzas la mayoría de edad, hoy te haces un hombre. No olvides, Thomas, que es más difícil creer en mí cuando no me ves y seguirme cuando estés solo. No olvides esta noche. Lo único que tienes que hacer es hablar y yo responderé. Estaré siempre contigo, incluso hasta el fin de los tiempos.

Sin dudarlo, el chico extendió la mano y tomó la espada de Azrubel, agarrándola fuertemente por la empuñadura. La cámara quedó de pronto sumida en las tinieblas. Thomas sintió la repentina bajada de la temperatura mientras un viento frío soplaba a su alrededor. No veía nada; buscó desesperado con la mirada el menor destello de luz. Estaba en una oscuridad inmensa, en un silencio total.

Entonces comenzaron los susurros. Primero sonaron como pisadas de ratas en la esquina opuesta de la cámara. Luego crecieron hasta convertirse en voces jóvenes que reían y se burlaban. Oyó que un niño empezaba a sollozar; luego sus llantos inundaron la negra oscuridad.

Muy lentamente, Thomas fue avanzando por el suelo de piedra. Al hacerlo sentía la humedad en los pies descalzos. A su alrededor oía corretear a algo y pisadas en el suelo, el ruido familiar de las colas largas moviéndose en el polvo. Por todas partes oía a las ratas.

Avanzando un poco más, sintió el pelaje caliente y húmedo que formaba el suelo vivo sobre el que intentaba caminar. A cada paso las ratas salían despedidas en todas direcciones, saltando por encima de sus pies descalzos, agarrándole los tobillos y mordiéndolo. Ese era el miedo más profundo de Thomas, la peor de sus pesadillas. A su alrededor el sonido de los susurros se hizo más fuerte. No veía a nadie. Sólo oía las voces perdidas implorando ayuda, sollozando incesantemente. En la oscuridad una mano le tocó la cara, otra le agarró la pierna, otras lo tomaron por el cabello. Sentía un miedo frío subiéndole por el estómago, un miedo que se hacía un nudo y que le dejaba las extremidades sin fuerza.

Oyó el ruido de una caja de yesca, y la luz de una vela apareció a lo lejos. Habían desaparecido el altar y los serubines, sólo quedaba esa luz. Se zafó de las manos y se dirigió lentamente hacia ella sosteniendo la espada delante de él. No pesaba, e incluso en esa negrura tenía un brillo etéreo como el alba dorada de la noche más oscura. Veía la forma agazapada de un ser pequeño encogida al lado de la vela.

—¿Quién eres? —gritó Thomas, sin obtener respuesta—. ¿Quién eres? —el chico, enfadado, dio un golpe con la espada en el suelo, y la cámara empezó a temblar con el ruido de un terremoto que lo hizo estremecerse.

El suelo de piedra se rompió y de los escombros emergió la madera oscura del púlpito de una iglesia, que brotó entre la piedra rota hasta elevarse por encima de Thomas. Una única vela roja goteaba cera lentamente sobre el piso de piedra, dos metros por debajo. Demurral estaba en el púlpito; miró al muchacho y comenzó a hablar:

—Me apoderaré de los Cielos, seré más importante que Dios. Yo seré el juez de la Tierra. Llegaré más alto que las nubes. Yo seré el Altísimo. El mundo entero me adorará —Demurral empezó a reír y reír.

Thomas observó la base del púlpito. Kate y Rafah estaban atados a él con gruesas sogas que parecían unas serpientes enroscadas. Cada cuerda reptante se movía y se enroscaba en sus pies y muñecas, apretándolos cada vez más. El muchacho avanzó y golpeó con su espada al púlpito, que quedó hecho añicos de cristal negro y lanzó afilados cristales rotos por el piso de la cámara.

Demurral cayó al suelo e inmediatamente lo rodearon varios zorros negros que surgieron de las sombras y se colocaron como centinelas para proteger a su amo.

—Ven, chico. Da otro paso si te atreves —dijo burlándose abiertamente de Thomas, mientras los zorros babeaban y aullaban al unísono.

El joven dio un paso adelante, levantó la espada y dirigió un golpe a la cabeza de Demurral. La piedra debajo de él empezó a convertirse en arena. Notó que sus pies empezaban a patinar mientras una caverna se abría por abajo. Estaba cayendo.

* * *

—¡Thomas! —exclamó Kate, que había despertado. La chica se percató de que un varrigal salía de la oscuridad del bosque, se les acercaba amenazante y echaba el brazo hacia atrás para propinar un espadazo a Thomas—. ¡No! —gritó ella en la noche, con los ojos rojos de la criatura ardiendo intensamente bajo la luz tenue del amanecer.

El muchacho fue arrancado de su sueño y volvió a la realidad. Sin pensar, levantó la espada contra la que se abatía encima de él, y el metal chocó a escasos centímetros de su cabeza.

—Corre, Kate. Vete al molino.

Kate salió corriendo del roble y corrió cuesta abajo por el sendero. El varrigal volvió a embestir contra Thomas, que dio un gran salto, de forma que la espada de su enemigo se incrustó en el tronco del árbol. El espléndido roble se quedó rígido por la escarcha, y el contorno del tronco se vio envuelto en hielo que congeló todas las ramas y brotes. Mientras la criatura tiraba de la espada, el chico la hirió en la pierna y luego, viendo la oportunidad de escapar, huyó detrás de Kate.

Thomas corrió lo más rápido que pudo y, antes de haber recorrido un kilómetro, vio a Kate delante de él, en el camino del molino de los Espíritus Burlones. En el alba incipiente el mundo parecía estar envuelto en gris. Era una hora sin sombras, sin colores, en penumbra. Miró hacia atrás. No lo seguían. Estaba furioso consigo mismo por haberse dormido, por haber sido atrapado de nuevo por la criatura y por que su amiga lo hubiese salvado una vez más.

—Oye, Kate —exclamó Thomas—. Espérame, no puedo correr tan rápido como tú —dijo jadeando, intentando hacerla parar.

—Irías más rápido si supieses que el diablo te persigue —replicó ella, sin dejar de avanzar por el camino que llevaba al arroyo del molino.

—Nos persigue, Kate, nos persigue. Pero no nos va a atrapar —agarró a la chica por el hombro—. Para, tenemos que hablar.

—Siempre que hablo contigo alguien acaba intentando matarme.

—Escúchame —Thomas le tapó la boca con la mano para que callase. Desde la lejanía llegaba el sonido familiar de los caballos que galopaban por el camino que llevaba de la playa al páramo. Oían los cascos sonando en las piedras—. Son contrabandistas. Escondámonos en el bosque, no conviene que nos vean.

Thomas sacó a Kate del camino de un empellón y la hizo esconderse entre los helechos. Se arrastraron por la maleza hasta quedar ocultos. Uno a uno, los caballos pasaron, todos llevados por un hombre a pie. A la cabeza de la procesión, un jinete montaba un gran caballo negro. El muchacho miró por encima de los helechos y dirigió a Kate entre susurros:

—Es Jacob Crane, que ha vuelto de Holanda.

—Crane, el asesino que ha escapado de la horca, diría yo —la joven no soportaba a los contrabandistas. Sabía que no se podía confiar en ellos y que vendían a su madre por un cuarto de galón de ginebra—. Agáchate, que te va a ver —dijo entre dientes a Thomas, mientras le tiraba de la camisa.

Jacob Crane era un hombre elegante que siempre se vestía con las mejores ropas. Botas de montar de suave cuero negro, las camisas más blancas, chaquetas bien cortadas, y siempre protegido por los abrigos más gruesos de algodón que podían adquirirse. Llevaba dos trabucos de la mejor calidad, con cañón doble, uno con una bala, el otro con un único perdigón.

Movió la cabeza, inseguro de si había oído voces. Hizo detenerse a su caballo y observó la bruma que flotaba sobre la maleza. El hombre que llevaba el primer caballo se dio cuenta de qué miraba Crane.

—Aliento de dragón, señor Crane, eso es lo que es. Sale de la tierra todas las mañanas. Es el Dragón de la Tierra —hacía gestos a Crane con la cabeza al hablar, intentando convencerlo.

—¿Aliento de dragón? ¡Ya no hay espíritus de ésos...! Estamos en el siglo XVIII. Ahora sigamos, que quedan 20 millas hasta la posada y el brandy se está calentando.

Crane se detuvo y volvió a mirar hacia donde se escondían. La parte superior de los helechos se mecía levemente.

—Señor Agar, creo que nos espían —sacó una pistola del cinto y apuntó a los helechos—. ¡Salid u os sacaré a balazos de vuestro escondite!

Thomas y Kate se miraron. Él le indicó con una seña a su amiga que no se moviese.

—Sois más valiente que yo. Ésta es vuestra última oportunidad antes de que dispare —se dirigió a Agar—: Si es el capitán Farrell, lo ataremos al árbol.

En ese momento algo salió dando un salto de entre los helechos en medio de la penumbra. Crane disparó la pistola, y la detonación se oyó hasta en el valle y el mar. La vieja cierva aulló y dio una coz, saltando por encima del helecho e internándose en el pequeño valle arbolado para cobijarse entre los árboles.

—Ahí tiene su dragón, señor Agar, con un perdigonazo en las ancas —Crane rió y montó su caballo para proseguir. Agar sonrió y dirigió su mirada al lugar donde se escondían Thomas y Kate. Entre dientes, masculló la respuesta.

—Ahí está la hija del recaudador. Si fuerais tan listo, habríais visto a los dos cervatillos, señor Crane —tras decir esto, dio una palmada al primer caballo y continuó la marcha.

Desde su escondite, los dos amigos escucharon el ruido de los cascos alejándose en lontananza. Al otro lado del arroyo estaba el molino de los Espíritus Burlones. El humo reciente de un fuego encendido se escapaba por la chimenea. Esperaron en los helechos hasta que el ruido de los caballos se perdió a lo lejos. Kate fue la primera en hablar.

—Iba a dispararnos —miró gravemente a Thomas y lo pellizcó en la pierna.

—No nos habría dado —el muchacho intentó hacer caso omiso de sus inquietudes.

—Era Jacob Crane, un asesino y un contrabandista. No quiere que nadie sepa a qué se dedica —Kate estaba furiosa. Volvió a pellizcar a Thomas para intentar que reaccionara.

—No es un contrabandista, es un librecambista, y no hay nada malo en ello —Thomas guardó silencio y miró por encima de los helechos al molino, en la otra orilla del arroyo—. En cualquier caso, tenemos cosas más importantes de que preocuparnos —se detuvo y empezó a olisquear el aire.

—¿Y qué hay de Rafah? Podría atraparlo Demurral —volvió a pellizcarlo, más fuerte que antes.

—Para ya —Thomas le apartó la mano.

—No me estás escuchando, estás pensando en otra cosa —le dio un golpecito en el pecho con el dedo—. ¿Qué pasa, Thomas, por qué no me escuchas?

—¡Estoy escuchando, pero no a ti! ¿No lo oyes?

Kate aguzó el oído. Lentamente, los sonidos de la primera llamada de la mañana llegaron desde los árboles. Un pájaro carpintero picaba en un gran fresno y un tordo cantaba con fuerza desde la rama de un roble. Thomas la miró y sonrió.

—Es de día. Hemos superado la noche, estamos vivos —empezó a reír, pero de pronto se detuvo al ver la espada a sus pies. Kate supo dónde miraba. La sangre del varrigal había manchado el arma. El alba reconfortante aún podía infundirles miedo.

Kate miró a Thomas y le dio la mano.

—¿Crees que volverán a por nosotros? —la inquietud estaba dibujada en su rostro.

—Sí, pero no a la luz del día.

El molino de los Espíritus Burlones

Hacía ya cien años que el molino de los Espíritus Burlones estaba en pie, situado en la orilla del arroyo. Sus muros toscos de tres pisos sujetaban un tejado, que estaba cubierto en parte por un espeso musgo verde. Una gran rueda sobresalía en el arroyo y giraba lentamente, crujiendo al dar la vuelta con el empuje del agua, como quejándose por su trabajo. A su alrededor reinaba una gran humedad y un fuerte olor a la harina recién molida, a la comida del rebaño y a vacas enfermas. Cada una de las 20 ventanas de la fachada del edificio tenía una curiosa talla de una rana en una esquina del marco. Bajo la creciente luz de la mañana, las ventanas reflejaban el sol, como una multitud de láminas cuadradas de oro colgadas en el muro.

Al otro lado del arroyo había una casita de piedra, más alejada de la orilla. Había un huertecillo junto a ella, y varios pollos revolviendo el polvo. Un grueso ternero negro empujaba con el hocico la pequeña valla de cañas que se esforzaba por contenerlo. La puerta de la casa era tan reducida que un hombre adulto hubiera tenido que agacharse para entrar. Estaba hecha con un único y sólido trozo de roble. La madera oscura, nudosa y curtida por la intemperie, formaba dibujos extraños, ofreciendo muchas formas a la vista.

La casa de los Espíritus Burlones parecía un lugar acogedor y amable, y una voluta de humo indicaba la presencia de un fuego cálido en el hogar. En la luz pura de la mañana, ofrecía seguridad a Kate y Thomas. Oyeron en el interior a un hombre tarareando una canción de marinero, una historia de aventuras y grandes botines.

La entonación era muy pronunciada, y se apreciaba un fuerte acento extranjero. La voz del hombre subía y bajaba como la marea rompiente, se detenía y luego volvía a surgir enseguida, comiéndose las palabras de un verso y repitiéndolas después a destiempo. El cántico, francamente desafinado, se alternaba con una risa aguda, como si el hombre se estuviera divirtiendo consigo mismo.

Thomas y Kate lo oían marcando el compás, al parecer, con una cuchara de madera y el costado de una cacerola de mermelada. El estruendo metálico inundó el aire de la mañana, y los pollos y los terneros se acercaron a la puerta esperando que el hombre hiciese aparición.

Con un chasquido, la puerta de roble se abrió y de la sombra de la casa surgió un sonoro grito: "Entrad". A continuación, el contenido de la cacerola fue arrojado al huerto. Los pollos pelearon con el ternero por llegar primero, y éste olisqueó con el hocico la mezcla de grano, pan y leche, mientras los pollos saltaban sobre su cabeza y su lomo, picándolo en el hocico para que se apartase.

El hombre no vio a los dos amigos al lado de la valla. Sacó de la cacerola los restos de la comida de los pollos y se puso a cantar de nuevo, cerrando la puerta tras de sí. Thomas se acercó y dio tres golpes en la madera oscura. No hubo respuesta, así que volvió a llamar.

—Hola. ¡¿Os sobra un poco de pan?! —gritó.

El ventanuco lateral se abrió y la nariz del hombre apareció y comenzó a olisquear.

—Atrapan. ¿A quién atrapan? —preguntó con una voz inquisitiva, profunda y gutural.

—No atrapan a nadie —replicó Kate—. ¿Nos podríais dar algo de pan, por favor?

El hombre los miró a través del cristal emplomado de la ventana, observando atentamente sus rasgos.

—Bien, si lo que queréis es pan, pues pan tendréis. Uno no puede ir a un molino y no hallar pan..., y también un asado de carne. ¿Y qué os parece un té?

La ventana se cerró de golpe y la puerta se abrió. El hombre miró fijamente a Thomas y Kate. Estaban cubiertos de barro e impregnados de helechos. No pudo evitar contemplar la mirada inquieta de la chica. Thomas escondió rápidamente la espada del varrigal a un lado de la valla de cañas.

—Entrad, entrad. No os podéis quedar en la puerta todo el día. Id a calentaros junto al fuego.

El hombre, que hablaba deprisa, los condujo a los dos a una gran cocina. Estaba ordenada y limpia, con un fogón negro en la pared del fondo. Dos sillones de cuero ofrecían descanso junto a la chimenea, con unos pantalones secándose en un brazo. Un farol de turba iluminaba toda la estancia con un cálido brillo anaranjado, y perfumaba la casa con la fragancia humeante de la tierra fértil. Había un olor fuerte y dulce a levadura, bizcocho de frutas y masa de pan, que a Thomas le hizo pensar en los preparativos de su madre para la Navidad. La estancia era alargada y baja, con un techo de vigas oscuras y paredes de escayola blanca.

Sobre sus cabezas, dos faisanes pendían de sus cuellos en un gancho de una de las vigas; sus plumas rojas, marrones y doradas atrapaban los rayos solares que entraban por la ventana.

Junto a las aves colgaba también un gran trozo seco de ternera en salazón que parecía recubierto de espesa cera marrón.

—Sentaos, tenéis aspecto de haber pasado la noche fuera. ¿Qué hacéis aquí tan temprano? —calló y se tapó la boca con la mano—. Qué maleducado soy. Me llamo Reuben Wayfoot, el molinero, y ésta es mi casa. Bienvenidos —extendió las manos en un gesto amistoso.

Reuben Wayfoot era un hombre corpulento con antebrazos recios y espaldas anchas. Sus manos eran de gran tamaño, pero las manejaba de forma delicada y cuidadosa. Para su estatura, no daba la impresión de ser torpe. Todo en él parecía pulcro.

Aunque su ropa estaba desgastada y muy usada, tenía el aspecto de un caballero. Llevaba unos pantalones viejos de estameña, una camisa antaño blanca y un grueso delantal de cuero manchado de harina. En realidad, todo Reuben Wayfoot estaba enharinado: sus largos cabellos blancos, lo más llamativo eransus grandes orejas, e incluso sus cejas espesas y pobladas. Sin embargo, lo más llamativo eran sus ojos verdes, dulces, risueños y cálidos. Pertenecían a alguien en quien se podía confiar.

—Ahora permitidme que os ofrezca té y pan. Muchachos, parece que no os vendría mal algo para calentaros. Yo tengo dos hijos. Se levantarán dentro de una hora, más o menos. Son un poco menores que vosotros, pero mayores ya al fin y al cabo —Reuben abrió la puerta del hornillo lateral y sacó varias lonchas voluminosas de ternera bien asada. Puso la carne caliente en un plato y se la ofreció.

—Coméosla, que ahora os traigo el pan. Podéis contarme qué habéis estado haciendo. No tenemos muchas visitas, por ser éste un molino de espíritus burlones —Reuben tomó una barra de pan y se la enseñó; luego la partió por la mitad con sus grandes manos—. Aquí tenéis. No hay nada como el pan calentito de buena mañana —lo colocó en el plato y dio una palmada, esparciendo una nube de harina por el aire.

Los chicos empezaron a comer, llenándose la boca con la ternera caliente y el pan, mientras Reuben proseguía con sus tareas. Lo miraron mientras barría el suelo y colocaba cuatro cubiertos en la mesa larga de madera que estaba frente al ventanuco. Él se dio cuenta de que Kate seguía todos sus movimientos y que estaba a punto de hablar, cuando dijo:

—Antes de que preguntes, tengo mujer. Se llama Isabella, y está fuera recogiendo cosas del bosque, mientras los gemelos duermen —vio otra pregunta en su mirada. La boca llena de comida le impedía hablar—. Se llaman Bealda y Efrig. Los oirás antes de verlos —levantó la mirada hacia el techo de vigas, varios centímetros por encima de su cabeza—. Ahora respondedme una cosa: ¿qué hacéis tan temprano por estos lares?

Había observado cada detalle de su aspecto. El polvo de sus botas, las manchas de sudor y barro de sus rostros y, sobre todo, su evidente mirada de inquietud. La voz grave y el acento cerrado de Reuben lo hacían parecer como un extranjero en aquella parte del mundo.

Los dos conocían el molino de los Espíritus Burlones, pero era un lugar al que la gente rara vez iba y del que nunca quería hablar. Se creía que los espíritus burlones vivían en el valle. Eran unas criaturas extrañas que podían cobrar la apariencia de un hombre o de un animal. No hacían realmente daño a las personas, pero era bien sabido que robaban todo lo que podían.

Si se le pedían indicaciones a un espíritu burlón, siempre señalaba otra dirección. Como nadie estaba seguro de haber visto a uno, no se podía decir a ciencia cierta qué aspecto tenían. Sin embargo, las habladurías acerca de que existían bastaban para que los aldeanos y forasteros no se acercasen al molino ni al valle alargado que lo comunicaba con el mar a través de la cueva de los Espíritus Burlones.

Reuben se sentó, acercando la silla de madera al fuego. Los miró y aguardó la respuesta a su pregunta. Kate tragó el pan; estaba a punto de abrir la boca para hablar cuando Thomas intervino:

—Nos perdimos en la oscuridad, así de sencillo. Nos equivocamos de camino y no pudimos volver —miró a Kate para que corroborase su historia. El muchacho no quería mentir, pero tampoco quería contar la verdad. Ella intentó seguirle la corriente pero sintió que se acaloraba más y más. Reuben los miró y notó la incomodidad de la chica.

—Hay muchas cosas en estos bosques por la noche. Es un lugar peligroso para dos niños solos —dijo en voz baja.

Kate respondió enseguida:

—No soy un niño. Soy una chica. Me llamo Kate y él es Thomas. No nos perdimos, intentábamos escapar de...

—Librecambistas, contrabandistas... —interrumpió Thomas—. Íbamos por el camino y nos los encontramos subiendo al faro, así que nos escondimos para que pasaran. No queríamos que nos atrapasen —se apoyó en el sillón de cuero, complacido con su respuesta.

Reuben asintió como dándole la razón. Thomas exhaló un suspiro de alivio y alargó la mano para tomar más pan.

—Parece que tenéis barro de alumbre en las botas —Reuben señaló la espesa arcilla rojiza que cubría las suelas de Thomas—. Eso no se encuentra por aquí. Tenéis que haber venido del otro extremo de la bahía. Es un largo camino a oscuras, sobre todo si no sabes adónde vas.

Al muchacho no se le ocurrió ninguna respuesta. Tomó aire y observó la habitación en busca de inspiración. Las mentiras habían sido parte de su vida, salían de sus labios como la miel. Se estrujó los sesos para intentar decir algo, una frase que tapase la verdad.

De pronto se produjo un gran jaleo en la puerta de entrada. Se oía a los pollos correr y cacarear en el huerto. El ternero mugía con fuerza, mientras embestía contra la valla de cañas. La puerta de roble se abrió de par en par; parecía que una tormenta inesperada se hubiera abatido sobre la casa. Reuben se levantó de un salto y abrió los brazos gritando: "¡Isabella, Isabella!", a la vez que le quitaba a ésta una gran cesta que llevaba en un brazo. Thomas y Kate casi rieron ante aquella forma tan extraña y ruidosa de saludarse.

—Isabella, tenemos dos huéspedes. Ésta es Kate, y éste es Thomas. Se han perdido en el bosque y han llegado aquí —los señaló imperceptiblemente con la mano—. Les he dado de comer para quitarles el frío.

Reuben hablaba animadamente y parecía muy contento de ver a su mujer; sus ojos brillaban y todo él parecía henchido de júbilo. Era como si fuera a explotar si no manifestaba una expresión de bienvenida para ella. La rodeó con los brazos y se abrazaron. Reuben alzó a Isabella del suelo.

Thomas advirtió que el hombretón también tenía seis dedos en la mano derecha, e incluso se contó los suyos, atónito, pensando que se había equivocado. No era así. Él tenía cuatro dedos además del pulgar, pero Reuben tenía uno más que él. Thomas miró a Kate, esperando que ella también se hubiera fijado. Ésta tenía la vista fija en el suelo, sin querer mirarlos. Thomas se dio cuenta de que, como él, ella nunca había visto esa clase de amor entre dos personas.

Pensó en sus progenitores. Su padre siempre estaba en alta mar, y al regresar a casa iba parando en las tabernas del Dolphin, el Old Mariner y el Nag's Head. Llegaba a su casita atestada y desordenada, y a continuación la ginebra lo adormecía en el sillón junto al fuego.

Reuben e Isabella terminaron su abrazo y se volvieron hacia los chicos. Isabella era muy alta y distinta a todas las mujeres que habían visto. Llevaba un largo vestido verde con un delantal blanco y un abrigo negro de estameña. Sus cabellos eran de la plata más pura, cada mechón como la hebra brillante de una telaraña atrapada en la escarcha invernal. Tenía la piel bronceada por las horas de trabajo bajo el sol del verano; sus ojos y su boca presentaban las arrugas producidas por la risa, pero Thomas no podía adivinar su edad. Sus anfitriones se quedaron juntos, de pie, con sus siluetas recortándose contra el sol que ya brillaba por la ventana.

Isabella miró a Kate, y dijo:

—Parece que llevas mucho tiempo usando esa ropa. Ven conmigo, quizá tenga algo de abrigo que pueda darte.

Tomó a la joven del brazo y se la llevó al piso superior. El tamaño de la casa era engañoso. Thomas vio que tenía dos escaleras que salían de la cocina a partes distintas del piso de arriba.

Reuben miró al muchacho.

—Ha tenido que ser una noche larga para vosotros en el bosque.

Thomas no quería responder sin pensar primero en lo que iba a decir.

—Estoy bastante acostumbrado. Llevo cierto tiempo viviendo a la intemperie —se calló y miró por la ventana. Sintió que el labio le empezaba a temblar y que se le llenaban los ojos de lágrimas. Suspiró profundamente y se clavó las uñas en la mano—. Mi padre está muerto y mi madre en el hospital —tendió los brazos al fuego para calentarse.

—Qué pena —Reuben hizo una pausa y reflexionó—. Creo que he oído hablar de ti. Debes de ser el chico de Baytown.

Unos librecambistas me hablaron de ti... Eres un chico peleón, según dicen —al ver que Thomas se ruborizaba, Reuben hizo un amago de risa y sonrisa al mismo tiempo, intentando que el muchacho se relajara—. ¿Qué te trae al bosque? Creía que eras un muchacho del mar.

—Un amigo —calló—. Nos encontramos con un amigo.

—¿Y ese amigo vuestro sigue en el bosque? —Reuben aproximó su silla a Thomas y se acercó más a él—. Éste es un lugar peligroso. Nunca sabes en qué clase de lío te vas a meter. No son sólo los contrabandistas los que te cortan el cuello en la oscuridad.

El chico sentía el aliento de Reuben en la cara. Éste se frotó la barba incipiente del mentón.

—Dime, Thomas, ¿a quién viste anoche? —susurró.

—No vimos a nadie. Nunca he visto a alguien a quien no debiera. He aprendido a volver la cara en el momento preciso y a ir por otro camino cuando llegan los librecambistas. Nunca veo a nadie —se apoyó en el sillón, intentando alejarse de Reuben para ganar espacio.

—Bien. A veces es mejor no ver a nadie, y no oír nada, especialmente en el molino de los Espíritus Burlones. Nunca hemos tenido una visita del recaudador de impuestos, y espero que nunca la tengamos, señorito Thomas.

Entonces pudieron oír cómo se arrastraban unos pies en el piso superior. El suelo tembló mientras se desencadenaba una pelea, y cayó polvo del techo de la cocina. A continuación, sonaron un golpe seco en el suelo y un potente grito, rápidamente seguido del impacto de una cacerola.

Reuben miró a Thomas.

—Mis dos chicos se han despertado —dijo—. Bajarán en un momento.

El ruido de la pelea se acercó. Por la escalera más lejana aparecieron los dos chicos hechos un amasijo; aún iban en pijama.

Daban puñetazos y patadas al aire, y se golpeaban, cada uno intentando llegar el primero al final de las escaleras. Gritaban y chillaban. Se oyeron las amenazas de lo que se harían:

—Suéltame o te sacaré los sesos por la nariz, si es que tienes —exclamó Bealda.

—Te crees muy gracioso, ¿verdad? Bueno, pues ríete de esto —respondió Efrig, dándole un puñetazo.

—¡Chicos! —gritó Reuben. Su voz retumbó en la cocina con la mayor potencia que Thomas había oído jamás. Los dos muchachos se detuvieron en seco y se señalaron mutuamente.

—Ha sido él —dijeron exactamente al mismo tiempo y casi con la misma voz.

Bealda protestó:

—Lo he pillado intentando sacarme un diente mientras dormía. Es la tercera vez en esta semana.

—Ya basta. ¿No veis que tenemos invitados? —Reuben se hizo a un lado para que vieran a Thomas junto al fuego—. Ahora sentaos a la mesa y os traeré el desayuno, y cuidado con lo que decís: tenemos a una joven dama en la casa.

—Pues a mí me parece un chico —gritó Efrig, propinándole un codazo a Bealda en las costillas. Ambos rieron.

Reuben les hizo un gesto para que se callasen y se sentasen a la mesa.

—Es evidente que éste no es la chica, pues se llama Thomas. Ella está arriba con vuestra madre, cambiándose. Son nuestros huéspedes, así que no seáis groseros.

—Eso, y no intentes sacarles los dientes, Efrig —Bealda lo empujó contra la mesa.

Reuben intentó no reírse delante de los chicos. Los dos se sentaron de un salto en el banco alargado y esperaron. Bealda sonrió a Thomas con una sonrisa desdentada.

—No te preocupes, Thomas, no intentarán robarte los dientes; los tuyos no pueden vendérselos a la abuelita, como los suyos —Reuben siguió preparando el desayuno; después puso la mesa y sacó más ternera asada del horno.

Thomas miró a los hermanos. Eran casi idénticos. Bealda era ligeramente más alto que Efrig, y tenía el rostro más ancho y el cabello más largo. Eran grandes y, aunque no parecían tener más de nueve o 10 años, su tamaño era fácilmente el de uno de 16. Llevaban camisones iguales hasta la rodilla, hechos de grueso algodón y abotonados hasta el cuello. En los pies tenían grandes pantuflas de piel de cordero que subían más allá del tobillo. Las llevaban encima de unos calcetines verdes hasta la rodilla. Ambos parecían estar bien cuidados y, a juzgar por la calidez de su aspecto, se sentían queridos.

Reuben miró a Thomas:

—Ven y toma con nosotros este té caliente; acaba de llegar de Holanda.

No fue necesario repetírselo dos veces. Era una bebida que le encantaba, una infusión por la que se libraban batallas, por la que incluso se mataba. Cada onza de té local se introducía de contrabando en la región, para eludir los impuestos; muchos hombres habían perdido la vida por transportar un arcón. Le encantaba ver el vapor caliente saliendo de una tetera, y después saborear el primer trago del amargo brebaje.

Thomas se sentó a la mesa y aguardó el té. Sonrió a los chicos, que estaban sentados uno al lado del otro comiendo ternera caliente y grasienta con los dedos y rebañando la salsa del plato con el pan. Miró a Efrig:

—¿De verdad que vendéis dientes a la abuelita del pueblo? Yo creía que era una bruja.

Desde las escaleras, habló Isabella:

—Los venden y, sí, es una bruja.

Thomas levantó la vista y se quedó sorprendido. Delante de él apareció una Kate completamente transformada. Tenía el cabello suelto y cepillado a conciencia. Llevaba un largo vestido azul con el cuello blanco y una chaquetilla roja sobre los hombros. La joven sonreía. Nunca la había visto tan guapa.

—Si de veras te interesa, Thomas, vendemos los dientes de leche de los chicos cuando se les caen. La abuelita cree que tienen ciertas propiedades...

Efrig interrumpió:

—Cree que somos espíritus burlones.

Fue entonces cuando Thomas se dio cuenta de que los dos hermanos tenían el mismo número de dedos que su padre.

—¿Sois espíritus burlones? —preguntó, sin estar seguro de si lo quería saber realmente.

Isabella respondió primero:

—No creo que lo que seamos importe realmente. Sólo has de saber que somos tus amigos —se acercó a la mesa y se situó junto a Reuben—. La gente cree que somos muchas cosas. Los nuestros han sido perseguidos y expulsados allá donde han ido. Incluso nos echan la culpa del mal tiempo, de que las vacas se queden sin leche y del precio bajo del grano —se detuvo y miró a Reuben.

—Mi mujer tiene razón en lo que dice. Somos diferentes, pero al mismo tiempo iguales que tú. En los últimos dos mil años los nuestros han estado diseminados por todos los confines de la tierra. Trabajamos donde podemos, no hacemos daño a nadie, e intentamos vivir en paz. El problema, Thomas, es que la gente siente celos cuando las cosas nos van bien. Como nuestro aspecto es distinto y tenemos un idioma propio, la gente suele culparnos. No digo que seamos perfectos, pero ¿de verdad parecemos monstruos?

Thomas pensó que Reuben Wayfoot no podía ser descrito como un monstruo. En el breve espacio de tiempo que los había conocido, habían sido muy amables. El hombretón le dio una palmada en el hombro y le acarició el cabello. Isabella rodeó a Kate con el brazo y la atrajo hacia sí.

—Por lo que me ha contado Kate, lleváis despiertos casi toda la noche. Podéis dormir en la habitación de los chicos. Después decidiréis lo que queréis hacer.

Isabella se acercó a la chimenea y retiró un cazo de agua humeante de las ascuas. De un armario sacó dos sencillas tazas blancas de loza. Descolgó un ramito seco de hierbas verdes que pendían detrás de una de las vigas. Frotó las hojas en las tazas y después las llenó de agua caliente. El olor de la menta, la lavanda y la manzanilla ascendió a su alrededor. Thomas aspiró los vapores calientes e inhaló el fuerte aroma. Cerró los ojos y dejó que la intensa fragancia lo invadiese.

—Tomaos esto. Eliminará los pensamientos que os impedirían dormir. No os preocupéis, no os envenenará; a mí no me dan el sobrenombre de "la abuelita".

Thomas y Kate sabían que no serviría de nada discutir. Él se sentía a gusto con Isabella. Siempre había creído que podía juzgar a alguien por su mirada, y la de ella estaba llena de amor. Isabella tomó a Kate por los hombros y le señaló las escaleras.

—Adelante, subid. Nosotros tenemos cosas que hacer. Os llamaremos cuando hayáis descansado.

Thomas siguió a Kate a la habitación de los chicos. Era amplia y estaba limpia, y tenía dos camas anchas, de madera, hechas a mano. Era muy diferente de la esquina de la cueva donde dormía sobre un desgastado colchón de crin con una gruesa y acartonada manta vieja. Bebió un sorbo de la taza y observó la habitación, deteniéndose en todo lo que veía.

Las paredes eran de escayola y madera, igual que el resto de la casa. En cada panel había pintada una pequeña imagen de un cordero o un zorro. En el de la ventana había un árbol increíble que parecía firmemente enraizado en el suelo. El tronco y las ramas se elevaban rodeándola, y parecía que se podían arrancar las hojas, de un verde intenso.

En cada rama había dibujadas unas esferas doradas que pendían como frutos. En el interior de ellas estaba escrita, en bella pintura azul, una palabra en un idioma que Thomas no entendía. A veces le costaba reconocer el inglés de la corte, pero aquellas palabras parecían de otro mundo. El dibujo llenaba la pared entera y le hacía sentir que él era parte del árbol. El resplandor del oro intenso, del verde, del amarillo y del azul confería a todo un aspecto vibrante.

Todas las ramas del árbol estaban conectadas, todas las esferas doradas se unían por una fila de hojas plateadas de vid. A la izquierda había una luna llena poniéndose sobre las colinas, a la derecha un sol de oro saliendo en el mar. En la base del árbol aparecían dibujados un hombre y una mujer dándose la mano. Entre ellos había un corderillo. Por la hierba verde se arrastraba un monstruo marino negro, medio lagarto, medio serpiente. Sus ojos morados contemplaban a Kate y Thomas, siguiéndolos por la habitación.

Se quedaron hechizados por el dibujo y buscaron con la mirada todos los detalles que podían encontrar. Escondidos entre las hojas había unos rostros de niños. Pajarillos y fruta llenaban las ramas. Con cada nuevo segundo de contemplación aparecían más y más cosas, como si el dibujo se estuviera haciendo ante sus ojos.

Thomas sintió envidia de que aquellos chicos tuviesen una habitación tan hermosa. Al lado de cada cama había una mesilla, y sobre ellas, una vela en un candelabro de madera hecho a mano con la forma de un barquito verde. El suelo era de tablones de madera, y un pequeño fuego de restos vegetales estaba encendido en la cuidada chimenea.

Ni Thomas ni Kate hablaron. Se sentaron en las camas y se acostaron en el colchón blando. Al cabo de unos instantes, los dos se quedaron dormidos.

En la cocina, Reuben e Isabella estaban sentados junto al fuego y esperaban a que cesasen los ruidos de la habitación superior. Bealda y Efrig seguían tomando el desayuno en la mesa al lado de la ventana. Isabella miró a Reuben y, con la mano, le hizo un gesto para que se acercara.

—Están en apuros, Reuben. La chica me ha dicho que unas criaturas extrañas los han perseguido por el bosque. Ella lleva una pistola que le ha quitado a su padre, y, al volver a casa, he encontrado una espada escondida en la valla de las vacas —hablaba en voz baja para que los chicos no la oyeran—. Ha dicho que hay otro muchacho, un africano que está intentando entrar en casa de Obadías Demurral, el párroco —Isabella siguió hablando con voz queda pero agitada—. Se llama Rafah. Ya sabes qué significa su nombre. Es hijo de El Libro. Ha venido a encontrar algo que ha robado Demurral.

Reuben se frotó las manos y miró a los chicos y después otra vez a Isabella.

—Rafah es nombre de alguien que cura. Espero que ese muchacho esté a la altura de su nombre. Sabía que en la mirada de Thomas había más miedo que el causado por una persecución de contrabandistas. Si el bribón de Demurral está metido en esto, no es tarea para dos chicos y una chica, pero no podemos detenerlos. No nos conviene que nadie se entere de lo que estamos haciendo aquí. Podemos ayudar, Isabella, pero éste no es el momento de inmiscuirnos en los planes de Demurral —Reuben se levantó de la silla y quedó de espaldas al fuego—. Estarán dispuestos a hacerlo. Debemos rezar por ellos, necesitarán toda la ayuda del Cielo si entran en conflicto con el párroco —Reuben tomó a Isabella de la mano—. Escondamos la espada y la pistola. Cuando se despierten veremos qué quieren hacer. Jacob Crane regresa esta noche; tendrán que haberse ido antes de que llegue.

7

Dagda Sarapuk

La vicaría siempre era un lugar oscuro. Incluso en la mañana más luminosa de otoño daba la impresión de que la noche se aferraba a sus portales. Poseía una belleza extraña y marchita, y parecía tallada en el cabo rocoso sobre la bahía.

Demurral había jugado sucio para convertirse en párroco de Thorpe. Hacía muchos años, había sido invitado por el reverendo Dagda Sarapuk, en calidad de párroco visitante, y se ganaba la vida con sermones de un penique que decía en pajares, carros, o donde pudiese reunir a una congregación. Desde el instante en que estuvo en el jardín de la cima del acantilado de la vicaría de Peak, y contempló las tres millas a Baytown, quedó atrapado por el poderoso hechizo de la casa y la belleza que se extendía ante él. En la bahía las olas rompían en las rocas, el brezo teñido de amanecer se extendía a lo lejos, y el verdor de las colinas se desplegaba millas y millas como una alfombra espléndida. Supo que jamás podría abandonar aquel lugar. Pasase lo que pasase, tenía que convertirse en el propietario de cada piedra y brizna de hierba que componían la vicaría de Peak. Mientras estaba en las almenas que se elevaban sobre el mar, lo invadió una codicia repentina.

La oscuridad y el deseo lo consumieron, despojándolo de toda su luz y caridad. Demurral cambió en un abrir y cerrar de ojos.

Cada onza de bondad, cada gota de piedad y cada chispa de alegría se transformaron súbita y completamente con un escalofrío de sus huesos. En ese instante, todo lo que tenía de bueno se tornó en corrupción.

En su primera noche como huésped del párroco Sarapuk, cuando éste había bebido demasiado vino, Demurral lo convenció para que apostara todo lo que tenía al resultado de una carrera de dos cucarachas en la larga mesa de la cocina. Sarapuk eligió la cucaracha más grande y gorda que pudo encontrar. Demurral escogió la criatura más liviana de toda la masa en movimiento que corría por el suelo; era la única que sus dedos abotargados por el vino pudieron atrapar. Los bichejos fueron dispuestos uno al lado del otro y, para dar comienzo a la carrera, Sarapuk dejó caer el pañuelo en la mesa. Demurral cerró los ojos y empezó a rezar. Por primera vez en su vida sintió una energía saliendo de su interior. Notó que no estaba solo, que compartía su cuerpo con otro ser. Era como ser un dios, con el poder para hacer que todos los elementos de la tierra, el viento y el fuego le obedeciesen.

Para su sorpresa, la cucaracha esmirriada, delgada y de patas largas atacó a su gruesa rival, arrancándole la cabeza de un mordisco y dejándola como un platillo con seis patas al revés. La cucaracha vencedora se arrastró al otro extremo de la mesa, adjudicando a Demurral la vicaría y los habitantes de todas las tierras que abarcaba la vista. Sarapuk empezó a sollozar, dándose cuenta de su estupidez. Lo había perdido todo. Demurral se levantó de la silla sosteniendo en la mano a la cucaracha victoriosa.

—Alabada seas. Alabada seas, bichejo negro —exclamó mientras daba saltos por la cocina, agitando las manos en el aire y luego cayéndose encima de la mesa. Un deseo intenso y fuerte volvió a apoderarse de él. Miró a Sarapuk y se puso a reír— . Y tú, estúpido amigo, te irás de aquí por la mañana.

Demurral se acercó a Dagda Sarapuk, para mostrarle la cucaracha.

—¿Quieres cambiar tu suerte? Venga, tómala. Te echo otra carrera dándote ventaja —dijo guasón.

Sarapuk soltó un gemido agudo y se le llenaron los ojos de lágrimas. Extendió una mano temblorosa para tomar la cucaracha; pero Demurral la retiró bruscamente. Con un firme apretón aplastó a la criatura en la palma de la mano. Se produjo un sonoro crujido cuando el duro caparazón se le deshizo en los dedos.

Aquella noche había tenido lugar hacía 25 años, y la perfidia del corazón de Demurral había aumentado con cada cambio de estación.

Rafah se escondía en el sótano húmedo de la vicaría, entre unas manzanas apiladas que habían sido puestas en bandejas de madera y tapadas con arpillera. Se apretujó entre dos cajas y se cubrió con la tela mohosa. Llevaba allí varias horas, intentando no hacer ningún ruido al respirar, con la esperanza de no ser encontrado. Casi completamente a oscuras, oyó desde su escondite que Demurral y Beadle lo buscaban. Volvieron al cabo de muchas horas para cerrar la puerta metálica que comunicaba el sótano con los túneles, maldiciéndose por no haber capturado a los jóvenes invasores.

Rafah no podía saber si era de día. En la cocina del piso de arriba oía el ruido de las cacerolas y los pasos de la cocinera que renqueaba. Escuchó todas las pisadas. Por el modo de caminar, supo que ésta tenía una cojera grave y un peso considerable. Escuchaba los pasos desiguales que daba en el suelo, y la tensión de los tablones encima de él. Sabía que era una mujer por la voz aguda que emitía al ordenar a Beadle que saliera de la cocina y que no volviera a poner los pies allí. Todo aquello había comenzado una hora antes, luego Rafah suponía que eran las primeras horas de la mañana. Había pasado casi toda la noche intentando no dormirse y rezar. Había pedido para sus adentros que Thomas escapara de Demurral. El plan había funcionado; él estaba en el interior de la vicaría, pero la suerte de su amigo era una incógnita. La última vez que lo había visto, corría por el túnel hacia la luz de la puerta, perseguido por el vicario. Rafah se escurrió entonces en el sótano y se ocultó.

Desde su escondite pensó en lo que tenía que hacer. Recuperar el querubín no sería sencillo. Era un objeto demasiado preciado como para poder conseguirlo con facilidad. El deseo de Demurral de poseer el querubín implicaba que no se detendría ante nada.

No sabía si la puerta del sótano estaba cerrada; no había oído el girar de la llave. Se dio cuenta de que, antes de que pasase mucho tiempo, tendría que proseguir y encontrar el querubín.

Rafah metió la mano en una de las cajas y sacó una manzana grande y dura. Dio un mordisco, pero sabía a madera mojada. Lo escupió y volvió a meterla en la caja. Gateando al lado de la pared avanzó por la oscuridad hacia la puerta, y pudo ver un rayito de luz que entraba por debajo de ésta. La llave no estaba en la cerradura. Tocó el pomo de metal y apretó lentamente: un sonoro chasquido precedió a su apertura.

En el exterior del sótano, un tramo de 10 escalones de piedra ascendía hasta un pasillo iluminado. Subió cautelosamente, deteniéndose y escuchando a cada paso. Aún oía la voz de la mujer quejándose de su vida y deseándole a Demurral toda la mala suerte del mundo. Al llegar arriba, Rafah vio que la puerta de la cocina estaba abierta. El olor a pescado hervido y a repollo se extendía por todas partes y el vapor salía en remolinos por la oscura puerta de roble. Vio la espalda de la cocinera. Ésta estaba frente a una ventana grande, lavando las cacerolas en una pila de piedra. Era corpulenta y fornida, y llevaba un vestido azul oscuro y un delantal gris anudado en la espalda. Pasó por la puerta y caminó sigiloso por el pasillo. Al otro extremo vio la enorme cancela de entrada. Sobre ella, desde el dintel al techo, a tres metros y medio de altura, había un espejo con un marco de oro en el que aparecía tallado un cuervo. El ave medía más de un metro. Sus garras largas y afiladas se agarraban al azogue, y sus alas extendidas, aún más grandes, se abrían por ambos lados. Tenía unos ojos pintados de verde que parecían seguir a Rafah mientras caminaba por el pasillo. Éste volvió a mirar, creyendo haber visto moverse al cuervo. Durante un instante pensó que el ave había agitado las plumas de oro y que luego se había vuelto a quedar inmóvil. Sentía que el gran pájaro podía caer en picado y atacarlo con sus gruesas y puntiagudas garras.

Rafah continuó avanzando por el pasillo. Sabía que en cualquier momento una de las sucias puertas de roble podía abrirse, y entonces Demurral lo atraparía. Aguzó el oído para escuchar el más mínimo ruido y el más leve gemido de un tablón del suelo. A sus espaldas oía a la cocinera quejarse y arrojar las cacerolas por doquier. Llegó a la puerta de entrada; el cuervo dominaba la pared de enfrente y lo miraba como si fuera a lanzarse sobre él. A su derecha estaba la puerta, y a la izquierda una escalera que conducía a un piso superior y después se enroscaba súbitamente. Rafah cerró los ojos y tomó aire lenta y concienzudamente. Empezó a calmarse y dijo en voz baja:

—Riatamus, guíame.

Abrió los ojos y observó el pasillo. Debajo de la puerta que tenía enfrente había un espeso remolino de polvo, que se levantaba como una nubecilla. Supo que tenía que abrir esa puerta. Colocando la mano en el gran pomo de latón, lo accionó y la puerta empezó a abrirse. No pensó ni por un instante que pudiera haber alguien en la habitación. Sólo sabía que lo estaban guiando hasta allí.

En el interior había un gran escritorio, trozos de pan desperdigados por el suelo, una jarra de vino en la mesita, y varios libros antiguos. Una enorme ventana saliente con cortinas verdes desvaídas dominaba la estancia. Por la puerta veía el mar y Baytown a lo lejos. Era un día luminoso, pero la estancia estaba a oscuras.

Era una habitación hermosa, afeada por el descuido y los objetos del dueño. Buscó rápidamente el querubín, pero no estaba a la vista. Registró los cajones del escritorio de Demurral y un enorme cofre colocado en el hueco de la chimenea. No estaba allí. De pronto, Rafah oyó pisadas que bajaban por las escaleras. Sabía que no había escapatoria. Un segundo grupo de pasos se oyó acercándose por el pasillo. Marcaban un ritmo con cada taconazo en los tablones duros de madera. Eran decididos, largos, seguros, y se acercaban rápidamente a la sala. Sólo tenía unos segundos para esconderse.

La puerta se abrió de par en par. Demurral entró en la habitación y se dirigió a su escritorio. Se sentó en la silla, puso sus pies largos y finos en la mesa y se echó hacia atrás. Se arrebujó en la bata de seda y se encogió de hombros. Beadle apareció y, como un perro obediente, se quedó a su lado aguardando órdenes. El barro de la noche anterior le cubría las botas, y se frotaba los dedos sucios y mugrientos mientras esperaba impaciente.

—Los has perdido, Beadle. Ahora nunca sabremos quiénes eran.

—O por qué estaban aquí —respondió el sirviente.

—Al contrario. Estaban aquí por el querubín. Querían robarme mi angelito de oro —se frotó el mentón y observó la habitación—. Lo volverán a intentar, así que tenemos que descubrir quiénes son y quién los ha enviado —dio una patada a la mesa, esparciendo papeles por el suelo.

—¿Dónde empezamos a buscar? Lo hemos intentado durante toda la noche y no los hemos encontrado —dijo Beadle, mientras intentaba recoger los papeles.

—No será difícil dar con ellos. Nadie debería saber qué tenemos aquí, a menos que hayas vuelto a irte de la lengua —miró acusadoramente a Beadle, enarcando una ceja—. Hablar cuando estás borracho te costará la vida. Lo que tenemos debe ser protegido y la gente insignificante puede ser sacrificada en aras de la causa.

Beadle tragó saliva ostensiblemente. Sabía que Demurral cumpliría con su palabra, que no dudaría en matarlo de la forma más vil.

—Trae el cuenco. Quizá Pirateon pueda guiarnos —Demurral bajó los pies al suelo, se incorporó de la silla y se arremangó. Beadle se dirigió a una mesita y del cajón sacó una bolsa negra. Del interior extrajo un cuenco de porcelana verde, con dibujos de serpientes que se enroscaban en la base y subían en círculos hasta el borde. Lo colocó en la mesa. Demurral metió la mano en el cajón superior del escritorio, sacó una botella de cristal con un líquido fluido y lo vertió en el cuenco, antes de mirar a Beadle.

—Sangre, Beadle. Nos hace falta sangre —éste recorrió con los ojos la habitación y después dirigió una mirada vacía y preocupada a Demurral.

—Tu sangre, Beadle. Necesito tu sangre —indicó a su sirviente que se acercara.

—Pero yo sólo tengo para mí... No puedo darla... Me quedaré seco —imploró, mientras se alejaba de Demurral.

Del cajón, el párroco sacó un pequeño cuchillo y apuntó con él a Beadle.

—No quiero un cubo, sólo una gota. Prometo que no te dolerá.

Hizo un ademán repentino para agarrar a Beadle y consiguió tomarlo del brazo. Lo empujó al escritorio y le puso la mano derecha encima del cuenco, hundiéndole la puntita afilada de la cuchilla en el pulgar. Vertió dos gruesas gotas de sangre en el cuenco y, con el cuchillo, las removió en el agua. El atónito Beadle se apartó de un salto de la mesa y ululó como un búho. Se llevó el dedo a la boca y se chupó la herida.

—¡Habéis mentido! ¡Me duele! ¡Y me la habéis quitado toda! —chilló a Demurral, con el pulgar en la boca.

—Ven, amigo mío, y mira en el agua.

El párroco colocó las palmas de las manos encima del remolino de agua. Cerrando los ojos, y con una voz grave que no era la suya, comenzó a decir:

—Pirateon-Kaikos-Teon-Anetean.

Al pronunciar las palabras, el agua se tiñó de negro y se agitó en el cuenco como una tormenta atrapada.

—Muéstrame, Pirateon, Oscuro Señor de los cielos, muéstrame —canturreó en voz alta, mientras el agua cobraba un intenso color de plata y se congelaba como hielo duro. En el reflejo, Beadle vio que aparecía una casa. Era una casa pequeña y se hallaba en los bosques al lado de un arroyo.

—Mira, Beadle, ahí están; o estarán, más bien. ¿Conoces ese lugar?

—Es la casa del molinero, donde vive el espíritu burlón —volvió a mirar el cuenco—. Está a dos horas a pie; ¿cómo puede verse aquí? —dijo temblando.

—Es magia... que surge de Pirateon. Malgasté muchos años siguiendo el camino erróneo. Intenté con todas mis fuerzas entender todo lo que me habían enseñado de niño, pero al final fue inútil. No había poder ni gloria, sólo palabras huecas. Yo quería que Dios me mostrase una señal, que transformara el agua en vino sólo para mí, pero no obtuve nada. Me enseñaron a querer al prójimo como a mí mismo y a amar a Dios con todas mis fuerzas. Pero ¿cómo puedes amar a alguien que está en contra del auténtico Señor del Mundo? ¿Cómo puedes amar al prójimo cuando no te amas ni a ti mismo?

Beadle parecía estupefacto ante aquellas palabras. Demurral siguió hablando, mirando por la ventana.

—Puede que algún día lo entiendas, pero gracias a este pequeño augurio de agua y sangre ahora sé dónde están y los detendré. Sólo hay una cosa por la que merezca la pena morir en este mundo: el poder. Poder sobre las personas, sobre los elementos, y finalmente el poder de ser Dios. Con el querubín puedo controlarlo todo. Cuando tenga a los dos, cambiaré el mundo y propiciaré la muerte de Dios. Esta vez quedará clavado en el árbol para siempre.

Dio un fuerte puñetazo en el escritorio. El agua del cuenco saltó. Ya no era hielo y ya no se veía la imagen de la casita. Los reflejos brillaban mientras Demurral introducía los dedos en el agua, persignándose con la señal de un pentagrama. Salpicó con las últimas gotas a Beadle. Entonces se detuvo en seco y miró al cofre. Tembló, y la voz oscura volvió:

—Beadle, saca de ahí el cofre, ciérralo, y quémalo —miró penetrantemente a su sirviente—. Hazlo ahora.

El criado cruzó la estancia y agarró el asa de latón de un lado del cofre, intentando arrastrarlo por el suelo. Pesaba y costaba moverlo. Beadle se desplazó por la habitación, tirando del cofre sobre los tablones de madera. Demurral acudió en su ayuda, y juntos empujaron y lo sacaron por la puerta al pasillo. Lo llevaron a rastras hasta la puerta de entrada y lo acercaron a los escalones.

A Beadle se le empezó a escapar; el peso del cofre se le iba de la mano. Finalmente, lo dejó caer y el arcón se precipitó por las escaleras de piedra, antes de aterrizar en el suelo.

Rafah, asustado por la caída, salió raudo del cofre y cayó en el barro. Demurral no tardó en abalanzarse sobre él; lo agarró del cuello y lo levantó del suelo.

—No hay donde esconderse de mí. ¿Creías que iba a dejar el querubín donde pudieras encontrarlo?

Rafah no pudo responder porque el párroco le apretaba más y más el cuello, levantándolo del suelo al mismo tiempo.

—Lo vais a matar, amo —gritó Beadle a Demurral.

—Es hombre muerto desde el momento en que entró en esta casa. Pero quizá no sea éste el momento ni el lugar. Nunca se sabe, Beadle. Puede que vivo sea más útil —volteó a Rafah y lo tiró al suelo—. Tienes que darnos unas cuantas explicaciones. Levántate... y ni se te ocurra escapar.

Rafah se incorporó del barro y fue arrastrado por Beadle hasta la puerta de la vicaría. No dirigió la palabra a sus captores e intentó no mirarlos mientras lo volvían a introducir en el estudio de Demurral. Beadle cerró la puerta y de una maceta vacía sacó un bastón. Giró el mango y extrajo una larga espada del interior. Demurral se sentó en un desvencijado sillón de cuero y miró a Rafah. Observó atentamente cada centímetro del cuerpo del joven, anotando cada detalle de su aspecto, estudiando cada línea y perfil, para averiguar quién era y por qué estaba allí. Al cabo de varios minutos de contemplación, Demurral habló al fin:

—¿Cómo te llamas? —inquirió. Rafah no respondió—. No te va a hacer daño decirme quién eres. Por lo menos podemos ser educados —intentó sonreír—. Sé por tu piel que no eres de por aquí. ¿Eres un esclavo?

Rafah se quedó mirando al suelo. La sala olía a sudor y libros húmedos, estaba desordenada, era fría y brutalmente hostil. El suelo llevaba años sin ser barrido, y en él había trozos de cristal roto, cerámica y pan seco. En una esquina al lado de la puerta se veían los zarpazos que una rata grande había hecho en la madera; sus mordeduras se veían también en el borde del zócalo. En todas las superficies había un polvo de grosor invernal, como una capa de nieve gris. La belleza de la habitación se había estropeado por los años de abandono, pero aun así le brindó a Rafah una estupenda distracción ante las preguntas de Demurral.

—Venga, hombre, dime quién eres —dijo secamente a Rafah, sin sonreír, saliéndole del estómago la voz oscura y grave—. Puedo obligarte a hablar con métodos que no te gustarían. Si hay algo que odie, es la arrogancia del silencio. ¿Has venido para robar el querubín?

Rafah aspiró profundamente el aire rancio. Miró a Demurral, que estaba protegido por el escritorio situado enfrente de la chimenea apagada.

—¿Robar? Yo no he venido a robar, sino a llevarme lo que es mío. Ésa es la verdad —miró fijamente al párroco y, por primera vez, se fijó en su cara fina y huesuda y en sus rasgos marcados.

—La verdad. ¿Qué es la verdad? Todo es relativo. Tú estás aquí, escondido en mi cofre, espiándome. El único objeto de valor que tengo me lo trajo uno de los tuyos. Y debes saber que pagué un precio elevado por él —gruñó Demurral—. Por tanto, no puedo sino pensar que has venido a robármelo. ¿Te dijo Gebra Nebura que estaba aquí?

Demurral abrió un cajón del escritorio y sacó un cuchillo, antes de apuntar con él a Rafah.

—Nebura es un ladrón. Robó su nombre, y ha robado el querubín. No obtendrá el reposo, ni siquiera tras la muerte —dijo Rafah. Beadle reaccionó ante esta respuesta cortante y le lanzó un golpe con el bastón, fallando por pocos centímetros.

—No juegues conmigo —dijo Demurral—. Ahorcamos a la gente por robar, y aún queda mucha soga en la horca para rodearte el cuellecito. Ahora dime la verdad. ¿Quién eres y qué buscas aquí? —el vicario clavó el cuchillo en el escritorio.

—Entregadme lo que es mío y os dejaré hacer lo que planeáis. Dadme el querubín y me iré. No os molestaré más —respondió Rafah.

—Amigo mío, tú no vas a ningún sitio. Te quedarás aquí hasta tu muerte. Puede que sea mañana o pasado mañana, pero será pronto. Ahora tengo un querubín, y en poco tiempo tendré el otro. En ese momento el mundo sufrirá un cambio mayor que tus sueños más desbocados —señaló el cielo por la ventana. La tormenta brillaba con unos colores extraños que se extendían desde el mar hacia el norte. La línea del horizonte estaba teñida de un naranja y un verde que centelleaba al alba—. Mira eso, amigo mío. Incluso ahora el mundo está empezando a cambiar. El querubín tiene una fuerza que nunca entendiste. Se avecinan tiempos en los que los cielos se oscurecerán y la luna manará sangre. Habrá signos en el firmamento que harán que los hombres más valientes teman por sus vidas. Ni siquiera tu Dios puede detener lo que está a punto de suceder —Demurral se incorporó tras el escritorio, pasó junto a Rafah y se situó al lado de la ventana—. ¡Y todo esto es obra mía!

Rafah siguió mirando a la chimenea y al sillón vacío de Demurral, mientras decía:

—¿Acaso no sabéis que nunca comprenderéis el poder del Dios al que os enfrentáis? ¿No os dais cuenta de que os está permitiendo esta pequeña vanidad? Habláis de sogas, pero seréis el único ahorcado. Dios vendrá, pero lo hará para juzgar, y vos habéis sido puesto en a la balanza y hallado culpable.

Demurral tomó una botella vacía y, tras dar dos pasos, la estrelló contra la nuca de Rafah. El golpe fue silencioso e inesperado. El muchacho cayó al suelo, dándose con la cabeza en un lado de la mesa y desplomándose en el polvo y la suciedad, entre el pan seco y los excrementos de ratón.

—Llévatelo de aquí, Beadle. Esta cháchara sobre Dios me pone enfermo. Tráeme el hierro candente: le dejaremos una marca que no olvidará jamás.

8

Azufre y repollo frío

Fue el olor intenso que percibía lo que convenció a Rafah de que no estaba muerto. Era un olor cáustico y lacrimógeno que le inflamaba los ojos y le picaba en la garganta. Al respirar sentía que se ahogaba en los vapores pútridos que se levantaban a su alrededor. Olía a azufre y sulfuro, a algas quemadas y a orina de perro.

Estaba boca abajo en una oscuridad completa, luchando no sólo por respirar, sino también por recobrar la conciencia. La herida de la nuca le dolía intensamente, y la agonía estremecedora hacía que le quemasen todos los nervios del cuerpo. El hombro derecho le ardía con un dolor atroz. Era como si le hubiesen arrancado la carne del hueso y le hubiesen practicado mil incisiones. Si le dolía, entonces seguía vivo, pensaba mientras intentaba escupir un amasijo de paja húmeda y barro que se le había incrustado en los dientes. Sintió el gusto del amoniaco; contuvo las ganas de vomitar al darse cuenta de que tenía las manos firmemente atadas a la espalda.

Rafah pudo oír una corriente de agua y unas voces en el exterior. Un hombre con voz áspera y grave gritaba órdenes, ladrando como un ferviente perro guardián. Oyó el impacto del viento en las contraventanas, emitiendo un repiqueteo sonoro. Desde lejos llegaba el ruido de un martillo que golpeaba el metal, produciendo notas frías. Abrió los ojos y buscó en la oscuridad el menor atisbo de luz. La penumbra lo rodeaba como una neblina espesa en la que ni su mirada ni la luz podían penetrar.

Se retorció y consiguió incorporarse, para apoyarse en el frío, húmedo y viscoso muro de piedra. Tocó el suelo empapado con las manos, intentando sentir las muñecas para ver cómo estaba atado. En algún lugar de la oscuridad reinante oyó el quedo sollozar de alguien. Rafah le habló:

—Que la paz sea contigo. Dime quién eres.

No hubo respuesta y los sollozos continuaron. Rafah escuchó el entrechocar de unas cadenas de metal arrastrándose en unas escaleras de piedra. La puerta de la cámara se abrió, y entraron dos hombres con botas de marino y levitas largas y sucias. Un hombrecillo enjuto de pies torcidos llevaba un farol. El otro, un hombre corpulento, ajado y grueso, llevaba unas esposas de hierro y un martillo para remachar. A la luz del farol, el joven comprobó que los sollozos procedían de un niño agazapado en una esquina de la estancia, cubierto de paja mojada. Llevaba una camisa rasgada y pantalones raídos, y tenía el cabello apelmazado por la suciedad.

El hombre del martillo y la cadena agarró a Rafah del pelo y lo puso a sus pies. Olía a cerveza y repollo frío. Tenía un rubicundo rostro curtido, y del mentón le salían algunas canas.

—Ven aquí, chico; Demurral quiere que te pongas esto para que no te escapes —rió e hizo sonar la cadena ante Rafah—. Ni se te ocurra cometer una estupidez. La única salida es la puerta de entrada... y está cerrada.

El hombre arrastró al muchacho del pelo por la habitación, tirándolo contra la pared, y luego haciéndolo tropezar para que cayera al suelo. Rafah gritó de dolor cuando la herida de su hombro rozó la pared.

—Vaya, vaya. Parece que ha bebido demasiado. Habrá que refrescarlo.

Entonces, el hombre grueso asió el cubo de agua sucia que tenía a sus pies y vertió el líquido asqueroso sobre la cabeza de Rafah.

—Así olerás bien a las damas. Venga, ahora deja que te pongamos esto.

El hombrecillo enjuto miró con enojo al joven. No entendía por qué éste no oponía resistencia. No hablaba ni peleaba. Bajo la luz tenue del farol, el chico sonreía en medio de su dolor. Los dos hombres se miraron; los dos querían que reaccionase el jovencito, a quien tantas ganas tenían de torturar; querían oírle pedir clemencia a gritos. Se miraron entre ellos por segunda vez, y después pusieron sus ojos en Rafah, que permanecía arrodillado en la paja húmeda que cubría el suelo de piedra.

Antes de que pudieran hacer nada, el chico de la esquina se incorporó de un salto y propinó una patada con los pies descalzos en el trasero del hombre grueso, tirándolo al suelo y metiéndole la cabeza en el cubo de agua sucia. El hombre se puso en pie a duras penas y dio varias vueltas, con el cubo aún cubriéndolo. Tras emitir un grito ahogado, se lo retiró.

El chico dejó escapar un gruñido de satisfacción que fue interrumpido por el golpe que le propinó en la cabeza el hombre enjuto, y cayó al suelo, donde dio varias volteretas. El muchacho se agazapó en una esquina de la habitación, intentando acurrucarse lo máximo posible contra la piedra fría, abrazándose con fuerza las costillas. Sabía que en cualquier momento le llovería una fuerte paliza.

Entonces miró a Rafah. Los golpes esperados llegaron rápidos y con fuerza; indefenso en el suelo, los dos hombres lo patearon sin piedad.

—¡Deteneos inmediatamente! —exclamó Rafah, con una voz tan potente que produjo un eco en la habitación—. Si queréis pelear con alguien, hacedlo conmigo. ¿O sólo podéis golpear a los niños?

El hombre enjuto propinó al niño una última patada que lo levantó del suelo. Los dos se dieron la vuelta y se quedaron frente a Rafah, que se había puesto en pie, intentando erguirse lo máximo posible. El hombre lo miró y soltó una carcajada.

Se acercaron a él. El más grueso empezó a balancear la cadena. Rafah agachó la cabeza, y esquivó el golpe. Entonces el gordo lo agarró del cuello y lo empujó contra la pared, acercando mucho su rostro al suyo. Le echó encima su aliento de cerveza y frotó la áspera barba incipiente de su mentón en la mejilla suave del joven.

—Mira, muchacho, nada me gustaría más que dejarte sin vida, pero eres un cordero para un sacrificio y él te quiere sin un solo rasguño.

Tras estas duras palabras, Rafah apretó los músculos del cuello para oponerse a la mano fuerte que intentaba cortarle la respiración.

—¿Por qué os cebáis con los niños...? ¿Porque no pueden responder? —consiguió decir, mientras el hombre apretaba más.

—¿Por qué te preocupa tanto un niño como ése? No te puede oír. No sabe hablar. Es sordomudo. Es un inútil, y le tendrían que haber ahogado al nacer —guardó silencio, reflexionó, sonrió y dijo—: Igual... que... a ti.

Entonces lo soltó, y Rafah cayó al suelo. Inspiró profundamente, intentando contener las lágrimas.

—No sabéis lo que hacéis. Sois como ovejas sin pastor. Ni siquiera distinguís ya el bien, ¿verdad? —Rafah miró al niño—. ¿Qué es lo que os ha hecho? Lo tratáis como a un animal.

El hombre grueso permaneció en silencio, se agachó y sacó del cinto un fino cuchillo, y hundió la cara de Rafah en la paja. Con un rápido corte, las muñecas del joven quedaron libres. Los dos individuos lo agarraron y lo levantaron del suelo. Le cerraron las esposas en las muñecas y apretaron los tornillos. El más enjuto tomó la cadena.

—Ahora sígueme, corderillo. Ven a ver a los otros corderos dispuestos para el sacrificio. También vendrá tu amiguito, y podréis picar pizarra juntos. Así veremos cuántos os queréis.

Sacó a Rafah de la habitación y lo hizo bajar por unas escaleras de piedra, seguido por el hombre grueso que arrastraba al niño del pelo. Dando traspiés, abandonaron la mina de alumbre y entraron en la tarde luminosa. La mina era como un pueblecito, a doscientos pies por debajo de la vicaría en un promontorio entre el mar y el acantilado, rodeado por un bosque espeso. Dos grandes canteras dominaban el paisaje por el oeste. Un millón de manos con llagas habían hecho las incisiones en el alumbre en los últimos cien años. Destacaban junto a la belleza del valle como dos heridas enormes, como ampollas en la superficie de la tierra. La cicatriz de piedra rojiza y sucia resultaba incongruente junto al verde y el marrón pálido de la colina cubierta de árboles. El hollín espeso de los montículos humeantes de alumbre invadía la atmósfera, mezclado con un penetrante olor a orina, algas quemadas y sulfuro.

Rafah contempló la gran herida que se había llevado a cabo en el paisaje. Sintió una ira creciente al mirar la sucia hilera de casas de los mineros, con las ventanas rotas y los muros manchados de barro. Todo lo que veía estaba mugriento y en ruinas.

Más arriba, el ruido de las piquetas golpeando en la roca de la cantera recordaba constantemente la razón del deterioro. Mientras lo arrastraban por el camino de barro, sólo pudo pensar en la avaricia de Demurral.

El dolor del hombro se hizo más intenso cuando el frío mordió su carne. No podía vérselo, pero sentía los pinchazos ardientes hasta la médula. El hombre tiró con más fuerza de la cadena, casi levantándole los pies del suelo, y le miró a los ojos. Rafah respondió con una sonrisa, pero su mirada fue recibida con desprecio.

Al final de la hilera de viviendas había una casa grande de piedra de tres pisos y tejado de pizarra gris. Era oscura e imponente, con las ventanas del piso superior pintadas de negro. Junto a la puerta de entrada aparecían desperdigados restos de comida. Dos grandes cuervos picoteaban los alimentos y, cuando los hombres se acercaron, emprendieron el vuelo a regañadientes.

Con sus acostumbrados modales groseros, los hombres dieron una patada en la puerta e introdujeron de un empujón a Rafah y al niño en la casa. En el interior había una sala grande con una mesa larga de madera y un banco. Al final de la estancia podía verse una chimenea en el muro de piedra. Un pequeño fuego ardía en el hogar. A los lados se encontraban unas literas de madera, con cuatro camas cada una y separadas entre sí por un espacio mínimo. Todas tenían una manta sucia sobre un colchón de paja colocado sobre unos frágiles listones de madera.

En un extremo de la mesa, una mujer enjuta y pelirroja, con la cara alargada y profusamente empolvada con plomo blanco, se había pintado los labios de rojo intenso con cochinilla, extendiéndosela torpemente por las comisuras de la boca. Tenía un lunar negro maquillado torpemente, casi como si hubiera estado borracha, a un lado de la barbilla. Rafah lo miró y pensó que parecía una mosca negra y gigante posada en su cara.

Estaba sentada en una silla de madera demasiado grande, apoyando los pies en la mesa, y con una larga pipa de barro en la mano. Unas volutas de humo gris danzaban alrededor de ella y se enredaban en los mechones de cabello rojo que caían desordenados sobre sus ojos. A sus pies, y medio llena, había una pequeña botella verde oscuro de cristal grueso.

Se puso en pie a duras penas mientras un escalofrío de emoción le recorría el cuerpo. Rápidamente, se alisó la falda larga y se estiró el cuello.

—Señor Consitt, señor Skerry, ¿a qué debo este inesperado... placer?

El señor Consitt, el gordo, sonrió y realizó un amago de reverencia inclinándose hacia delante. Siempre creía que impresionaba con sus buenos modales.

—A lo de siempre, querida señora Landas. A este jovencito le gustaría conocer el mejor alojamiento existente y contar con la anfitriona más bella de la región —se atusó las greñas de pelo en la cabeza calva—. Este hombrecito es huésped del párroco Demurral, y espera vuestra amable hospitalidad —babeaba y babeaba al hablar, y cada palabra sarcástica venía precedida por una gota de saliva blanca.

—Déjemelo a mí, señor Consitt, me aseguraré de que pase una noche espléndida antes de que empiece a trabajar —puso la pipa en la mesa e indicó a los dos hombres que se marcharan con una sonrisa y un ademán. Éstos abandonaron la estancia tras un breve adiós. La señora Landas, esbozando una sonrisa lívida, corrió hacia la puerta, y la cerró a cal y canto.

Fue al darse la vuelta cuando Rafah percibió su completo cambio de humor. Había desaparecido el encanto y había desaparecido la sonrisa. Pareció ganar altura al mismo tiempo que se enfadaba. Se le hinchó el pecho y la furia se apoderó de su rostro, a la vez que marcaba unos surcos blancos en su ceño; mirando a Rafah y al niño, empezó a chillar:

—No creas que este sitio te va a resultar fácil. Has venido aquí a trabajar, niño, y eso harás. Como holgazanees, acabarás en el almacén.

Señaló una puertecilla de madera en la pared de enfrente. El niño no oía lo que decía, pero parecía entender. Se apartó encogido, intentando esconderse detrás de Rafah.

—Que seas sordomudo no quiere decir que esta vez te vayas a librar fácilmente. Sé que no eres tonto, niño, y no volverás a escapar de mí.

Entonces agarró la escoba de detrás de la puerta e intentó pegarle, dando accidentalmente a Rafah un golpe en el hombro. Éste contrajo el gesto de dolor, llevándose la mano a la herida. La señora Landas se detuvo con brusquedad y, tras dejar la escoba en el suelo, se acercó a Rafah y lo abrazó.

—Estás herido. ¿Qué te han hecho? —su voz volvió a cambiar. Era amable, suave, casi tierna; su tono enérgico había desaparecido—. Déjame echar un vistazo, cielo.

Le retiró la chaqueta del brazo y le abrió la camisa, intentando descubrirle el hombro.

—Mejor la dejamos así —dijo—. Tendré que traer un paño húmedo, la herida se ha pegado a la tela.

Rafah notaba en su aliento el olor penetrante a ginebra barata y tabaco. Tenía unos dientes torcidos y amarillentos, y un hirsuto bigote blanco. Sus labios rojos estaban secos y agrietados, el blanco de los ojos inyectado en sangre. Lo ayudó a sentarse e indicó al niño que trajese un paño húmedo, haciéndole gestos para que fuera hacia el cubo que había al lado de la ventana.

Abrió la chaqueta de Rafah todo lo que pudo, pero las esposas le impedían sacar las mangas, y después empapó la camisa con el paño húmedo que había traído el niño, separando la tela de la herida. Observó el material con el que estaba confeccionada.

—Es de buena calidad, de muy buena calidad. Nunca había visto un tejido tan espléndido... ni tan caro. Debes de ser un ladrón consumado.

—No soy un ladrón; mi barco naufragó —respondió Rafah.

—Puedes decir lo que quieras, pero si estás aquí no es por portarte bien. Ahora déjame ver qué te han hecho.

La señora Landas retiró la camisa. En la parte de atrás del hombro tenía una quemadura profunda y con ampollas, con la forma exacta de la letra D.

—Santo cielo, Santo cielo. Te ha marcado a fuego. ¿Cuándo te ha comprado? —exclamó con su voz de gaviota, sorprendida por la gravedad de la herida.

—No me ha comprado. Es cierto que he naufragado. Hace dos noches, en una bahía al sur de aquí. No soy esclavo.

—Según nuestras costumbres, si llevas esa marca, perteneces a Demurral. Más te vale empezar a pensar como un esclavo o tendrás problemas.

Limpió la herida con un trapo húmedo y la vendó lo mejor que pudo con trozos viejos de tela recogidos por la cocina. Rafah se dio cuenta de que el lugar debía de ser una especie de residencia para los mineros, regentado por la señora Landas. Mientras buscaba las vendas, ésta bebía grandes tragos de ginebra de la botella verde. El niño mudo estaba lejos de ella, hecho un ovillo en la esquina de una de las literas, observándolo todo con los grandes ojos redondos de un búho pequeño.

Ató la última venda y contempló a Rafah con un gesto nostálgico.

—Ay, ojalá tuviera un hombre para mí. Alguien de quien cuidar cuando lo necesitase, y alguien que me cuide cuando sea vieja... —le temblaba el labio—. No tengo a nadie; ni un alma —comenzó a llorar. Sus sentimientos cambiaban más rápido que la marea. Su voz se tiñó de ira—: Si él no me hubiera dejado aquí tirada, podría haber sido una auténtica dama. No tendría que ser simpática con todos los borrachos que vienen a divertirse.

Guardó silencio, se apoyó en el respaldo y levantó la botella de ginebra casi vacía.

—Si no fuera por esto, no sabría qué hacer. Es la mejor amiga que hay, calienta el corazón, te alegra, y...

—¿Quién es? —intervino Rafah, señalando al niño.

—No es nadie, no tiene nombre; no tiene voz, no puede oír —hizo una pausa—. Sirve para barrer y llevar los cacharros, pero no deja de escaparse. Siempre huye y siempre lo atrapan —miró al chico. Rafah advirtió que ahora sus ojos eran amables, sin ira, casi compasivos.

—¿Dónde están sus padres?

—Que yo sepa, su padre pudo haber sido uno entre cinco. Su madre era muy popular entre los hombres, siempre quería estar enamorada, pero nunca supo muy bien de quién —dijo casi soñadora.

—¿Así que la conoció?

—La conocí muy bien, pero murió hace 11 años y cinco meses y él lleva aquí desde entonces —miró al niño—. Siento debilidad por él. Me saca de mis casillas muchas veces, pero lo quiero con locura el resto del tiempo. Ojalá pudiera oír mi voz —se detuvo y miró con desconfianza a Rafah—. ¿Por qué te estoy contando estas cosas? Vamos, debes descansar... yo necesito más ginebra —tomó la botella y vertió los restos en una taza—. Éste va a ser el día menos duro que tengas aquí —señaló a la pared—. Escoge una cama, aunque todas tienen pulgas. Cuanto más arriba, menos pican y mejor dormirás.

Ayudó a Rafah a levantarse y le echó una mano para que trepara a la litera superior. Se apoyó en el hombro bueno, con las manos aún encadenadas, y recostó la cabeza en una madera. El colchón de paja se le pegaba a la espalda y le picaba como las ortigas.

Se tumbó de costado y observó cómo la señora Landas se disponía a preparar comida al otro extremo de la habitación. La luz del exterior empezó a apagarse. Una a una, encendió las lámparas de la cocina y puso una vela en la ventana. El niño sordo correteaba detrás de la mujer llevando harina. Ella tiró una cuchara de madera al suelo, y él corrió con una sonrisa y la recogió inmediatamente, enseñándosela como un trofeo. Se miraron con ternura, sin saber que los miraban. La señora Landas le acarició el cabello y, con expresión risueña, le besó la frente. Rafah cerró los ojos mientras el sueño lo transportaba a otro mundo. Los ruidos y los olores de la mina se confundieron en un abismo.

9

El ahorcado

Un portazo sacó a Thomas de su sueño. La casa entera tembló como un pequeño terremoto, agitando la llama de la vela y sacudiendo la taza en la mesita de noche. Al golpe le siguieron las palabras de un hombre. Tenían un tono potente y seguro; pertenecían a alguien que era campechano y tosco. Había oído antes aquella voz y nunca la olvidaría. Era Jacob Crane.

Thomas percibió los cuchicheos de una conversación saliendo de la cocina. Crane hablaba entre susurros con Reuben e Isabella. El muchacho se levantó de la cama y aplicó la oreja al suelo intentando escuchar lo que se decía. Kate seguía durmiendo, ajena a todo. Pero por mucho que lo intentó, Thomas no consiguió descifrar lo que hablaban. Sólo pudo distinguir ciertas palabras: esta noche... la bahía... ahorcado...

Fue esta última la que le llamó especialmente la atención. De niño lo habían llevado a Whitby a presenciar el ahorcamiento de Charles Mayhew, un bandolero capturado por la milicia después de asaltar un carruaje de York. El pueblo entero acudió al muelle a ver la horca improvisada y al condenado. Recordó que era una luminosa mañana de junio, que el sol calentaba, y que le llegaba el olor del pescado y de las redes secándose con la brisa.

Mayhew salió gritando y a rastras de la aduana con las manos firmemente atadas a la espalda. Lo colocaron en la horca, donde le pusieron a la fuerza el nudo en el cuello. Por sus gritos y la manera de luchar era evidente cuán desesperado estaba por no morir. A Thomas lo empujaron a la primera fila de la muchedumbre. Un tamborilero joven inició un redoble solitario con el tambor. La gente guardó silencio. Mayhew gritaba y sollozaba, maldiciendo a gritos al verdugo y al juez. Thomas intentó volver a meterse entre el barullo, pero comprendió que era imposible. A cada redoble del tambor, el muchacho aguardaba expectante a que empujaran al bandolero de la plataforma de la horca y que se precipitase a su muerte. El instante duró una eternidad. El tambor sonó como un cañón en el mar. Entonces, Mayhew dijo gritando a los presentes:

—No os vais a librar de mí; volveré para perseguiros a cada uno de vosotros —miró ferozmente al juez—. En cuanto a vos... antes de que cante el gallo... estaréis muerto.

El párroco le instó a que hiciese acto de arrepentimiento, pero antes de que Mayhew pudiera hablar, lo empujaron de la horca. La caída de su cuerpo y el crujido del nudo produjeron en la muchedumbre un grito ahogado y helado. Fue como una ola rompiendo en el malecón y llenando el aire de gotas mientras la gente, sin aliento, daba un paso atrás, callaba, para momentos después empezar a rugir salvajemente.

El cuerpo del ajusticiado se contorsionaba y balanceaba en el extremo de la soga mientras salía de su interior la última gota de vida. Algunas mujeres le golpearon en las piernas con palos largos y los niños tiraron piedras a su cuerpo colgado y caliente. Thomas se quedó en silencio. Contempló el cuerpo del hombre y se preguntó adónde había ido su vida. ¿Qué clase de mundo era aquel, donde, en un instante, toda la energía, toda la sustancia de la vida, podía apagarse como una vela? Pensó que Dios era cruel al darle la vida, por dura que fuese, y después quitársela en un abrir y cerrar de ojos y condenarlo a la nada.

Fue Kate, al levantarse de la cama, quien lo sacó de sus pensamientos. Lo golpeó con el pie, enarcó las cejas e hizo una mueca. Thomas se llevó un dedo a la boca y susurró:

—*Shhhh.*

Miró al suelo y le indicó por gestos que estaba intentando escuchar la conversación del piso de abajo. Kate se sentó a su lado, poniendo la oreja en una grieta de los tablones. La conversación continuaba, incluso Bealda y Efrig se habían unido a ella. Kate oyó que Reuben decía su nombre, con esa profunda voz que se destacaba sobre el resto. Entonces Thomas escuchó unos pasos que subían por las escaleras. La puerta de la habitación se abrió, y Bealda irrumpió en la habitación, cayendo sobre los dos cuerpos, en el suelo, entre las camas.

Bealda comenzó a reír de la única manera que sabía. Era esa clase de risa que nace en el vientre y brota como la erupción de un gran volcán. De su boca salían torrentes de resoplidos procedentes del estómago. Era un chico grande para su edad, con las manos del tamaño de las de un hombre. Se puso en pie y, aún riendo, agarró a Kate y Thomas, levantándolos del suelo.

—Mi padre quiere hablar con vosotros abajo —dijo—. Tenemos un visitante. Quiere veros. Trae noticias de vuestro amigo.

Sabían que Bealda se refería a Rafah. Al quedarse dormido se habían olvidado de él. Ahora volvieron los recuerdos de la noche anterior. Thomas miró por la ventana: el árbol pintado enmarcaba una escena de oscuridad total. Era de noche, el periodo de paz y seguridad tocaba a su fin, como la marea que sube rodeando a un hombre atrapado en las rocas. Tendrían que irse refugio que les ofrecía el molino de los Espíritus Burlones y enfrentarse a Demurral.

De mala gana, siguieron a Bealda hasta el piso inferior.

La cocina se hallaba sumida en la hermosa luz ambarina de varios candelabros grandes que ornaban la repisa y el alféizar de la ventana. Thomas recorrió la sala con la mirada nerviosamente. Estaban Reuben, Isabella, los gemelos y... Jacob Crane.

Éste era quien más cerca estaba del fuego, vestido del negro más oscuro de la cabeza a los pies, manchados de barro. Se irguió y miró a Thomas y Kate con sus ojos pequeños y penetrantes. El muchacho notó que se le formaba un nudo en la garganta, un nudo de miedo que le impedía tragar bien. Sabía que Crane era un hombre con quien uno no hablaba sin una buena causa. Ahora estaba justo enfrente de él, apoyado en la silla de roble y contemplándolo como un gran y amenazador cuervo negro que aguarda para descender y roer unos huesos.

Thomas inclinó la cabeza ante Crane mientras Kate intentaba quedarse detrás de él, a su sombra. El hombre fue el primero en hablar:

—Sentaos los dos. Traigo noticias de un amigo vuestro que está en un gran aprieto —Crane recalcaba cada palabra. Isabella se levantó y separó dos sillas de la mesa para que se sentaran los jovencitos. Frente a Crane y las ascuas brillantes del fuego, Thomas observó fijamente las profundidades incandescentes, absorbiendo con la mirada cada chispa de luz—. Habéis llegado demasiado lejos y vuestro amigo ha firmado su sentencia de muerte —juntó las manos, frotándose las palmas secas—. Lo que hicisteis anoche me podía haber convertido en un hombre muy pobre —dirigió su mirada a Thomas.

—Lo único que intentamos fue entrar...

—Lo único que hicisteis fue corretear por los túneles donde tenía 50 barriles de brandy y 24 cajas de té recién desembarcados y esperando un buen precio —su voz se hizo más fuerte—. Demurral no sabía que estaban ahí hasta que fue a buscaros a ti y a tu amigo. Me habéis costado una fortuna. Y todo por almacenar té y brandy en una sola noche... Doscientas libras es un precio muy elevado por el alojamiento —estudió a Thomas con la mirada. Kate sintió que las lágrimas le nublaban la vista y que su corazón latía más deprisa, mientras se preguntaba qué haría Crane con ellos.

El rostro fino de éste se contrajo de ira. Era como si todos sus músculos se movieran solos. Se frotó las manos más y más fuerte, y éstas sonaron como piedra arenisca sobre madera.

—¿Y bien? ¿Qué vas a hacer, Thomas? ¿Cómo vas a devolverme el dinero?

—¿Qué hay de nuestro amigo? ¿Está vivo? —el muchacho se aclaró la garganta al hablar.

—Es como si estuviera muerto. Demurral en persona me lo ha dicho esta mañana. Lo ha marcado a fuego como a un esclavo con la letra *D* en el hombro. Estará sacando alumbre hasta que se desplome, por agotamiento o en la horca.

Thomas abrió la boca para replicar, pero Reuben intervino. Era una voz que brindaba una sensación de paz:

—El señor Crane tiene un plan. Le hemos contado todo lo que sabemos y quiere ayudaros —hizo una pausa y miró a los dos—. Puede que salve la vida de Rafah y la vuestra.

—¿Quién le ha hablado de Rafah? Nosotros no hemos mencionado su nombre —Thomas miró a su amiga.

—Yo se lo dije a Isabella... Tenía que contárselo a alguien. Han sido las criaturas. Me dieron miedo —Kate empezó a llorar y se enjugó las lágrimas con la manga del vestido. Isabella la abrazó y la apretó contra su pecho.

—No me asusta la brujería de Demurral —dijo Crane, con voz desdeñosa—. Puede contar con todas las hordas del infierno, pero no permitiré que ponga las manos en mi brandy.

Puede hacer que el mismísimo Old Nick intente detenerme, pero veremos cómo reacciona ante una bala de plomo y un golpe de alfanje —Crane rió—. Tengo 20 hombres y un veloz barco anclado en la bahía. Lo único que quiero de vosotros es que seáis mi cebo para Demurral; así daré con vuestro amigo y con aquello que persigue. Quiero el brandy, libre de impuestos, y parte del dinero que he pagado a ese bribón en los últimos 10 años.

—No te fíes de él, Thomas. Mi padre dice que es un ladrón y un asesino —Kate saltó hacia Crane como un gato a punto de sacar las garras.

Isabella la contuvo, pero el hombre no se movió ni torció el gesto, sino que dijo tranquilamente:

—Tu padre, Kate Coglan, es tan poco honrado como yo. Me ha ayudado a introducir de contrabando suficiente brandy y té como para llenar el puerto de Whitby. Me ha sacado más dinero del que puedes imaginar, y con eso te ha vestido y alimentado desde que tu madre murió.

—Mentiroso. ¡Mentiroso! Mi padre es recaudador de impuestos, trabaja para el rey. Él detiene a los contrabandistas —dijo gritando a Crane—. Nunca trabajaría para un ladrón y un contrabandista como vos. Es un hombre honrado, palabra ésta que nunca entenderéis.

Crane se quedó impasible mientras le chillaba. Miró a Reuben e hizo un gesto hacia la puerta de entrada de la casa. Éste se levantó de la silla, cruzó la cocina y la abrió de par en par. El frío aire nocturno entró, refrescando la sala. La luz de las velas pareció atenuarse al ser agitadas por la corriente; era como si la oscuridad exterior absorbiera la luz de la casa, sumiéndola en la negrura creciente.

Reuben habló en voz baja con alguien entre las sombras. Kate vio la forma de un hombre iluminada por la escasa luz. Éste acercó a la puerta; llevaba un sucio impermeable marrón y un sombrero impregnado de grasa de ballena que brillaba a la luz ambarina. Se agachó para entrar en la casa y permaneció en la puerta con el agua de la lluvia goteándole del abrigo. Levantó la vista y se quitó el sombrero. A Kate le recorrió un escalofrío de sorpresa al encontrarse con la mirada de su padre.

—Creo que ustedes dos no necesitan ser presentados, ¿verdad? Kate Coglan, espero que reconozcas a tu padre con esta luz. Entrad, señor Coglan, y sentaos... Sin duda, ella querrá darle una bofetada o una patada en la espinilla por haberla engañado todos estos años. Creo que ya es suficientemente mayor para conocer toda la verdad sobre vos y yo.

Kate contempló incrédula a su padre. Tragó varias bocanadas de aire, intentando no llorar y clavándose las uñas en las palmas de las manos.

—Te conoce, sabe cómo te llamas —le gritó—. Me dijiste que era un ladrón y que querías verlo muerto.

—¿Quién crees que te ha dado de comer estos años? No ha sido el dinero de la aduana. Si no hubiera trabajado con Jacob, estaríamos en la calle hace mucho tiempo.

—Si no bebieras, tendríamos comida de sobra sin que tuvieras que mentir, engañar y robar, padre.

—Si no hubiera muerto tu hermano, y después tu madre, no me hubiera dado a la bebida ni al contrabando. Pero ninguno de los dos podemos cambiar el pasado, Kate. Y, según me cuentan, tú te has metido en toda clase de líos. Demurral no tardará mucho en hacer que tu amigo le confiese a palos quién estaba con él, y entonces la horca os estará esperando a los dos. No quiero ver a una hija mía colgada de la horca en Beacon Hill.

Se acercó a ella y extendió las manos. Era algo que nunca había hecho en su vida. La muchacha se dio cuenta de que le temblaban al acercárselas. Él intentó sonreír. Su gesto parecía torpe; no era un hombre que lo hiciera normalmente. Llevaba muchos años sin ganas siquiera de sonreír a alguien. Una mueca y una palabra áspera eran las únicas muestras de amor de las que era capaz. Eso, y las lágrimas que brotaban de su alma ebria de ginebra siempre que se sumía en la melancolía beoda del lamento por su esposa muerta. Entonces, dijo en voz baja:

—Te quiero, Kate.

—Si me quisieras, no me habrías mentido —su voz dura disfrazaba sus auténticos sentimientos. Quería correr junto a él, abrazarlo y arreglarlo todo, pero sentía que la ira la hacía permanecer inmóvil. Se mordió el labio, esperando que el dolor hiciera desaparecer la pena.

—Todo el mundo miente, Kate. Es parte de la vida. No hubieras podido soportar la verdad. Contar un secreto a un niño y pedirle que lo guarde es como intentar que no muera una mariposa en invierno.

—Pero no tenías que mentirme, soy tu hija, te podría haber ayudado. Tú sólo querías beberte toda la ginebra, y, cuando ibas a trabajar, en realidad ayudabas a Jacob Crane.

Éste se levantó y se acercó a ella. Era la primera vez que lo veía de cerca. Era alto y delgado. Un cuello blanco salía de debajo de su chaqueta negra de botones de plata. El cabello rubio le caía sobre la frente. En la mejilla derecha tenía una herida alargada que acababa de curarse con sal.

—Ahora no es el momento de pelearse ni de remover el pasado —miró a Kate y Thomas y les puso una mano fuerte en el hombro—. Vosotros dos sois responsables de muchas cosas, y antes del amanecer quizá podáis arreglarlas —calló y los miró—. O puede que al amanecer todos estemos muertos.

El dunamez

Rafah no podía creer lo que veía. Se había quedado dormido en una habitación oscura y casi vacía, con la señora Landas y el niño correteando de acá para allá encendiendo las lámparas, y se despertaba en un asilo luminoso y lleno de humo, donde los reunidos en torno a la mesa armaban un enorme barullo.

Miró desde la litera superior y se sintió como el espectador de una ópera grandiosa que contemplaba desde el fondo del gallinero. Por debajo de él se reunía una multitud de las personas más harapientas del mundo. El lugar estaba atestado de hombres, mujeres y niños, todos sucios e impregnados del polvo rojo y el barro que cubrían toda la mina.

La cháchara resonaba en las paredes. Los platos vacíos llenaban la mesa. Todos hablaban animadamente unos con otros, como quien ha comido bien, mientras los niños jugaban delante del gran fuego que ardía en la chimenea. Era un festín de los harapientos y andrajosos, que devoraban un guiso de patatas y nabo con el hueso de una oveja vieja para darle sabor. Los restos de la comida estaban pegados al fondo de una gran cacerola que humeaba y chisporroteaba encima de las llamas como la boca de un enorme volcán negro.

Vio que había un orden en la disposición de los comensales, con los más ancianos y menos desaliñados sentados cerca del fuego, en un extremo. La señora Landas presidía la mesa solemnemente, fumando una pipa recién cargada y bebiendo ginebra y cerveza de tercera categoría de una taza de grandes dimensiones. Rafah pensó que parecía una reina en su corte.

A su derecha se sentaba un hombre alto y fornido que vestía una chaqueta raída y una camisa deshilachada, con un trozo de tela roja anudado en el cuello debajo de un mentón fuerte y vigoroso. Nunca sonreía y se reclinaba en la silla con expresión de desprecio escuchando a los que lo rodeaban. Entonces, se dirigió a la señora Landas, apretando sus dientes marrones:

—¿Nos puede echar las cartas esta noche, Mary? Estaría bien ver qué nos deparará el futuro.

La señora Landas hizo un gesto a la joven sentada a su izquierda, y ésta abrió un cajón de la mesa y extrajo un paquete de seda azul. La señora Landas lo deshizo y sacó una baraja de cartas ilustradas.

La habitación quedó en silencio mientras barajaba lenta y misteriosamente. Recorrió la estancia con la vista y sonrió a todos los que se sentaban alrededor de la mesa alargada.

—¿Qué tendremos esta noche? —inquirió mientras los miraba a la cara, intentando hablar con voz solemne y seria—. ¿Qué nos dirán las cartas de nuestro futuro?

Algunos de los niños más mayores gritaron, intentando llamar su atención, pero la señora Landas les dijo que no con la cabeza, como para indicarles que no era su turno, por lo que se marcharon con una expresión desilusionada.

—Léaselas a Demurral; veamos qué dicen de él las cartas. Al fin y al cabo, su futuro es el nuestro —sugirió uno de los hombres, dándole golpecitos a la pipa en la suela de su bota de cuero.

Una mujer intervino:

—Yo no puedo salir de aquí antes de pagarle todo lo que le debo. Díganoslo, Mary. Lo que le suceda hoy nos perseguirá mañana. Si su futuro es favorable, puede que me libere sin que tenga que pagar siete años de alquiler y los intereses del préstamo que me hizo.

Todas las personas de la sala debían dinero a Demurral. Cuando no podían saldar la deuda, iban a la mina a trabajar largas horas a cambio de míseros salarios. Cada año de trabajo que pasaba se ahondaba la deuda con él. Les cobraba por la comida, los niños, el alojamiento e incluso por las herramientas que usaban para extraer la pizarra.

—Está bien, está bien. Será Demurral —exclamó la señora Landas, poniendo bruscamente las cartas en la mesa. Ésa era la señal al niño sordo para que empezase a apagar las velas del alféizar y la chimenea. Éste redujo la luz de las lámparas y la sala quedó sumida en la penumbra, con la señora Landas rodeada por un aura extraña procedente del resplandor del fuego.

—Debéis concentraros todos en el párroco, pensad en él y pediré al espíritu de las cartas que nos hable.

Debido a las sombras causadas por el fuego, aquellos que estaban frente a ella apenas podían ver su cara. La luz de una velita le iluminó el rostro dando la impresión de que estaba cambiando de forma. Dejó las cartas en la mesa y se tapó la nuca con el chal.

Cuando ya acababan la cena y tras varios vasos de ginebra barata, la señora Landas hacía magia con frecuencia. Leía las cartas del futuro, juntando realidad y fantasía, y decía a la gente lo que quería oír y la sorprendía con secretos de sus vidas que había obtenido subrepticiamente en las conversaciones de otros. Aquella noche, se dijo para sí, haría su mejor actuación.

—Estáis distraídos, no me llega nada. ¿Cómo queréis que entre en contacto con los espíritus si os distraéis? Tenemos que concentrarnos para abrir las puertas del otro mundo —exigió, cerrando los ojos y haciendo muecas—. Espíritu... haaaaabla... conmiiiiiigo...

Entonces soltó un gritito, para que pareciese que su voz venía de otro. Tres golpes fuertes y enérgicos llegaron desde la oscuridad. A todos los presentes los recorrió un escalofrío. Una mujer dio un sorbito al vaso de ginebra, mientras otra se agarraba al brazo del hombre sentado junto a ella. Los niños se apiñaron a la luz del fuego para protegerse de la oscuridad.

La señora Landas, sorprendida por la respuesta repentina del mundo de los espíritus, abrió un ojo y miró la habitación.

—¿Quién eres? ¿Quieres hablar con nosotros? —preguntó tímidamente, poniendo la voz de una niña.

El hombre de su derecha tembló de emoción, ostensiblemente impresionado. Sonó entonces otro golpe fuerte y desafiante, mucho más seco que el anterior. Todos se apretujaron.

—Queremos saber qué le sucederá al párroco Demurral. Díganoslo, por favor.

Un nuevo golpe irrumpió súbita y más fuertemente que el que lo había precedido, haciendo que todos, incluida la señora Landas, diesen un respingo. La voz de ésta se vio alterada por un miedo real. Aquello nunca había pasado antes. Ningún espíritu de verdad había respondido.

La señora Landas desplegó las cartas delante de ella y escogió varias al azar. Una a una les dio la vuelta.

—Aquí se encuentra, para hablar de su vida en el Cielo o el Infierno —dio la vuelta a la primera carta. Era la imagen de un hombre vestido con hábitos sacerdotales sosteniendo una copa de oro en un altar.

—¡Oh! —exclamó—. Éste es Demurral, el mago. Los espíritus siempre hablan de él mediante esta carta. Veamos a qué se enfrenta —empezó a dar la vuelta a otro naipe—. He aquí a lo que os enfrentáis, espada o tempestad, amor u honra.

Observó la carta. Era la imagen de una torre a la que le caía un rayo con un hombre precipitándose desde las almenas. En silencio, volteó más cartas y las puso en círculo alrededor de las otras. Cada vez que miraba una, murmuraba entre dientes, con aspecto más y más preocupado.

—¿Qué pasa, Mary? Cuéntenos qué dicen —el hombre que se sentaba junto a ella le tiró del chal esperando una respuesta. Dio la vuelta a la última carta y dejó al descubierto la imagen de un esqueleto retorcido rodeado de llamas de color rojo sangre.

La señora Landas comenzó a rezar por primera vez en su vida. Contuvo las lágrimas que se le formaban. Empezó a temblar de miedo, esperando que lo que había visto en las cartas nunca se hiciese realidad.

—¿Qué sucede, Mary? No puede quedarse ahí sin decir nada, cuéntenoslo.

Tomó aliento, y dijo lentamente:

—Las cartas hablan de una fuerza que se acerca para apoderarse de este lugar. Muchos morirán si no se la detiene. Sucederá una catástrofe, el mar se tragará la tierra y el demonio en persona caminará entre nosotros. Todos estáis en grave peligro.

—Únicamente si permitís que suceda —irrumpió una voz en la oscuridad.

Todos se dieron la vuelta para ver quién había osado hablar y romper la magia de la sesión. Rafah estaba en la litera superior, con las piernas colgando.

—¿Realmente creéis que funcionan esas cartas? Existe una ley muy superior a la que controla la tirada del dado o la suerte de la baraja —bajó de la litera y se dirigió a la mesa—. A todos os engaña el oído. Enseguida creéis en los espíritus, cuando en realidad se trata de alguien dando golpes a un lado de la cama. Ninguno de vosotros escuchará a aquel que de verdad puede haceros libres.

—¿Quién eres tú para hablar de libertad? Un muchacho que es un esclavo, hablándonos de libertad... ¿Tú qué sabes? —dijo el hombre de al lado de la señora Landas.

—¿Qué te hace distinto a mí? Yo soy negro y tú eres blanco. En muchos aspectos somos iguales, pero tú estás preso de más cosas que yo. Es posible que tenga cadenas en las muñecas, pero ni siquiera Demurral puede apoderarse del alma de alguien que sigue a Riatamus.

El hombre replicó enseguida:

—Hablas mucho para ser un esclavo. Sabemos cómo será tu vida, lo que queda de ella.

Todos rieron.

—Mi alma está en manos de quien me envió aquí. Él tiene un plan para mi vida, un plan para prosperar y no para hacer daño. Un plan de esperanza y de futuro. Esas cartas cuentan mentiras para engañaros y haceros caer en la trampa.

Rafah se acercó a la mesa y tomó la baraja. Sabía que tenía que decir la verdad. La señora Landas se incorporó de un salto e intentó arrebatárselas, pero él mostró las cartas.

—Son maléficas, y os llevarán a un lugar del que nunca escaparéis. Le resultan detestables a aquel que me ha enviado.

—¿A qué llamas maléfico? Te he curado las heridas, dado de comer, aceptado en mi casa, te he dejado dormir cuando tendrías que estar trabajando, y me llamas maléfica —dijo enfadada, casi escupiéndole—. Estas cartas son valiosísimas, me costaron el salario de más de un año. Quita tus sucias manos de ellas.

La señora Landas intentó quitárselas pero Rafah las apartó. Estaba anonadada por lo que había dicho. En su mundo, la señora Landas siempre tenía razón y no rendía cuentas a nadie salvo a Demurral. Nunca se habían enfrentado a ella así. Siempre pensaba para sus adentros que las cartas eran una representación y un ritual para entretener y hacerla sentirse importante porque tenía una sabiduría que los otros jamás poseerían. Nunca le habían dicho que las imágenes eran maléficas. Miró las cartas en la mano de Rafah y no supo si arrebatárselas. De algún modo, parecían estropeadas. Le costaba incluso tocarlas. Una duda se había introducido en su interior. Habían perdido su inocencia, ya no eran un juego de salón que le había enseñado su madre. Estaba enfadada por haber sido puesta en entredicho y enfrentada a la verdad en su propio establecimiento.

Había algo en Rafah que la ponía nerviosa y la hacía sentirse incómoda. Parecía muy seguro de sí mismo, con gran convicción interior. Tenía una pureza visible, una limpieza de alma que le brillaba en los ojos y brindaba esperanza en la suciedad de su entorno.

¿Y qué es lo que va a hacer ése? —replicó a Rafah—. ¿Puede mejorar nuestra vida, o sacarnos de este sitio? ¿Puede impedir que Demurral nos haga trabajar demasiado, sin darnos de comer y sin pagarnos nunca? —la señora Landas le dio un golpecito en el pecho con el dedo en punta con cada pregunta—. ¿Dónde está ese del que hablas? ¿Podemos verlo?

—Está detrás de usted, señora Landas —dijo, enarcando una ceja. Ella se dio la vuelta de un salto para ver qué había—. No, señora, está por todas partes. No puede verlo, pero él conoce los secretos de todos vuestros corazones.

—¿Tú quién eres? ¿De dónde vienes? —preguntó la señora Landas, furiosa por su impertinencia. Rafah observó los rostros que lo miraban a su alrededor. Parecía que toda la sala esperaba su respuesta.

—Eso no importa. Esta noche, aquel que me ha enviado os mostrará algo que cambiará vuestras vidas para siempre —Rafah se acercó a ella enseñándole las cartas.

—¿Y si no queremos cambiar?

—Entonces os abrirá los ojos para que veáis el montón de estiércol en el que duerme vuestra alma —le tocó el hombro con el dedo—. Despertad. Resucitad. Y dejad que la luz os ilumine en la oscuridad.

El niño sordo apartó a Rafah de ella, y éste lo tomó por los hombros y lo sentó en el regazo de la señora Landas.

—Abrace a su hijo, señora. Está a punto de recuperarlo —entonces colocó dos manos firmes en la cabeza del chico y, antes de que ella pudiera decir nada, empezó a hablar en un idioma que no comprendía—: *Abba-shekinah, El Shammah, soatzet-tay-ishty hugiez.*

Gritaba a pleno pulmón. Todos los presentes dieron un paso atrás, sin saber qué iba a hacer, asustados por la fuerza de las palabras.

Fue entonces cuando algo extraño y aterrador empezó a suceder. Era como si todo el edificio comenzase a temblar. Los niños se metieron debajo de la mesa mientras los hombres se miraban entre ellos con total incredulidad. Un sonoro crujido hizo que todos se dieran la vuelta para ver cómo la gran puerta de madera de la entrada empezaba a doblarse. Acto seguido, se oyó un repentino chasquido, y se rompió, chocando contra la pared. Rayos de oro y plata en forma de arco entraron en la habitación estrellándose con las paredes y el techo con un fuerte ruido, como el sonido de un mosquete recién cargado al ser disparado. Una fina neblina de oro invadió rápidamente la sala. Unos globitos de luz de todos los colores bailaban por el aire encima de las cabezas de todos los presentes.

Rafah, ajeno a las apariciones que se producían a su alrededor, repitió las palabras una y otra vez. El niño sordo empezó a temblar; cada músculo y nervio de su cuerpo se sacudían por la energía que lo traspasaba. La señora Landas se arrodilló, soltándolo al postrarse, hundiendo la cara en las manos y rogando a Rafah que detuviese aquello.

Todos estaban boca abajo en el suelo, tapándose los ojos para protegerlos del increíble resplandor de luz dorada que se extendía por las cuatro esquinas de la estancia. Era como si algo los obligara a tumbarse, postrados en el suelo por el peso de la gloria. Las gotitas de neblina parecían pesar más que el oro. Nadie podía moverse: sus extremidades parecían ser de plomo. Mientras la neblina de oro llenaba la habitación, todos hallaron reposo en la paz que brindaba. Todos los hombres, mujeres y chiquillos parecían estar profundamente dormidos.

Fueron el grito y el salto repentinos del niño sordo los que rompieron el silencio. Nunca había producido sonido alguno en su vida, pero entonces empezó a chillar y aullar como un perrito. Gritó con todas sus fuerzas, y después se tapó los oídos para intentar calmar el dolor del ruido que emitía.

El sonido de su risa aguda y contagiosa sacó a la señora Landas de su ensoñación y de su escondite debajo de la mesa, donde se había apretujado entre dos sillas. El niño saltó arriba y abajo dando volteretas, riendo y gritando al oír su voz por primera vez. Ella lo miró y comenzó a llorar, tendiéndole los brazos y llamándolo por su nombre:

—John, ven conmigo, ven conmigo... Ven con tu madre.

Prorrumpió en llanto mientras le tendía los brazos. El niño sonrió e intentó decir la palabra *madre*. Corrió a sus brazos sollozando de alegría, mientras la señora Landas lloraba por la emoción de poder quererlo de nuevo.

Supo que su amor por su hijo sería para siempre. Durante muchos años la señora Landas había sentido que tenía el corazón de piedra, incapaz de amar o ser amada. En esos breves instantes todo se había transformado. Tenía un corazón lleno de vida y una sensación de gran alegría en vez de una desesperanza continua.

Tan rápidamente como había aparecido, la neblina de oro se esfumó. Los niños salieron de su escondite debajo de la mesa, y los hombres y mujeres se levantaron del suelo. Todos miraban a Rafah insistentemente; John y la señora Landas estaban juntos en un extremo de la mesa. Nadie se atrevió a hablar.

—¿Cómo lo supiste? —preguntó ésta a Rafah, mientras acariciaba el pelo de John—. ¿Cómo conseguiste saber que era mi hijo?

—Lo llevaba en la mirada, Mary. Los ojos son el espejo del alma. Ni siquiera su odio hacia este lugar podía impedir que se vislumbrase una semilla de amor —se enjugó una lágrima que le caía por la mejilla—. Él es el hombre por quien ha rezado. Puede oírle y pronto le hablará. Él será su futuro.

La señora Landas le quitó las cartas.

—No sé por qué, creo que ya no querré usarlas más.

Acto seguido, las tiró al fuego junto al envoltorio de seda. Quedaron esparcidas sobre las llamas. Una de ellas saltó de la hoguera empujada por los gases calientes, elevándose en la corriente. De pronto comenzó a aletear y salió de la hoguera, cayendo boca abajo en la chimenea de piedra como si una mano invisible la hubiera sacado de las llamas.

Rafah se agachó, la tomó y empezó a reír mientras la sostenía para que todos la viesen.

—Ni siquiera este hechicero podrá escapar tan fácilmente de su suerte la próxima vez —hizo lentamente una bola con la carta y la volvió a tirar al fuego.

Nadie se percató de la pequeña figura oscura que entró sigilosamente en la sala por la puerta abierta. Presentaba el aspecto de un hombrecillo con un rostro alargado, blanco, muy fino y la boca grande llena de dientes afilados y torcidos. Parecía un espíritu. En algunos sitios su cuerpo era opaco; en otros, bastante transparente. La criatura entró caminando lentamente, mirando a Rafah mientras avanzaba por la habitación.

El hombre del pañuelo rojo estaba sentado en un extremo de la mesa. Permanecía confundido por lo que había visto y aturdido por la experiencia. Con un rápido escalofrío, el extraño ser se introdujo en el cuerpo de éste, que dio un grito entrecortado y cerró los ojos, sin saber qué le pasaba y sin poder pedir auxilio. Creyó que se ahogaba mientras la criatura se adueñaba de su alma. La sintió en su interior y notó que su aliento frío y horrendo le salía por la boca. Volvió a abrir los ojos, pero entonces ya era la criatura la que miraba al mundo a través de ellos; ya podía controlar todos los pensamientos y acciones del cuerpo que había poseído. El hombre tosió y jadeó cuando el hedor le invadió los pulmones. El ser observó a Rafah y esperó el momento oportuno para acabar con su vida. En la mesa había un cuchillo de trinchar. Sirviéndose de la mano del hombre, lo agarró y lo guardó en el bolsillo de su chaqueta.

Artes mágicas

Jacob Crane llamó con el puño enguantado a la puerta negra de roble de la vicaría. Era medianoche y en el patio adyacente un gallo blanco cacareaba con fuerza a la luna llena que surgía del mar, roja como la sangre.

Los golpetazos resonaron en el vestíbulo vacío y los pasillos de la casa hasta que por fin llegaron a oídos de Beadle, que estaba tumbado en la mesa de la cocina medio dormido. Tenía la cara apoyada en una gruesa rebanada de pan integral recién untada de mantequilla que había estado comiendo para acompañar las pintas de cerveza caliente que llevaba toda la tarde bebiéndose. A Beadle le gustaba beber, no por la sed, sino por el deseo de sentir los efectos del alcohol corriendo por sus venas y eliminando el dolor del mundo. Con los años se había convertido en un cervecero consumado. Hacía su propia cerveza, a la que añadía unas hierbas especiales que recogía en un lugar secreto del arroyo de los Espíritus Burlones. Secaba las hojas y a veces las flores, y luego las mezclaba con cebada, lúpulos silvestres, levadura y un cucharón de miel.

Aquella noche se dio cuenta de que había cometido dos errores. Uno era beberse la cerveza cuando aún estaba fermentando. El otro, haber puesto demasiada valeriana en el líquido. Lo único que sabía era que apenas podía abrir los ojos porque los efectos de la valeriana se los cerraban, haciéndole sentir que nunca saldría de su ensoñación, con los labios entumecidos y los brazos como alfombras enrolladas.

Mucho más importante era la convicción que tenía de que la cerveza a medio fermentar iba a estallarle en el estómago. Mientras se encontraba amodorrado, oyendo a lo lejos los golpes en la puerta, expulsó varios chorros de cerveza sin digerir. Beadle soltó un fuerte eructo y unas arcadas, que resonaron en toda la cocina. Intentó levantar la cabeza de la mesa, advirtiendo que tendría que responder a los golpes de la puerta, que se hacían más fuertes y más insistentes.

Al hacerlo, se pasó la gruesa rebanada de pan por la frente, creyendo que era un trapo suave y húmedo. Las migas se le pegaron a la piel, pero ni se dio cuenta, ni le importaba realmente su aspecto. No podía dejar de pensar en las hermosas flores blancas de valeriana. En su duermevela, mientras intentaba espabilarse, sólo veía la plantita que había recogido un día de verano, dejando una moneda de cuarto de penique entre las raíces para pagar al Hombre de los Bosques, y que había secado cuidadosamente en los fogones de la cocina. Masculló algo entre dientes.

Beadle bebía poco durante el día; prefería el té que robaba a su amo. Siempre esperaba al menos hasta las seis en punto antes de abrir el grifo del gran barril de madera y llenar hasta el borde la copa, una y otra vez.

La cerveza lo hacía soñar, ser alguien que nunca sería. Le daba libertad para pensar, o eso creía, aunque notó que cada vez necesitaba más para alcanzar el mismo estado que el año anterior. Cuando bebía se sentía liberado del hastío de su servidumbre. En su imaginación se convertía en un hombre importante, alguien que hacía algo más con su vida que andar detrás del párroco. En la vida real, sin embargo, la diversión le había hecho volverse más irascible y estar descontento consigo mismo y con su propia existencia.

El gusto de la levadura y la cebada seguían en su paladar y, entre sueños, los golpes de la puerta se hicieron más fuertes. Salió haciendo eses de la cocina e intentó andar derecho por el pasillo. Se chocó contra las paredes y casi se cayó al suelo, agarrándose a los pomos al pasar. El enorme cuervo de oro que estaba encima de la puerta de entrada lo miró. En su ebriedad, estaba convencido de que el pájaro se había movido, ahuecado las plumas y abierto un ojo. Agarró el gran pomo y empezó a girarlo. De pronto, la puerta se abrió con fuerza, casi tirándolo a un lado. El aire frío de la noche entró a raudales en la casa y, bajo la luz de las velas, la figura alta de Jacob Crane se dibujó en el quicio.

—¿Dónde está tu amo? —dijo Crane, como exigiendo una respuesta inmediata.

Beadle, aún atontado por la cerveza, se quedó con una expresión vacía.

—¿Amo? —se detuvo, como si no supiera la respuesta. Miró a Crane balanceándose—. Creo que está en la cama, o quizá haya salido. O quizá...

Crane se agachó y miró a Beadle a los ojos, a muy escasos milímetros.

—Búscalo. ¡Ahora mismo! —le gritó en la cara. Beadle intentó fijar la vista en la punta de la larga nariz de Jacob Crane.

La respuesta del sirviente fue un eructo largo y fétido. El fuerte olor hizo que Crane adoptara un gesto de asco. Acto seguido, le propinó un bofetón, lanzándolo en volandas por el vestíbulo hasta un perchero de madera que se le cayó encima.

—Eres un cerdo —dijo Crane, con un asco distante, mientras se acercaba al cuerpo tendido de Beadle.

—Lo siento, señor Crane, es la cerveza. Parece que se me sale sola —Beadle volvió a eructar intentando demostrar que había sido un accidente—. No puedo parar... Es la cerveza amarga... A veces puede conmigo.

—Entonces te sugiero que no bebas —la voz llegó desde un balcón al final de las escaleras. Allí estaba Demurral, con un camisón negro y un gorro de dormir rojo—. Beadle, lleva al señor Crane al estudio, que yo bajaré enseguida. Trae una bandeja con jerez.

El criado se puso en pie e intentó reconocer la puerta del estudio; no podía, todas le parecían iguales. Crane vio la confusión en su rostro y la abrió él. Tomó la vela del candelabro del vestíbulo y entró, dejando al criado solo en la oscuridad.

Se acercó a la ventana y corrió las cortinas. La brillante luz de plata de la luna entró a raudales en la estancia, bañando todo con un resplandor de mercurio. Colocando la vela en la gran mesa redonda del centro de la habitación, se sentó en un sillón de cuero al lado del fuego. Enseguida se le unió Demurral, que echó un leño de pino a las llamas.

—¿Y a qué debo esta visita nocturna de Jacob Crane? —preguntó.

—Dinero, el idioma de la vida.

—Pero yo he hecho voto de pobreza. ¿Por qué iba a interesarme el dinero? —Demurral sonrió al decir esto, ladeando la cabeza.

—Bien, si eso es así, me facilitará la tarea. Tengo un cargamento de brandy en vuestro sótano y queréis que os pague el alojamiento de una noche —miró duramente a Demurral—. No tengo intención de pagaros. A cambio del almacenaje gratuito de mis bienes estoy dispuesto a daros algo que quereis —Crane se quitó los guantes de piel y los dobló cuidadosamente en su regazo. Durante unos instantes los dos hombres se contemplaron.

—¿Qué podría querer yo? Tengo todo lo que deseo.

—Deseo... Es una palabra extraña para un párroco. Anhelo insatisfecho, placer sensual de poseer algo... Hace pensar en cosas de las que los sacerdotes no deberían ocuparse. No son palabras para un hombre de la Iglesia —retorció los guantes de piel—. Si os dijera que tengo a dos personas dispuestas a cumplir uno de vuestros deseos, ¿cuánto dinero valdrían?

—Un robo es un robo, y tendrían que comparecer ante las autoridades y responder por su delito —Demurral acercó su silla a Crane—. Al fin y al cabo, planeaban robarme algo valiosísimo, algo por lo que he pagado mucho dinero. ¿No es vuestro deber como ciudadano entregármelos a cambio de nada?

Con un solo movimiento, Crane se levantó del sillón, sacó la daga de su funda y le puso a Demurral la hoja larga y afilada en el cuello.

—No he venido a jugar, párroco. ¿Queréis pagar, o los dejo marchar? Tenéis a uno y yo tengo a los otros dos. Por trescientas libras podéis tenerlos a todos. No creo ni por un instante que lleguen a pisar un tribunal, así que podéis hacer con ellos lo que os plazca —pasó el canto romo de la hoja por el cuello de Demurral—. He oído que os gusta llevar a los jóvenes a esa torre vuestra —se detuvo y señaló la ventana—. Veo que se ha cavado mucho en vuestro jardín, y no es la época del año para plantar... Pero supongo que eso depende de qué clase de semillitas se entierran —puso la punta del puñal debajo del mentón de Demurral, clavándosela levemente en la carne.

—Trescientas libras es una buena cantidad. Haré que Beadle os traiga el dinero. ¿Cuándo podré disponer de mis nuevos huéspedes? —dijo el reverendo entrecortadamente, sin osar moverse.

Crane retiró el arma de su cuello y la volvió a meter en la funda oculta en el forro de la chaqueta.

—Los traeré en una hora. A cambio espero que el dinero esté dispuesto. Cualquier truco, y correréis la misma suerte que vuestras semillitas... ¿Entendido?

—Señor Crane, jamás se me ocurriría engañar a alguien con un dominio tan espléndido del inglés de la corte.

—Decidme, Demurral, ¿qué es lo que tenéis que les hace poner sus jóvenes vidas en peligro? —recorrió con la vista la habitación en penumbra buscando algo de valor.

—Sólo es una nadería, un objeto que trajo un explorador, una reliquia religiosa sin valor real para nadie, excepto para un hombre pío como yo —dijo Demurral dubitativamente, sin saber por qué Crane hacía esa pregunta.

—Soy un hombre que ha viajado por todo el mundo. Ver un objeto como ése me resultaría de gran interés —Crane se llevó la mano a la chaqueta y agarró la empuñadura del arma, antes de sonreír a Demurral.

—Puedo entenderlo —dijo rápidamente éste—. No creo que haya mal alguno en enseñaros en qué consiste realmente este pequeño capricho —gritó hacia el pasillo—: Beadle, ¿puedes traer el estuche de mi habitación? Nuestro invitado quiere ver a qué se debe tanto misterio.

Beadle permanecía inmóvil en el suelo del pasillo recuperándose de la cerveza y del tortazo. Hasta se le había olvidado llevar las bebidas a Demurral. No sabía dónde estaba. Intentó levantarse y apoyarse en los pies inseguros y muy entumecidos. En su estado de embriaguez, ignoraba por completo si había respondido o no.

—¡Beadle, borrachuzo, levántate y trae el estuche! ¡Mi huésped espera!

El grito atronó en la casa. Los dos hombres oyeron a Beadle intentando subir las escaleras y correr por el largo pasillo hacia la habitación de Demurral. Unos golpes secos les indicaban con cuánta frecuencia se caía al tropezar con una alfombra, un tablón suelto o sus propios pies entumecidos.

—Tiene una pequeña debilidad —dijo Demurral, levantando la vista en dirección al estruendo encima de su cabeza—. Le gusta beber. Tiene tan pocos placeres en la vida que me costaría mucho negarle ése.

—¿Y cuál es vuestro placer, párroco? ¿El dinero? ¿La riqueza? ¿El poder?

—No, no, no. Soy hombre de placeres sencillos y busco cumplir la voluntad de aquel que me ha enviado.

—Entonces, ¿no es cierto que sois un embustero, un tramposo y, dirían incluso algunos, un asesino? —dijo Crane entre risas.

Demurral no sabía si el contrabandista se estaba mofando de él. Jacob Crane tenía un temperamento indómito debido a sus años en el mar. A los 14 fue reclutado por la Marina. Pasó a formar parte de las huestes del rey y despertó en las entrañas de un barco que iba a la India. A los 24 años abandonó el barco y desde entonces se ganaba la vida como contrabandista y bandolero.

Beadle volvió a entrar en la habitación, portando el gran y alargado estuche negro; lo colocó en la mesa del centro. Demurral se levantó de la silla y encendió otra vela. Dio inicio al ritual del bastón de acacia y la mano negra. Por último, sacó el querubín. Crane observó la figurilla alada que brillaba a la luz de la luna.

—¿Qué precio pagasteis por él, párroco? —intentó decirlo como si le interesara poco el valor.

—Una cantidad pequeña. Estos objetos de los nativos no tienen un valor real. Para mí posee un... *ejem...* interés religioso —levantó el querubín de la mesa.

—¿Y qué queréis hacer con algo así?

—¿Creéis en el mundo de los espíritus, señor Crane? —Demurral lo miró fijamente. Luego continuó hablando en voz baja—. ¿Un mundo de poderes con los que sólo podemos soñar?

—No creo que una piedra filosofal ni la brujería tengan utilidad alguna en nuestro mundo, la religión es para los débiles y los ignorantes —afirmó Crane bruscamente—. Lo que he conseguido en la vida ha sido mediante el trabajo de mis dos manos y la sangre de aquellos que se han interpuesto en mi camino. No me interesan Dios ni la superstición —Crane se acercó al querubín, intrigado por las filigranas de oro y los ojos de perla.

Demurral hizo caso omiso de los comentarios del incrédulo contrabandista.

—Imaginad un mundo donde fuéramos los seres más poderosos, donde las leyes del tiempo y del espacio estuvieran suspendidas. Un lugar donde el poder y el control importasen más que el amor o la caridad —sostuvo el querubín en la mano, que centelleaba bajo la luz de la luna—. Imaginad ser más poderoso que el mismo Dios, poder controlar los elementos, el viento, el mar, o incluso la salida del sol. Imaginad el poder que eso supondría... Imaginad qué satisfacción... poder destruir a todo aquel que os hubiese hecho algo. La venganza perfecta, ni siquiera sabrían de quién provenía —Demurral devolvió la figura al estuche—. Yo tampoco me conformaría con una piedra que convirtiese los objetos en oro ni con los hechizos de una bruja. Sólo me conformaría con el poder de Dios.

El párroco volvió a introducir el bastón y la mano negra en el estuche, y cerró la tapa. Después se sentó en el sillón al lado del fuego.

—No es poco lo que ambicionáis, reverendo. Creía que los religiosos debían servir al Altísimo, y no al revés.

—Eso depende de cuánto tiempo permanezca como Altísimo; no podrá mantener su poder para siempre —Demurral se frotó ambas manos y propinó una patada al leño humeante de la hoguera. Chisporroteó y silbó al mezclarse la humedad con las ascuas incandescentes.

—Tenéis valor para hablar así de vuestro Dios, Demurral. De todas formas, ¿creéis de verdad en el mundo de los espíritus, fantasmas y demonios? —Crane se aproximó a la ventana y miró Baytown y el mar. Las luces de las casitas de los pescadores titilaban en la oscuridad debajo de una nube brillante. En la bahía veía los aparejos de su barco, recortado contra los acantilados—. Haría falta un milagro para que yo creyese en otra cosa aparte del poder de la espada o de la bala de mosquete. Nada transforma el plomo en oro con tanta celeridad —se apartó de la ventana y observó a Demurral, que revolvía el fuego con un largo atizador de latón.

—Con mi ayuda, señor Crane, podríais ser el hombre más rico del mundo. Ya no tendríais que haceros a la mar, ya no tendríais que poner vuestra vida en peligro. Descansaríais y disfrutaríais de la riqueza de las naciones —se aproximó a la ventana y se colocó al lado del contrabandista—. Mirad, todo eso podría ser vuestro; sólo tenéis que trabajar para mí.

—No sabía que todo el país os perteneciese. Creía que era propiedad del rey por la gracia de Dios.

Dicho esto, se alejó de Demurral, que estaba demasiado cerca. El párroco parecía reprimir su emoción, como si se imaginara un acontecimiento maravilloso del que sólo él tenía noticia.

—Las cosas cambian, señor Crane, las cosas cambian. Seréis testigo de ello esta noche. Traedme a los dos ladrones, y eso será el comienzo. Venid a la torre y os enseñaré algo que os hará cambiar de idea para siempre —Demurral miró a Jacob

Crane a los ojos—. Tenéis razón en lo que habéis dicho, la sangre de quienes se interponen en vuestro camino puede brindaros todo lo que vuestro corazón desea. ¿Acaso no dijo un rabino que el hombre que ama su vida la perderá, y que el hombre que odia su vida en este mundo la conservará siempre? —guardó un silencio incómodo—. ¿Amáis vuestra vida, señor Crane?

12

El Azimut

Obadías Demurral y Jacob Crane subieron por la escalera de piedra hasta la losa enorme que formaba un descansillo en lo alto de la torre. El párroco tiró de la manga de la chaqueta de Crane y empujó a Beadle por la puerta. Juntos entraron a una espaciosa sala circular con ventanas estrechas; la luna se reflejaba en todos los cristales, proyectando luces azules y verdes en los muros de piedra. En el centro de la sala, en medio de un círculo pintado en el suelo y colocada entre dos columnas de piedra que llegaban al techo, había una mesa de madera cubierta con un paño de lino y un candelabro en cada extremo. Sobre sus cabezas, el tejado de cobre emitía ruidos metálicos por las ráfagas de viento.

—Bienvenido a mi santuario, señor Crane. Aquí hay más poder que en cualquier iglesia —Demurral contempló la estancia con ojos brillantes. Hizo un gesto a Crane para que entrara en la oscuridad—. No tengáis miedo, aquí no hay nada que pueda haceros daño... Bueno, todavía no.

Crane no respondió, guardando para sí la sensación de inquietud. Entró en el círculo y se situó al lado de la mesa.

—Por favor, no toquéis el altar: manos santas, sólo manos santas —Demurral estaba emocionado. El simple hecho de estar en la sala le procuraba una intensa sensación de placer.

—¿Para qué sirve este lugar? ¿No reservabais vuestra devoción a la iglesia? —preguntó Jacob Crane, recorriendo la sala con la mirada. Había signos de fe: el altar, el círculo y una estrella azul cobalto de seis puntas pintada en la pared.

—La iglesia es el lugar para recitar palabras sin sentido a un Dios que ya no escucha —repuso Demurral—. Éste es el lugar donde se halla la respuesta. En cada uno de nosotros hay un dios esperando ser liberado. Sólo necesitamos la llave del poder.

Repasó con el dorso de la mano el paño de lino blanco que cubría la mesa y miró a Crane para ver qué respondía. Éste se metió la mano en la chaqueta, agarrando firmemente la empuñadura del cuchillo. Notaba el metal frío en la palma caliente y húmeda. En sus 32 años, Jacob Crane había visto muchas cosas y matado a muchos hombres; pero había algo en Demurral que le helaba la sangre y le secaba la boca. Crane no temía a muchas cosas en la vida, pero estar en presencia de aquel hombre le hacía sentir un nudo en el estómago y desencadenaba el impulso de matarlo en el acto.

—¿A quién adoráis, entonces? ¿A vos mismo, o a otro? —preguntó bruscamente, aguardando la respuesta de Demurral.

—Un dios tiene que merecer la adoración. Personalmente, nunca creí que nuestro Dios cumpliese nuestras expectativas humanas. Le pedimos que cure, y la gente muere; le pedimos que nos procure la paz y lo único que obtenemos es sufrimiento. Nos dice que amemos a nuestro enemigo, y nos cuesta amarnos a nosotros mismos. Le quita todo el placer a la vida, ¿y cuando nos morimos vamos a encontrar el paraíso? —Demurral respiró repentina y profundamente, echando hacia atrás su largo cabello blanco. Recuperó la compostura y miró a Beadle—. He sido siervo del Altísimo casi toda mi vida, he sufrido, he sido humillado y he renunciado a todo por él. ¿Qué ha hecho Dios por mí? Cuando llegué aquí encontré otra cosa, o más bien... otra cosa me encontró a mí.

—Guardaos para vos lo que hayáis encontrado. Si es aquí donde tengo que traer a los niños, así sea. Únicamente debéis aseguraros de tener listo el dinero cuando llegue —respondió Crane, sabiendo que lo que hacía Demurral no estaba bien y que, siguiese a quien siguiese, no era a Dios. Se dio la vuelta para retirarse sin soltar el cuchillo de la chaqueta, consciente de que aquello podía ser una trampa.

—No os vayáis tan deprisa, señor Crane. Creo que podría enseñaros algo que os haría cambiar de opinión con respecto a los milagros. Sois hombre de mundo, y necesitáis pruebas. Dejad que os enseñe cómo son realmente las cosas.

Hizo una señal a Beadle, quien permanecía en silencio junto a la pared. Éste abrió un arcón de madera situado debajo de una de las ventanas alargadas y estrechas. Los goznes de metal chirriaron al abrirse y una nube de polvo verde pareció salir del mueble. Beadle introdujo el brazo en el baúl, casi cayéndose dentro, envuelto en la nube, luchando con sus piernecillas por seguir en contacto con el suelo de piedra. Finalmente, perdió el equilibrio y cayó hacia atrás, apretando contra su cuerpo una enorme roca azul. Enderezándose, la llevó al altar y la depositó con cuidado en el paño de lino blanco. Demurral esbozó una sonrisa de júbilo y mostró sus dientes torcidos y partidos. Puso las dos manos sobre la piedra y masculló algo para sus adentros.

La roca empezó a dividirse en dos partes iguales. Demurral levantó la parte superior y dejó al descubierto la forma exacta de una mano humana tallada en las dos partes de la piedra y recubierta de plata brillante. Muy lentamente, introdujo las manos en los huecos en que se había dividido la roca. Le cabían a la perfección. Recitó unas palabras:

"Piedra que ha escuchado al hombre sin responder,
llama por mí a la niña que murió.
Ven a mí envuelto en llamas,
Hija del Azimut, te llamo a ti".

Demurral agachó la cabeza y se contempló las manos. Una corriente súbita se introdujo en la sala por debajo de la puerta de roble, levantando el polvo, que se agitó formando un estrecho remolino frente al altar. Briznas de luz plateada, verde y morada empezaron a brillar dentro del tornado creciente. Ante sus ojos comenzó a aparecer una niña: primero sus blancos pies descalzos, luego las faldas de una túnica verde, y después el resto del cuerpo y la cabeza, como si se estuviera formando célula a célula ante sus ojos.

Crane se negaba a creer lo que veía. Se apoyó en el muro, apretando el cuerpo contra la pared todo lo que podía. Demurral seguía con las manos sobre las grandes piedras del altar y contemplando el fantasma que cobraba forma y cuerpo. También seguía murmurando en una lengua extranjera, instando a la aparición a que se formase, exigiendo su presencia.

Crane observó a la niña que surgía ante ellos. Medía un metro y medio, tenía el cabello largo y rubio y una piel blanca y luminosa. Sujetando su túnica verde llevaba un cinturón de oro, y en la cabeza una corona de muérdago mezclada con el fruto oscuro de la belladona. Tenía unos ojos negros y sin vida. Eran los ojos de un ciego que mira sin saber lo que ve. Había algo familiar en su rostro. El contrabandista ya había visto a aquella niña en algún sitio.

—¿Veis, Crane? Hasta vuestros ojos os hablan de otro mundo. ¿Podéis negar esto? —el párroco miró a éste y luego a la niña—. Esta niña fantasma puede predecir el futuro. Ella es el Azimut, alguien preso entre la vida y la muerte, el pasado y el presente. Es la única en quien puedo confiar. El Azimut no puede mentir.

Crane advirtió que a Demurral le temblaban las manos sobre las piedras. No dijo nada; sentía que el temor crecía en su interior mientras intentaba aferrarse a la realidad. Empuñó con más fuerza el cuchillo, mirando a Demurral, después a Beadle y a continuación a la niña. El reverendo comenzó a hablar de nuevo:

—Azimut, te llamo otra vez para que digas la verdad. Dime qué pasará esta noche.

Se produjo un largo silencio. El viento se abatía sobre el tejado de cobre, que crujía y se movía en la tormenta creciente. Crane miró a la niña, intentando recordar quién era. La cabeza le decía que la conocía, o que sabía quién había sido antes de quedar transformada en el Azimut. Gotas de sudor le cayeron por la frente. Tenía la boca seca de miedo. Sentía el latido de su corazón y la sangre corriendo por sus venas. La niña empezó a hablar con una voz apagada y tenue.

—Será como deseáis. Vendrán. Los tres que buscáis volverán a reunirse —el Azimut no se movía al hablar. Juntaba las manos delicadamente como si rezase.

—¿Y qué hay de Crane? ¿Se puede confiar en él? —inquirió Demurral, con cautela.

—Os degollaré por hacer esa pregunta, Demurral —repuso Crane, enfadado—. Vuestros hechizos no me impresionan lo suficiente como para impedir que os separe la cabeza del tronco —Crane se dirigió a la mesa, sacando el cuchillo del abrigo. El Azimut extendió la mano para detenerlo.

—Es un hombre de espíritu recto y no cambiará de intenciones. Los traerá a este lugar y se marchará con aquello por lo que ha venido —giró la cabeza hacia Crane. Lo miró con los ojos muertos y ciegos—. Vuestra vida está cambiando. Encontraréis lo que anhela vuestro corazón.

Crane miró a la chica, sabiendo que ya había contemplado esos ojos no mucho tiempo antes. Un escalofrío de miedo le recorrió la espalda; no sabía si aquello era un espectro o un engaño de la mente. Entonces se acordó. Hacía seis meses había anclado el barco en Baytown para reparar el casco. Una niña llamada Hester Moss llegó con una cesta de pescado para la tripulación. Se acordaba de su mirada, su cabello y su sonrisa cálida. El Azimut era aquella niña, que había desaparecido en las rocas y cuyo cuerpo nunca había sido hallado. Empezó a comprender cómo debía de haber muerto.

—Dejad que la niña repose, Demurral; enterradla y que descanse en paz.

—No lo entendéis, señor Crane. El Azimut no es muy frecuente, no pueden generarlo todos los niños y su espíritu tiene que viajar por los cuatro confines del firmamento. Hicieron falta muchos pequeños para encontrar al necesario. Uno que había muerto en el momento preciso en el lugar preciso —dijo distraídamente, como si hablara del precio del pan en vez de un asesinato.

—Querréis decir una niña que vos matasteis en el momento y lugar precisos. Para que sirviera a vuestra supuesta magia. La asesinasteis para que acabara como esclava vuestra, sin que se le concediera siquiera la clemencia del reposo después de muerta.

—¿Qué os hace pensar que la maté yo? Las personas mueren sin que nadie las ayude.

Crane arremetió contra Demurral y lo agarró del cuello, lanzándolo contra la pared.

—Estoy pensando en hacer que os unáis a ella, en mataros aquí y ahora, y al cuerno con el dinero —lo empujó contra la pared, con una mano en el cuello y la otra aferrando el cuchillo contra su mejilla—. Prometedme una cosa, párroco. Cuando esto termine, la liberaréis y pondréis una lápida en su tumba.

Demurral no podía hablar porque luchaba por respirar. Asintió con la cabeza y dio un golpe a Crane en la mano para que lo soltase. Éste dejó de apretar y el párroco se desplomó en el suelo jadeando. Se volvió hacia el Azimut. La visión del espíritu empezaba a desvanecerse ante sus ojos. Tendió las manos, intentando recuperar esa vida, y diciendo:

—Hester, te liberaré. Pagará por lo que te ha hecho.

La imagen se desvaneció y el remolino se enroscó levantando el polvo. Tan rápidamente como había aparecido, se esfumó. Beadle estaba agazapado al lado del aparador de madera.

Demurral se convulsionaba en el suelo al lado del altar con la mano en su cuello lastimado. Jacob Crane se dirigió entonces a la puerta de la habitación de la torre, cuchillo en ristre, y los miró asqueado:

—Volveré en una hora y traeré a los niños. Aseguraos de tener el dinero —Crane se dio la vuelta para marcharse pero volvió sobre sí—: Otra cosa. Si cualquiera de los dos intenta engañarme, mis hombres quemarán esta casa con vos dentro. Si alertáis a los recaudadores de impuestos, volveré y me encargaré de que os cuelguen de un árbol, os hagan pedacitos y os echen a los cuervos —la hoja del cuchillo brilló a la luz apagada de las velas—. Nada me procuraría mayor placer. No me obliguéis a ello.

Bajó ruidosamente la escalera de caracol de la torre. El sonido de sus pisadas en los escalones de piedra retumbó en el aire nocturno. Demurral se esforzó por levantarse, apoyándose en el altar. Escuchó cómo se cerraba de un portazo la puerta de madera al final de la escalera. Beadle seguía temblando al lado del arcón, con el rostro hundido entre las manos.

—Levántate. Levántate. Me podía haber matado, y tú te quedas en el suelo, demasiado asustado como para moverte —Demurral sacó bruscamente la vela encendida del candelabro y se lo tiró a su sirviente. Luego la recogió, atravesó la sala traspasando el aire como una espada y apaleó a Beadle varias veces en el cuerpo—. Que no vuelva a suceder —gritó, dando otro golpe seco en el grueso costado de su criado—. La próxima vez protégeme en vez de esconderte como un granuja —le propinó un empellón en la espalda.

Beadle gimió y rogó a su amo que parase, lo cual fue sin duda un error.

Demurral la emprendió a mamporros con el candelabro. Repetidamente, golpeó al muro, al altar y a Beadle. Gritaba enfurecido, dando porrazos con las dos manos; finalmente cayó al suelo. Se quedó inmóvil unos instantes, mirando ausente los dibujos formados por las ventanas emplomadas.

—Ve a por el chico y tráelo aquí. Tenemos una hora hasta que vuelva Crane. Veremos cuánto dolor soporta hasta entonces —Demurral escribió algo con el dedo en el polvo del suelo.

—Pero Crane ha dicho que... —dijo el criado tímidamente, intentando recuperarse de la tunda.

—No me importa lo que diga ese contrabandista. El amo soy yo, no él. Hazlo ya —tiró el candelabro a Beadle, acertándolo en el pecho—. ¡Levántate y hazlo!

—¿Traigo el dinero?

Demurral reflexionó un momento, mirando por la habitación mientras decidía qué hacer:

—No. No hará falta dinero, los varrigales se ocuparán de ello. No hay bolsillos en la mortaja de un muerto y en el infierno no hay donde gastarlo —empezó a soltar unas carcajadas chillonas—. Ahora vete, Beadle, antes de que te envíe al infierno para que le enseñes el camino.

'Tempora mutantur'

La medianoche llegó, extendiendo una humedad fría por toda la mina al filtrarse en el asilo una bruma empapada. Dentro, todos dormían en abarrotadas camas de madera; los niños más mayores lo hacían solos y el resto se apiñaba en las literas inferiores. Los hombres y mujeres descansaban donde podían, sin cambiarse de ropa y sin lavarse. La señora Landas disponía de la cama más cercana al fuego, separada del resto de la sala por una descolorida cortina azul. Una gruesa vela de sebo en la mesa alargada proporcionaba una luz tenue, mientras que las ascuas del fuego calentaban el creciente olor a sudor rancio.

Rafah dormitaba, al mismo tiempo que se quitaba las pulgas de las piernas y se acordaba de su casa. Los ronquidos y gemidos de los niños pequeños lo sacaban continuamente de su duermevela. Se encontraba cansado y dolorido: la espalda le ardía por la quemadura y sentía gran pesadumbre por estar tan lejos de su hogar. En el exterior oía el viento silbando en el bosque y las grandes olas rompiendo en el acantilado y lanzando en la noche un sonido burbujeante.

Intentó soñar, para liberar su mente de aquel lugar donde era un prisionero y del futuro tan incierto que se le presentaba. Rogó a Riatamus que le dejara volver a su tierra, de donde había partido hacía casi un año. Evocó su última noche allí, bajo las estrellas, con una cálida brisa desértica invadiendo el bosque y barriendo las nubecillas del negrísimo cielo. Se había dormido al son de los salmos entonados por las mujeres y del crepitar del fuego que chisporroteaba casi al compás de la música.

Rafah se permitió recordar con gran nostalgia a su país; aunque sabía que lo haría llorar, añoraba tanto aquel lugar... Se sintió solo. Anhelaba el contacto de un amigo y las cálidas voces africanas de bienvenida.

El joven sabía que era un extranjero, separado de aquellos que lo rodeaban por el color de su piel. "Estas gentes", pensó, "son pobres de cuerpo y de espíritu". Esa noche habían visto cómo un niño sordo volvía a oír y, sin embargo, seguían sin creer. Era como si ellos también estuvieran ciegos y sordos a las señales, o quizá se encontraban bajo los efectos de un conjuro. Preferían confiar en un espíritu estúpido de las cartas del futuro y en las incoherencias de una solterona antes que en Riatamus, el Dios vivo. Parecían felices en su pobreza.

Rafah se apoyó en su abrigo enrollado, cerró los ojos por enésima vez y entró en el mundo de los sueños.

Entonces, el hombre poseído por el dunamez despertó. Durante la última hora había pensado con la mente de una criatura de otro mundo. Había quedado recluido en un recoveco de su ser para sentir cómo las decisiones del dunamez le recorrían el pensamiento, completamente fuera de su control. Compartió las escenas de cada vida que había atormentado la criatura. Era un ser mortífero: se divertía con los padecimientos del sufrimiento humano, iba de una vida a otra para poseerla y controlarla, para hacer enloquecer y llevar al borde de la muerte a la víctima de cuyo cuerpo se apropiaba. En esta ocasión se apoderó de Samuel Blythe, granjero y minero endeudado de las canteras de alumbre de

Raventhorpe. Temblaba con cada visión compartida que el dunamez lo obligaba a mirar. Eran peores que las pesadillas de la infancia: se trataba de compartir los pensamientos no sólo de la fuerza que lo controlaba, sino también de todas las vidas que había destruido.

Blythe se esforzó por recobrar el dominio de sí mismo, por cerrar los ojos a los tormentos. Quería pedir ayuda, pero no sabía a quién llamar. El dunamez le susurraba cada vez que intentaba recuperar la conciencia y la cordura. Sabía su nombre. Conocía sus miedos más profundos.

—Escúchame, Samuel —le decía en voz baja—. Hazme caso, no te opongas y pronto terminará todo. A lo mejor hasta te dejo vivir —Blythe sentía la voz resonando en su interior, retorciéndole cada nervio y tendón. Quiso responder, pero ni siquiera podía articular una palabra—. Yo hablaré por ti —dijo suavemente la criatura—. Tú relájate y déjame a mí. Después de todo, no tienes nada que perder y mucho que ganar.

El dunamez lo despertó de su sueño y le abrió los ojos. Dominado por la criatura, Blythe retiró las sábanas, se levantó y se dirigió a la chimenea. Se calentó junto al fuego, luego atisbó por las cortinas y observó que la señora Landas dormía.

—El fuego, el fuego —dijo quedamente—. Llevo muchos años sin sentir la calidez de un fuego. Los humanos tenéis mucho que agradecer: vuestros cuerpos se pueden calentar, se pueden tocar y vibrar de emoción. La vida para mí es muy fría, muy solitaria. Ay, gozar del abrazo de otra persona... —el dunamez extendió la mano de Blythe para tocar la mejilla de la señora Landas—. Cariño, qué mujer más hermosa eres.

Detuvo entonces sus susurros, pues vio la silueta de Rafah dormido en la litera superior. A Blythe lo invadió un repentino cambio de humor: desapareció el deseo hacia la señora Landas; ahora sentía un odio abrumador. Percibía la ira física de la criatura, sus ideas le invadían la mente Empezó a temblarle el cuerpo. Una necesidad acuciante de gritar se apoderó de él, que fue detenida antes de que pudiera emitir un sonido. Abrigó pensamientos de asesinar a alguien.

El dunamez volvió a hablarle:

—Si haces eso por mí, Samuel, te dejaré tan rápido como vine. Toma el cuchillo y mátalo. No es uno de los tuyos, es un extranjero. Merece morir, y eres tú quien debe hacerlo.

Blythe no pudo resistir, aquello era incontrolable. Se sentía indefenso, como un espectador que presencia una gran tragedia. Se acercó a la litera, arrastró una silla de la mesa para subirse y extrajo el cuchillo de su chaqueta. Recorrió la sala con la mirada. Todos estaban profundamente dormidos; aquélla era una quietud poco natural, como si estuvieran al borde de la muerte.

Alzó la mano, incapaz de resistir el poder del dunamez que controlaba todos los músculos de su cuerpo. Ya estaba. Había llegado el momento. La criatura le volvió a decir:

—Mátalo ahora... Nunca sospecharán...

Blythe quería gritar y escapar. Era un granjero preso de su propia locura que había contraído con Demurral una deuda de 70 libras, pero en 10 meses sería un hombre libre. Si obedecía, se convertiría en un asesino. Miró a Rafah, cuya piel suave y negra brillaba a la luz de la vela. Blythe contuvo el cuchillo todo el tiempo que pudo, sin saber por qué el joven tenía que morir.

—Ahora —la voz cobró fuerza en su interior—. Hazlo antes de que te obligue... Por una vez en tu vida haz algo de lo que te sentirás orgulloso... Has fracasado en todo lo demás: no fracases en esto —la voz del dunamez se hizo insistente.

Blythe sentía cómo la criatura le forzaba la mano para que clavase con fuerza el cuchillo; pero él luchó contra sí mismo, manteniendo el brazo todo lo que pudo en esa posición. Parecía que se le fuera a romper.

—No te opongas, Samuel, no te opongas. Haz lo que te digo —la infatigable voz de su interior anulaba todo lo demás.

La puerta del asilo se abrió de repente, sacando a la señora Landas de su sueño cálido y lleno de picores. Ésta se irguió en la cama, y con un ademán descorrió la cortina y se puso en pie. El dunamez hizo que Blythe se tirara al suelo.

Consitt y Skerry estaban en la puerta con sus botas negras llenas de barro y sus tricornios. Tenían un aspecto lamentable y descuidado, envueltos en el frío húmedo de las cuatro de la mañana. Consitt no sonrió ni hizo intento alguno de saludar a la señora Landas.

—Quiere al moreno en la torre y no quiere que lo hagan esperar.

Ella intentó atusarse el cabello enmarañado mientras atravesaba la sala hacia la litera, donde Rafah ya estaba despierto.

—No le hagáis daño, o no dejaré que os lo llevéis. Ha hecho mucho por mí, ha cambiado mi vida y no dejaré que tú o Skerry volváis a abusar de él.

Su voz fuerte despertó a todos. Aparecieron los rostros debajo de las mantas sucias y se quedaron mirando en la penumbra.

—Demurral lo quiere, y sus palabras son órdenes —Consitt se acercó a la litera, apartando a Blythe, que se había puesto en pie y se encaminaba hacia la puerta—. No te vayas, Sam, puede que me hagas falta. Ven a la torre por si intenta escapar. Si lo hace, tienes mi permiso para darle una buena paliza —Blythe intentó alejarse, pero el dunamez hizo más fuerza en su interior, impidiéndole moverse.

Consitt metió la mano en su levita y sacó un garrote corto y nudoso.

—A despertarse tocan, bribonzuelo. Es hora de ir a ver a tu amo —blandió amenazadoramente el garrote ante Rafah—. Que no haya jueguecitos o tendremos que castigarte cada vez que desobedezcas nuestras órdenes —dejó caer el garrote en la palma de su mano, para mirar a Rafah desde el ala del tricornio.

—Nada de golpes, señor Consitt, nada de golpes. Si tocáis al chico, tendréis que véroslas conmigo —la señora Landas le señaló con su dedo más largo y retorcido, poniéndoselo debajo de la nariz.

—Y tú harás que Demurral te eche de lo que consideras tu casa por inmiscuirte en sus asuntos —repuso Consitt, apartándola de un empellón—. Sal de la cama, chico. Te vamos a quitar las cadenas —sin soltar el garrote, propinó un sonoro golpe en la litera.

—Ven, Sam. Ayúdame a bajar a este pájaro de su rama.

Blythe no podía responder. La criatura lo tenía agarrado por la garganta. Movió la cabeza para decir que sí, sintiéndose como una marioneta bajo el control de un amo torpe. Mientras tanto, Rafah intentaba bajar de la cama. Las vendas y el ungüento de ortiga aplicado profusamente por la señora Landas le tiraban de la piel. La herida de la espalda lo quemaba cada vez que se rozaba con la camisa.

Contempló a Blythe, mirándolo fijamente a los ojos. Apartó la vista y luego volvió a mirar estudiando cada centímetro de su piel, como si buscara un secreto oculto.

Los tres hombres se lo llevaron y lo sacaron a la noche oscura y fría. Rafah se había acostumbrado al calor y las comodidades limitadas del asilo. Aunque la cama estaba llena de pulgas, era blanda y razonablemente cómoda. Ahora caminaba en el frío nocturno que se le metía en los huesos.

Subieron por la colina entre el barro rojo, siguiendo el camino estrecho y sinuoso que llegaba a la vicaría. La luna llena perseguía unas finas nubes negras en el cielo.

Por el norte y en alta mar, un intenso resplandor se extendía por el cielo como si las aguas se hubiesen incendiado. Blythe agarraba a Rafah del hombro y con una mano fuerte lo empujaba colina arriba. Skerry iba delante quejándose entre dientes y maldiciendo el día en que había conocido a Demurral. Muy rezagado iba Consitt, que se detenía cada pocos pasos para tomar aire y mirar el mar.

—Ahí sigue, Skerry; parece el amanecer, pero está demasiado al norte y aún es temprano —Skerry se detuvo y se dio la vuelta para mirar.

—Lleva ahí dos días con sus noches. Parece que hay un incendio en el mar. Con tanta luz casi se puede leer —se volvió y empezó a ascender lentamente por la colina.

—Sólo hay un problema, Skerry: que tú no sabes leer —Consitt prorrumpió en sonoras carcajadas, resollando y jadeando al andar.

Blythe no decía nada. Rafah continuaba mirándolo, sabiendo que algo siniestro se había apoderado de él. Había visto cómo muchas personas dejaban que sus vidas se consumiesen por culpa de una manifestación del mal; era capaz de notar la presencia de un espectro o de un íncubo por la mirada, que parecía venir de otro mundo. Detestaban que se les llevase la contraria y sufrían un tormento de destrucción cuando se invocaba al Único Nombre Verdadero. Rafah sabía que con el poder de Riatamus no tenía nada que temer de ningún espíritu.

—No puedes dominarlo para siempre —dijo Rafah en voz baja—. Tendrás que dejarlo libre algún día. Al fin y al cabo, no es inmortal —el dunamez no respondió—. ¿Cómo te llamas, espíritu? Dime quién eres.

Blythe tiró de Rafah haciéndole daño en el hombro con la chaqueta, y quedaron cara a cara. Miró hacia arriba y vio a Skerry en la cima de la colina a lo lejos. Consitt seguía rezagado a cien metros por detrás. Estaban demasiado alejados para intervenir: aquél era el momento. El dunamez habló alto vomitando su propia voz en la noche. Blythe sentía los sonidos vibrándole en la garganta, fuera de su control.

—No puedes detenerme, muchacho —gruñó con una voz grave y airada—. Te he seguido mucho tiempo y esta noche tendré la oportunidad de apagar tu luz de una vez por todas —el dunamez retorció aún más la chaqueta, como si intentara infligir el mayor daño posible.

—Al menos osas hablar. Normalmente los demonios se amparan en la oscuridad porque les da miedo la luz. ¿Qué rango detentas? ¿O no eres más que un kadesh, el perrito faldero de una bruja? —Rafah miró a los ojos de la criatura, que lo contemplaban a través de los de Blythe—. ¿Qué te hace pensar que no invocaré a Riatamus? ¿Acaso no enviará a todo un ejército de serubines para que te aniquilen? —calló y observó detenidamente al hombre. El íncubo no respondió—. Sé quién eres, dunamez... Ahora suéltame antes de que pronuncie el nombre secreto ante el que debes postrarte. A lo mejor te perdona la vida.

Blythe notaba que la criatura le removía las entrañas al retorcerse y agitarse dentro de su cuerpo. Soltó a Rafah y metió la mano en su chaqueta, agarrando el cuchillo largo que había conseguido esconder. Empujó al muchacho y luego desenvainó el arma, cortando el aire con ella. Incapaz de controlarse, Blythe se acercó renqueando a Rafah, que se había caído en la cuneta, tras recibir un golpe. Se tiró sobre él, intentando clavarle el cuchillo en el pecho. El joven sostuvo el brazo de Blythe, con la hoja a escasos centímetros del cuello.

—¿Creías que me ibas a detener con las palabras, muchacho? —dijo entre dientes el dunamez—. Con este cuerpo nada puede detenerme. Podría levantar cualquier cosa con estos brazos y dentro de poco elevaré a un sacerdote de Kush muerto y lo arrojaré al mar —el dunamez se agitaba mientras intentaba acercar hacia Rafah la mano de Blythe—. Quiero ver tu sangre en este cuchillo —dijo babeando, gruñendo como un cerdo.

—En... el nombre... de... Riatamus... te ordeno que te marches —gritó Rafah a pleno pulmón. Las palabras resonaron en la mina, en el bosque, y el viento las llevó hacia alta mar.

Blythe se puso en pie de un salto, dando traspiés por el camino. Skerry se dio la vuelta y corrió colina abajo. Consitt subió gateando por la ladera con toda la rapidez que le permitían sus débiles piernas. Se oyó un grito fuerte y penetrante cuando el dunamez salió de Blythe, que quedó tirado a un lado como un montón de paja. La bestia se hallaba ante Rafah, aprisionada con cadenas de luz cada vez más apretadas, sin poder moverse. Blythe se tapó los ojos con un brazo, apartando la mirada de la horrible imagen. Skerry, que corría hacia ellos por el sendero, no podía creer lo que veía.

Rafah se incorporó y miró a la pobre criatura que se agazapaba a sus pies. Ésta lo observaba con sus ojos pequeños y esbozó una media sonrisa con una boca tan llena de dientes torcidos y salidos que apenas podía hablar.

—Ten compasión de mí, no quería hacerte daño —dijo patéticamente—. Si me dejas, me iré de aquí y no daré problemas. Suéltame y déjame encontrar a alguien que me preste su vida.

—¿Qué derecho tienes a participar de este mundo? ¿Le diste a este hombre la ocasión de decir no? —Rafah señaló a Blythe, dirigiéndose iracundo a la criatura, que se retorcía en las apretadas bandas de luz.

—Es un humano, no tiene derechos. Ellos dieron la espalda a Riatamus, igual que yo. Nosotros caímos del Cielo, a vosotros os expulsaron del Paraíso... engañados por una serpiente —el dunamez rió al mismo tiempo que resoplaba y jadeaba—. ¿Qué sabéis los humanos de la vida? Setenta años, y después ¿qué? La mayoría estáis destinados al Gehenna, un desierto de sombras habitado por almas ingratas —se calló y miró a Skerry, que permanecía petrificado a unos pocos metros—. Déjame entrar en él. ¿Qué mal voy a hacer en un cuerpo así? No le vendría mal un poco de cabeza. Le daría una vida como nunca ha visto.

Rafah levantó la mano hacia el dunamez:

—Silencio, espíritu. Nunca estarías satisfecho. Por eso expulsaron a los tuyos del Cielo. Queríais ser Dios y arrebatar el poder a Riatamus. Incluso ahora maquináis, escondiéndoos detrás de los infortunios que ocasionáis a los habitantes de la Tierra —el dunamez contraía el gesto con cada palabra—. Recordáis a los justos cuál es su pasado. Ha llegado la hora de que halléis vuestro futuro —Rafah extendió la mano.

Blythe se tapó la cara con las suyas y se escondió detrás de un arbusto mientras Skerry se lanzaba a la hierba espesa del terraplén. Rafah levantó la voz para decir, retumbando por doquier:

—Por el poder del Altísimo, te ordeno que te marches y que vayas al lugar designado para tu tormento...¡Vete!

Unos haces de plata y oro se tragaron a la criatura, envolviéndola. Su cuerpo se tornó negro; el rostro blanco y alargado quedó sumido en una niebla oscura y, después, atrapado en hilos de oro como la víctima de una araña invisible siendo preparada para la muerte. El dunamez gritó, haciendo acopio de todas sus fuerzas para romper las ataduras. Entonces, en un fogonazo, se esfumó completamente. La noche volvió a ser negra y silenciosa.

Blythe y Skerry estaban anonadados, y demasiado asustados para salir de sus escondites. Colina abajo, Consitt inspeccionó el terreno desde detrás de una gran roca.

—No nos mates —dijo, aterrorizado—. No te haremos daño. Deja que sigamos con nuestras cosas y nos iremos ahora mismo.

Skerry miró desde la zanja en la que se había caído; Blythe estaba tumbado en la hierba crecida hablando sin ton ni son y esperando despertar de aquel horror. Rafah se sentó en una piedra grande de la cuneta y se puso a reír. Para él, todo aquello formaba parte del universo viviente.

—¿De qué os asustáis? Esta mañana estabais dispuestos a pegarme, patearme y arrastrarme por el barro, y ahora os escondéis como niños después de la primera pesadilla —hizo un gesto a Consitt para que saliera de la roca—. Vamos, entregadme a Demurral, tengo asuntos pendientes con ese bribón. Tiene algo mío y ya es hora de que lo devuelva.

Blythe se sentó y observó a Rafah:

—¿Eres un espíritu como el que se apoderó de mí? —preguntó débilmente, casi con miedo de hablar.

—¿Puede un espíritu expulsar a otro? ¿Puede un ejército luchar contra sí mismo?

—Entonces, ¿en virtud de qué poder haces esas cosas? —Blythe se incorporó en la hierba y miró a Rafah, enmarcado por la luz de la luna—. ¿Qué clase de criatura eres?

—Un hombre como tú, sin poderes especiales, sin brujería, sin hechicería.

—Entonces, ¿cómo has hecho eso? ¿Cómo lo supiste? Esa cosa quería matarte; ¿cómo la destruiste?

—Fue gracias al poder de Riatamus, el Dios verdadero. ¿No lo conoces? —Rafah comprendió que esas gentes sólo creían en supersticiones y apenas conocían la verdad.

—¿Dios? ¿Cómo puedes conocer algo que está tan lejano? ¿Por qué iba a querer ese Riatamus conocer a alguien como yo? Yo soy sólo un granjero —Blythe se detuvo y miró a Skerry, que salía de la zanja—. Los dos éramos granjeros; Demurral nos lo quitó todo. El arrendamiento subía cada vez más y ninguno de los dos pudimos pagarlo, así que ahora estamos atados a nuestra deuda, y somos los porteros del asilo —volvió a mirar a Skerry, esperando que tomara la palabra; después prosiguió—: ¿Por qué iba ese Riatamus a querer conocer a alguien como nosotros? Dios es para las personas con ropa elegante y casas grandes. Esas que son santas los domingos y que tienen los mejores bancos en la iglesia, mientras nosotros tenemos las sillas gratuitas del fondo donde no se ve ni se oye. ¿Para qué iba a querernos Dios?

—Puede que os quiera por esa misma razón. ¿Nunca se te ha ocurrido que quizá Dios te ame? ¿Nunca has contemplado el mar y te has maravillado de toda la creación? ¿Crees que el mundo entero es una especie de accidente? —Rafah tendió la mano a Blythe para que se levantara de la hierba.

—A lo mejor eso es verdad en tu país, pero aquí... —miró al suelo—. He pensado en esas cosas, pero luego me miraba el barro de las botas, a las ovejas muriéndose de hambre en los campos, el arrendamiento que no podía pagar, y me daba cuenta de que las únicas cosas ciertas en la vida son la muerte y el diezmo que pagamos a Demurral. Al fin y al cabo, ¿no es el representante de Dios? Es el párroco, es quien debe mostrarnos el camino, pero lo único que ha hecho es alojarnos en el asilo.

Blythe se puso en pie y se sentó al lado de Rafah, en la piedra. Juntos contemplaron el mar. Skerry estaba detrás de ellos sin saber qué hacer, y Consitt se aproximaba renqueando por el sendero empinado. El joven dejó caer el brazo en el hombro de Blythe.

—Sea quien sea ese hombre, no es un hombre de Dios. Es seguidor de alguien, pero no de Riatamus. Es un ladrón y un embustero. Tendrá que pagar por ello.

Skerry intervino entonces, con la voz temblorosa:

—No eres más que un muchacho, ¿cómo sabes tantas cosas para ser tan joven?

—Conocer a Riatamus es conocer la sabiduría, y esta sabiduría aporta entendimiento. Es lo único que hace falta para vivir —dijo Rafah, sonriendo a Skerry.

—Pero ¿cómo podemos conocerlo? Él está arriba, en el Cielo, y nosotros aquí abajo, en este infierno.

—Abre los ojos y dime qué ves.

Skerry tenía miedo de que lo estuviesen engañando:

—Veo el cielo, el mar...

—No. Dime lo que ves de verdad.

Skerry reflexionó y volvió a mirar:

—Está la oscuridad y la luz.

—Hay otra cosa —dijo suavemente Rafah—. Riatamus está llamando a la puerta de tu vida. Si escuchas su llamada y le respondes, compartirá tu existencia y vivirá siempre contigo. Puede liberarte de la pobreza, liberarte para que seas la persona que él creó, no aquella en la que te has convertido.

Consitt llegó jadeando hasta ellos; las piernas le temblaban de cansancio y tenía las mejillas coloradas e hinchadas. Rafah lo miró, antes de decir:

—Quiero que me entreguéis a Demurral. No le digáis lo que habéis visto. Cuando me dejéis con él, quiero que os vayáis de aquí. Seréis hombres libres. Empezad una nueva vida, encontrad vosotros mismos a Riatamus —miró a Blythe—. Has conocido el mal y has sido dominado por él. El poder del Altísimo te ha liberado. No olvides que, cuando él te libera, eres libre de veras.

El viento sopló y agitó el brezo de las cunetas. Los tres hombres se miraron entre sí y luego observaron a Rafah, preguntándose qué hacer.

—Entregadme ahora a Demurral. Según las señales del Cielo, pronto será la hora.

Rafah los condujo colina arriba; pasaron por las tinieblas del bosquecillo, por el prado situado ante la vicaría y junto a tres tumbas recién excavadas en la fría tierra.

El espíritu maléfico

La valentía resulta fácil para algunos, pero Thomas y Kate tuvieron que pagar un precio por ella. Juntos, habían recorrido las seis millas desiertas que separaban el molino de los Espíritus Burlones de un claro del bosque ubicado al oeste de la colina del Agua Bendita. Un antiguo Círculo de Piedras sobresalía entre la hierba en el centro del claro. Las rocas parecían la punta de un dedo arrugado saliendo de la tierra. Bajo la luz de la luna, proyectaban sombras grisáceas en las matas de brezo que crecían de forma desigual.

Isabella había dado a Kate un largo abrigo negro, y ésta se arrebujó en él para taparse del viento frío que soplaba desde el mar, arrastrando con él un olor a sal y algas, y se apretujó contra Thomas. Crane les había dicho que esperasen a que él llegara para llevarlos hasta donde estaba su amigo.

Kate seguía enfadada con su padre por haber ayudado a Jacob Crane en el contrabando tantos años. Era como si hubiese vivido en una mentira: aduanero y a la vez contrabandista.

Se preguntó si habría más embustes, más sorpresas que descubriría en el transcurso de la noche. Había perdido toda la confianza que tenía en él; en todos, en realidad. Vivir con su padre no era fácil. La afición a la bebida siempre había sido su problema. Montaba en cólera por la mayor tontería, gritaba y bramaba y después se ponía a llorar. Durante muchos años Kate pensó que era culpa suya, que era de algún modo la responsable y que no podía cumplir con lo que esperaba de ella; no podía comportarse como una niña y jugar. Su tarea en la vida era cocinar y limpiar, coser y remendar. Eso era lo que él le pedía. Quería que ejerciese de madre, de criada, pero no de hija.

Aquella noche se había enterado de que su padre llevaba una doble vida, y se había dado cuenta de que a éste habían ido envenenándolo la muerte de su madre, el sentimiento de culpa, el dolor, y ahora el engaño. "No es culpa mía, no es culpa mía", se decía ella para sus adentros, pensando en su padre y en cómo la había engañado.

Las ramas de los árboles entrechocaban y seguían el compás de la brisa. Kate atisbó en la oscuridad que los rodeaba en busca de una señal de Crane y sus hombres.

Al cabo de poco rato oyeron un ruido de caballos. Thomas la miró y adoptó una sonrisa tranquilizadora. Le colocó un brazo en el hombro y la atrajo hacia sí.

—Pase lo que pase, Kate, siempre estaré a tu lado. Cuando estábamos en el bosque tuve un sueño. Conocí a un hombre —hizo una pausa, reflexionó y prosiguió—: Bueno, era más que un hombre: creo que era Dios. Se dirigió a mí, y mi nombre apareció en un libro. Quedó escrito ante mis propios ojos. Me dijo que era un rey y que si creía en él no debía temer a la muerte. ¿Qué crees que quería decir todo eso?

Kate al principio no pudo responder. Sentía que se le atragantaban las lágrimas y que la garganta se le contraía. Al fin, consiguió decir:

—¿Por qué nos hemos metido en todo esto? Tendríamos que haber sabido que algo malo iba a pasar.

Había intentado con todas sus fuerzas no llorar. Sentía una mezcla de ira y miedo, una sensación de indefensión y predestinación aunadas en un sentimiento inexplicable que la hacía saber que un desastre se avecinaba.

Los caballos avanzaron entre los árboles, y Thomas y Kate esperaron a que llegaran al claro. Sin previo aviso, desde el cielo llegó el rumor grave de un trueno, que hizo temblar el suelo bajo sus pies. Un caballo relinchó al otro extremo del claro, y entonces pudieron ver a uno de los hombres de Crane salir del bosque. Éste condujo el caballo al centro del Círculo de Piedras, se detuvo y, durante unos instantes, miró a su alrededor. Observó a Thomas y Kate:

—Acercaos —gritó, con una voz tamizada por la ginebra—. Acercaos para que pueda veros.

Thomas se aproximó a él y le hizo un gesto a su amiga para que no se alejara. Cada vez confiaba menos en Jacob Crane y sus hombres.

—¿Dónde está Jacob Crane? —preguntó el muchacho al desconocido.

—Enseguida estará aquí. Ha tenido que ir a buscar a vuestro amigo y después vendrá a por vosotros.

—¿Y si cambiamos de idea? ¿Y si nos escapamos al bosque y buscamos solos a nuestro amigo? —preguntó Thomas.

—¿Y si te clavo este alfanje aquí mismo, jovencito?

Crane salió de su escondite oscuro en la base de una gran roca a un metro de donde estaban. Ambos dieron un respingo y se asustaron.

—Llevo aquí todo el rato esperando que llegarais. ¿Por qué has tardado, Martin? —dijo Crane al hombre a caballo—. ¿No encontrabas la salida de la taberna? —el contrabandista no esperó la respuesta—. ¿Y vosotros dos? ¿Ya pensabais en escaparos? Creí que estabais dispuestos a pelear. ¿Acaso no ibais a encontrar a vuestro amigo y a salvar el mundo? ¿Por qué habéis cambiado de idea? —Crane disparaba las preguntas como metralla y no quería respuestas—. He encontrado a vuestro amigo; pero, si queréis que vuelva, tendréis que hacer lo que os diga —los miró gravemente a los dos—. Aunque no os creáis capaces, debéis confiar en mí en todo momento, pase lo que pase.

—¿Cómo sabemos que podemos confiar en vos? —preguntó Thomas.

—Bueno, nunca puedes saber a ciencia cierta qué hará una persona. Lo único que puedo decirte es que hace falta un cebo fresco para atrapar a una rata, y el cazador siempre se ocupa de la trampa —se dirigió a su subordinado—: Toma a 10 de los hombres y adelántate a la vicaría. Posicionaos en el jardín, junto a la torre. Quiero que haya un mosquete apuntando a la puerta de ésta en todo momento. Que no os vean. Yo os seguiré con estos dos y los demás.

Crane dio una palmada al caballo en el lomo. Martin dio media vuelta al animal y atravesó galopando el claro en dirección al bosque. El ruido del resto de los caballos y jinetes invadió la noche; todos salieron de su escondrijo y cabalgaron a oscuras por los senderos del bosque, pasando por la cima del páramo, en dirección a la vicaría.

—Bien. Vosotros dos, ¿habéis compartido caballo alguna vez? —Crane cruzó el claro hasta la linde del bosque—. Tengo una yegua para vosotros, sin montura, por lo que tendréis que agarraros. Está poseída por el demonio, así que andad con cuidado. Os tirará en cuanto pueda. Es el único animal que nos sobra, o, mejor dicho, el único que hemos podido robar del establo de Molly Rickets.

Atravesaron el claro; las grandes piedras en pie palidecían a la luz de la luna. Kate miraba a su alrededor con inquietud, asustada por todos los ruidos que emitía el bosque. Examinó todas las sombras negras en busca de un rastro de las criaturas de ojos rojos que los habían atacado.

—¿Dónde estamos? —preguntó—. No me dejaban venir aquí, siempre me decían que aquí vivían los muertos.

Crane se rió:

—Un cuento para que no te acercases a todo lo que escondían los contrabandistas. Algunos dicen que este lugar es como un reloj gigante que marca el discurrir del universo y otros creen que es un templo de dioses antiguos, de una raza extinguida hace mucho tiempo —su voz cobró seriedad—. Antes de esta noche nunca hubiera creído esas cosas, pero ahora ya no estoy tan seguro.

En el borde del claro hallaron dos caballos atados a un árbol. Crane lanzó un silbido prolongado y agudo, y esperó. Del bosque llegó un silbido como respuesta.

—Ésos son mis hombres; no les gusta la tierra firme, les gusta pelear en la cubierta de un barco. Esperemos que esta noche no se vean obligados a hacerlo.

Crane los ayudó a subirse a lomos de la yegua, y montó con facilidad al otro caballo. Thomas asía firmemente las riendas y Kate le rodeó la cintura con los brazos.

—Pase lo que pase, id en dirección a la vicaría. Si nos separamos, os veré allí —dijo Crane, espoleando a su montura.

Los dos caballos y sus jinetes se introdujeron lentamente en la oscuridad envolvente del bosque y, uno a uno, los hombres de Crane se unieron a ellos, para tomar el camino serpenteante que atravesaba el bosque hasta los confines del páramo, encima del mar.

A Jacob Crane no tardó en asaltarle la duda insistente de que algo no andaba bien, y, mientras la procesión de jinetes se abría paso por el bosque, creció en él la sensación de que los es-piaban. Se enorgullecía de ir siempre un paso por delante de los recaudadores de impuestos y del capitán de los dragones. Nunca lo habían atrapado en todos sus años como contrabandista, aun-que tal hecho no se había producido siempre por sus dotes ecues-tres, marinas o marciales. Crane conocía el poder de la persua-sión, el poder del dinero y de una caja de brandy para la persona indicada. Sabía que las amenazas solían ser tan efectivas como la acción y que una reputación sangrienta era muchas veces lo único que necesitaba para conseguir lo que quería.

Allí, en el bosque, se había dado cuenta de algo: no esta-ban solos. No era un hombre que admitiese tener miedo; pero, aquella noche, a cada metro que recorrían una inquietud creciente le llenaba el estómago. Era una sensación desagradable y persis-tente de que algo andaba mal, un temor cada vez mayor que raya-ba con el miedo. Los caballos también se estaban poniendo ner-viosos. Uno a uno, empezaron a revolverse y temblar a cada paso, a sacudir la testuz, mover las colas y relinchar al aire, pasándose el miedo de uno a otro, como si hablaran en un idioma olvidado.

Para Thomas y Kate estaba claro que la yegua en la que iban los quería tirar para echar a correr y escapar de la criatura que acechaba en la oscuridad. La joven se abrazó con más fuerza a la cintura de su amigo, y éste, a su vez, se agarró a las riendas, tirando de ellas con todas sus fuerzas, echando hacia atrás la cabeza del animal. Pero éste se resistió con tal ímpetu que las riendas se le ca-yeron de las manos, haciéndole cortes en las palmas. La yegua se encabritó y se revolvió, temblando y relinchando de miedo.

—¿Qué pasa, Thomas? —preguntó Kate en voz baja, para que nadie percibiera su desasosiego.

—Huelen algo en el aire —respondió el muchacho—. Están asustados.

Jacob Crane se dio la vuelta sobre su montura, y dijo quedamente:

—Mirad hacia el frente. Nos están siguiendo. Tenemos cinco a la izquierda y unos siete a la derecha. Creo que esperan para atacar. Si conocen bien este lugar, aguardarán hasta que pasemos por el claro siguiente antes de lanzarse —extendió la mano y agarró la brida de cuero de la yegua—. La llevaré yo un rato. No quiero que os escapéis todavía.

—¿Qué hacemos, señor Crane? —preguntó Thomas.

—¿Conservas todavía esa espada vieja que llevaste a casa de Reuben?

—Me la devolvió antes de irnos.

—En ese caso, sugiero que te prepares para usarla. Protege a la chica y guárdate las espaldas. Golpea duro y nunca les des una segunda oportunidad. Recuerda, chico: eres tú o ellos.

—¿Quién nos sigue? —intervino Kate.

—Podrían ser los recaudadores, o los dragones, o algo que Demurral ha conjurado en contra de nosotros. Sean quienes sean, saben ir campo a través sin hacer mucho ruido. Nos acompañan desde que dejamos el Círculo de Piedras —Thomas y Kate se dieron cuenta de que la sospecha de Crane respecto a los recaudadores o los dragones era un torpe intento de tranquilizarlos; los caballos nunca se habían asustado tanto.

El bosque fue perdiendo densidad a medida que se acercaban al páramo. Formaciones de roca cubiertas de un musgo espeso nacían en la tierra negra y compacta. Unos árboles encorvados, doblados por el viento, extendían sus ramas nudosas y sin vida sobre el brezo tupido. El sendero descendía por un pequeño barranco bordeado por un bosquecillo. Detrás de las rocas que delimitaban el terraplén, podía verse una figura alta y solitaria, inmóvil, enmarcada en la luminosa luna llena.

Thomas fue quien lo vio primero e instintivamente tiró de las riendas. La yegua se resistía con todas sus fuerzas. Crane sostuvo la brida con firmeza.

—No te preocupes, lo he visto —susurró.

—¿Quién es? —preguntó Thomas.

—Bueno, no son los recaudadores ni los dragones. Nunca estarían apostados en un sitio así. Debe de estar por lo menos a tres metros de altura.

—¿Qué hacemos? —preguntó Kate, con la ansiedad claramente reconocible en la voz.

—Esperad a que os lo diga, y después cabalgad como una centella. No os paréis. Si os caéis, levantaos y corred. Martin se reunirá con vosotros en la torre. No os separéis de él, es un buen hombre —su voz rezumaba fortaleza, así como un tono tranquilizador de preocupación por ellos.

Ninguno de los dos pudo responder. Ella se abrazó a Thomas y le apretó la cintura exageradamente, con ganas de que todo aquello terminase. Fue entonces cuando la figura del saliente empezó a arder con unas llamas naranja intenso que alcanzaban gran altura. Briznas de paja y sauce entrelazadas y ardiendo salían despedidas del fuego por la corriente de aire caliente, y caían como copos humeantes.

—Es un espíritu maléfico. Alguien quiere asustarnos —Crane dio un grito de sorpresa—. Deprisa, corred —exclamó cuando el primer rayo traspasó la oscuridad, junto a sus cabezas, golpeando una roca a escasa distancia de ellos.

La piedra se hizo añicos como si se tratara de cristal. Después otro rayo cortó el aire detrás de ellos, cayendo sobre un árbol y dejándolo reducido a polvo. La noche se llenó de esquirlas de oscuro resplandor que pasaban volando sobre sus cabezas en todas direcciones.

—Intentan obligarnos a ir hacia el barranco. Esto es sólo para asustarnos, no intentan alcanzarnos —Crane soltó la brida de la yegua—. Adelante, corre con todas tus fuerzas, diablillo —dijo gritando al animal.

La bestia echó hacia atrás la cabeza y relinchó de emoción. Hincó las patas en la tierra blanda y casi despegó; a punto estuvo de tirar a Thomas y Kate por el impulso, y salió disparada hacia el barranco; sus cascos apenas tocaban el suelo.

Mientras el animal galopaba, el espíritu maléfico ardía en el promontorio por encima de ellos, lanzando intermitentemente rayos de luz naranjas y rojos por el sendero. La cima del páramo era como otro mundo. El brillo plateado de la luna, el resplandor de la figura en llamas de sauce y paja, las sombras oscuras proyectadas por los árboles y las piedras... El aire y la tierra, el fuego y el agua, se mezclaban en una pócima tan fuerte que anulaba la realidad.

Kate se agarró a Thomas con todas sus fuerzas; por detrás, el abrigo le aleteaba y se agitaba al viento. La yegua siguió galopando por el sendero, que de pronto se internó en un barranco profundo y oscuro donde ni siquiera penetraba la luna. Thomas consiguió asir las riendas justo cuando el animal saltaba a ciegas sobre algunas ramas caídas y matas de helecho, cayendo de bruces en la maleza al perder la orientación en la oscuridad. Sus patas quedaron atrapadas en la tupida maraña de rastrojos y, al cocear para salir de aquella trampa de vegetación marchita, tiró a los muchachos al suelo.

Thomas se puso en pie y enseguida desenvainó la espada corta y la emprendió contra los helechos para dejar libres las patas de su caballería. Pero, entonces, ésta se desembarazó de las últimas zarzas que tenía pegadas en la piel y se fue galopando por el terraplén, dejándolos solos en la penumbra.

Thomas se sentó en el suelo al lado de Kate, que se había escondido dentro del abrigo negro. Parecía que el silencio duraba una eternidad. Los envolvía una oscuridad casi absoluta. Ninguno de los dos se movió, ninguno de los dos dijo nada. Al muchacho le faltaba la respiración. Había decidido ayudar a Rafah para vengarse. No era por bondad o para ayudar a alguien en apuros. Ahora se daba cuenta de que lo único que quería de veras era hacérselas pagar a Demurral. Pero en su interior sentía que algo había cambiado y seguía cambiando, algo imparable. Clavó la punta de la espada en el suelo.

—Tenemos que continuar. Si nos quedamos aquí, el que nos persigue nos puede atrapar. Estoy harto de las emboscadas a oscuras —empezó a reír, sin saber por qué lo hacía.

La risa lo invadía, contrayéndole los labios y agitando su vientre. Percibía una abrumadora sensación de júbilo que le subía desde el fondo del estómago. Intentó contenerla, controlarla, pero la fuerza de la alegría casi lo hacía estallar. Se apoyó en la maleza. En su imaginación veía el rostro del rey sonriéndolo. Entonces supo que, pasase lo que pasase, no tenía nada que temer.

Mientras reía, dijo atropelladamente:

—Kate, nos tenemos que ir.

—Me alegro de que te parezca tan gracioso: nos persiguen hasta dejarnos medio muertos, y nos tira un caballo en un bosque oscuro y luego se escapa. Qué gracioso. ¿De qué más te quieres reír? —Kate se enfadó. Era su emoción preferida.

—No sé por qué me río. No puedo evitarlo. Sé que todo saldrá bien. No puedo dejar de pensarlo. Todo sale bien a aquellos que conocen al rey... Estaba en el sueño.

—¿Nos va a salvar la vida ese sueño? —preguntó ella.

—Creo que sí, Kate, creo que sí —el chico se calló, y luego siguió hablando—. Me he dado cuenta, desde que conocí a Rafah y tuve el sueño, de que vivimos en un mundo diferente del que yo creía. Es como si estuviera ciego y de pronto la ceguera desapareciese. Vivía la vida sólo pensando en mí mismo, en lo que tenía, en lo que iba a hacer —la brisa sacudió los helechos—. Ahora sé que en la vida hay algo aparte de mí. Prometí a Rafah que lo ayudaría a que Demurral le devolviese una cosa. No sé por qué tiene importancia, pero la tiene. Es algo por lo que merece la pena vivir. Por primera vez en la vida he encontrado algo en lo que creer, algo lleno de esperanza, algo de verdad.

—Pero ¿qué va a pasarnos, Thomas? Cuando me uní a ti no esperaba ver todas estas cosas, creía que sólo íbamos a entrar en la vicaría y ya está —Kate se levantó y se quitó el abrigo—. Yo no te seguí por Rafah y lo que quiere recuperar, me uní a ti porque... —dejó de hablar y agachó la cabeza.

—¿Por qué, Kate? —preguntó él.

—Ahora no importa. Creo que olvidé el motivo cuando apreté el gatillo y disparé contra esa cosa.

Thomas miró a la joven. Apenas distinguía sus rasgos en la oscuridad. Extendió la mano y le acarició la mejilla. No pudo verla sonreír.

—Tenemos que irnos, Kate. No sé si nos siguen ni dónde ha ido Crane. Conociéndolo, se habrá enfrentado él solo a ellos. Seguiremos el barranco en dirección a la vicaría y veremos si de veras se puede confiar en Martin.

Kate lo tomó de la mano:

—Adelántate, tengo una cosa que hacer. Te seguiré.

—No te voy a dejar en la oscuridad, te esperaré en el camino.

Thomas se dio la vuelta y se internó en la maleza del barranco. Kate recogió el abrigo del suelo, le quitó el polvo y aguardó pacientemente en la penumbra.

Al cabo de varios minutos apareció un varrigal solitario en el bosque donde empezaba el barranco. Rastreó en la oscuridad con sus ojos intensamente rojos, que veían de noche como si luciera el sol más luminoso. Al fondo del barranco, entre dos árboles, distinguió una figura arrodillada con un abrigo; parecía que estaba rezando. El varrigal tensó la cuerda y le puso una flecha de cristal plateado. Con una precisión impasible, levantó la recia ballesta de metal negro y apuntó. En un abrir y cerrar de ojos, accionó el resorte y la flecha salió disparada en la noche.

Se oyó un golpe seco y fuerte, y el proyectil se clavó en la espalda del blanco. El varrigal resopló satisfecho y, metiéndose entre los helechos, bajó el terraplén hasta su víctima. En el barro, entre dos acebos, el abrigo arrugado tapaba una figura muerta. El varrigal alzó la espada y de un golpe traspasó la tela, hundiéndola en el tronco de su presa. Pero de la prenda rasgada salieron hierba seca y helechos aplastados. Kate se había ido después de dejar el abrigo cubriendo un tronco de sauce, tras rellenarlo con hierba seca y helechos.

El milagro

Faltaban dos horas para el amanecer y las noticias de la noche anterior ya corrían por las casas de los trabajadores y por la mina como un incendio desbocado.

La historia del milagro se repetía una y otra vez de hombre a mujer, de casa en casa. Fue comentada en el jardín del cervecero y junto a los barriles de fermentación. Los hombres se detenían y propagaban el rumor de que el niño mudo podía oír y hablar. La señora Landas no podía dejar de contar a todo el mundo que se encontraba la maravilla que había ocurrido, desfilando con el niño como un trofeo, diciendo orgullosa a todos que aquel chaval estupendo era su hijo. Se había quitado los polvos blancos de plomo y el lunar, se había peinado, y en ese amanecer naciente parecía una mujer nueva. Durante el desayuno no hubo ginebra ni pipa. Hasta había intentado limpiarse las manchas marrones de los dientes. Para ella, el nuevo día era literalmente el inicio de una nueva vida, una vida que quería compartir planamente con su pequeño.

—Pensarás que soy una tonta —dijo con su voz bronca a la muchacha de la puerta de la casa contigua al asilo—, pero creo que me he quitado 10 años de encima —continuó resoplando, haciendo unos ruidos con el pecho como los sones de una armónica estropeada—. Desde que el negro curó a mi John no puedo dejar de sonreír. Deberías conocerlo, es un caballero como Dios manda, un ángel. Lo que dice te hace sentir pura por dentro.

Levantó la vista de la puerta de la casita y la dirigió a la vicaría, más allá de la mina. Unas nubes de tormenta de color morado oscuro, como montañas altas, se acercaban por el cielo bajo el tenue resplandor de la luna. La luz incandescente del horizonte encendía la fachada de la vicaría. Cada una de las numerosas ventanas reflejaba el resplandor rojizo y anaranjado. El edificio parecía desafiar a la tormenta que se avecinaba, con la torre alta elevándose al cielo.

La señora Landas se secó las manos en el delantal y le dijo a la chica:

—No sé qué quiere Demurral del chico; yo sólo espero que no le haga daño. Demasiados niños han ido allí y nunca han vuelto —observó la tormenta que se acercaba—. No me creo el cuento de que todos se han hecho a la mar o que los han mandado a Londres a trabajar. Demurral les ha hecho algo. Rezaré para volver a ver al muchacho.

Entró en la casa y cerró la puerta para impedir el paso a la lluvia que empezaba a caer del cielo negro.

Rafah y los tres hombres se resguardaron del chaparrón debajo de las ramas de un tejo enorme que dominaba la entrada de la torre. Consitt se apoyó torpemente en el tronco.

—No tienes, no tienes por qué entrar, muchacho —dijo—. Puedes escaparte y buscar a tus amigos si quieres —miró a los otros dos hombres—. Hemos hablado... Después de lo que pasó anoche no estamos seguros de estar haciendo lo correcto. No queremos entregarte al párroco. Queremos que te vayas y que lo hagas ya. Puedes conseguir un barco en Whitby para ir a cualquier parte del mundo. Yo te sacaría de aquí.

Los otros dos asintieron para mostrar su acuerdo.

—No me voy a escapar y no me voy a ir a menos que recupere aquello por lo que he venido. Es más valioso que el oro —señaló la puerta de la torre—. Pase lo que pase ahí dentro, sé que Riatamus me acompañará. De todas formas, tengo que entrar. No depende de mí.

Entonces Rafah abandonó el cobijo del tejo y salió a la tormenta. La lluvia caía a cántaros del cielo morado. Corrió solo hasta la entrada, agarró la pesada aldaba circular de latón y la giró a la derecha. Notó que el mecanismo se accionaba y la puerta de roble se abrió con un crujido.

Lentamente, subió los peldaños de piedra hasta el final de la escalera iluminada con velas, pensándose cada paso que daba. Una vez arriba, se quedó frente a otra puerta de roble y oyó las voces apagadas de Demurral y Beadle, que hablaban en el interior. Se detuvo un segundo y alzó la mano para llamar; quería mostrarles que no tenía miedo, que, le hiciesen lo que le hiciesen, no lo harían caer en la amargura o la ira. Rafah sabía que corría un grave peligro. Pero tenía que completar la búsqueda. Detrás de la puerta estaba la respuesta a todas las preguntas que había planteado. Había recorrido muchas millas por tierra y mar para llegar hasta ese lugar y esas personas. Ésa era la promesa que le había hecho a Abraham, su padre, en los escalones del templo. No volvería con las manos vacías.

El joven sintió que el pulso se le aceleraba. Lo invadió una gran emoción, teñida de miedo. Le brotaron en la frente perlas de sudor que se mezclaron con la lluvia que le caía de los rizos negros y perfumados con aceite. Se preguntó cómo entrar en la habitación. ¿Con qué se encontraría? ¿Qué sucedería?

Con grandes dudas, agarró el pomo de la puerta y la abrió rápidamente. Unas espesas volutas de incienso salieron de la estancia. Rafah observó la cámara en penumbra mientras percibía el aroma acre de la mirra rancia que transportaba un olor a descomposición. Le picaban los ojos y dio un paso atrás. En las tinieblas distinguió la figura de Demurral junto al altar. Llevaba una larga túnica blanca y, en la cintura, un grueso cordón trenzado y negro. Se había recogido el cabello en una coleta, lo que afilaba aún más sus rasgos. En el altar reposaba el bastón de acacia junto a la mano de piedra. En el centro se encontraba el querubín; sus ojos de perla lanzaban destellos bajo la luz de las velas. En la pared había tres sillas de respaldo alto con cordones de oro adornando los brazos.

Beadle correteaba por la sala con un cáliz de oro lleno de hierbas recién cortadas. En la mano cargaba una pequeña hoz del mismo metal. Los dos se detuvieron y miraron a Rafah, envuelto en espirales de humo, iluminado por la insegura luz de las velas.

—Tengo entendido que queréis verme —dijo, intentando que no le fallara la voz. Demurral parecía absolutamente atónito de ver a Rafah en la puerta. Miró detrás de él en la oscuridad en busca de sus hombres. Dirigió sus ojos penetrantes a Beadle, que tiró la hoz de oro al suelo.

—¿Dónde están...? —empezó a decir Demurral.

—Vuestros hombres están fuera, cobijados bajo el tejo, planeando qué van a hacer con el resto de sus vidas. Se marcharán hoy. Los he liberado. Su deuda con vos está plenamente satisfecha, Demurral —Rafah sintió que su interior se llenaba de fuerza, que su miedo se desvanecía rápidamente.

—¿Con qué derecho liberas a esas personas? No te debían nada; a mí me lo debían todo —su voz rebosaba cólera y escupía saliva—. Son todos unos cobardes. Cuando termine contigo los traeré arrastrándolos de los pelos de sus atemorizadas cabecitas. Agárralo, Beadle. Tráelo aquí —el sirviente dudaba, sin saber qué hacer. Miró a Rafah y después a Demurral—. No te quedes ahí, cretino. ¡Agárralo! —bramó el párroco.

—Quédate donde estás, Beadle. No tienes que seguir acatando sus órdenes. Tú también puedes ser libre. ¿Qué poder crees que tiene sobre ti? —Rafah entró en la cámara y se dirigió al altar.

—No le escuches, Beadle; te intenta engañar.

—¿Qué sabéis vos, Demurral? Oís pero no comprendéis. Veis pero estáis ciego. Os preocupáis tanto por vos mismo que sois insensible a las carencias de aquellos a quienes esclavizáis. Vengo como hombre libre, no como esclavo, y me marcharé con el querubín; dádmelo ya.

Demurral y Beadle se miraron y se echaron a reír. La puerta de roble se cerró súbitamente y Rafah se vio envuelto en el humo asfixiante de los remolinos de incienso.

—Eres valiente pero estúpido. ¿No se te ha ocurrido que yo sabría quién eres en realidad? Gebra Nebura me dijo que los querubines no pueden estar separados. Tardé mucho en darme cuenta de que uno estaba hecho de oro y el otro era de carne y hueso. Dios tiene un extraño sentido del humor, ¿verdad? —levantó el querubín de oro del altar—. Y pensar que aquí está el trabajo de toda mi vida. Ahora tengo todo con lo que he soñado —calló y miró a Rafah—. Tú eres el querubín que he estado esperando. Juntos me otorgaréis el poder de controlar los elementos. El mar y el firmamento cumplirán mis órdenes. Puedo causar una sequía en un país e inundar otro. Puedo hacer que el mar se trague una flota entera. Imagina el precio de un poder así. Seré el hombre más rico del mundo. Los reyes y los príncipes se inclinarán ante mí. El poder del querubín se venderá al mejor postor —Demurral casi chillaba de emoción—. ¿Sabes lo que me procura ma-

yor placer? Tu Dios no tendrá más remedio que quedarse sentado en su trono, ver lo que pasa y lamentarse —asió el querubín
firmemente contra el pecho—. ¿No se da cuenta Dios de que está acabado? La gente se ha cansado y se ha olvidado de él. El dinero... el poder... las artes oscuras... Ésos son los nuevos dioses, y yo
tengo las llaves del reino.

Rafah esperó a que Demurral dejase de hablar. No apartó sus ojos de Beadle, que había recogido la hoz de oro del suelo
de piedra.

—¿Creéis de veras que eso es lo único que las personas
quieren en la vida? No os hará inmortal. No podéis llevaros todo
eso a la tumba.

—La muerte... la aliada del viejo —dijo Demurral con
voz condescendiente—. Eres más necio de lo que pensaba. Esta
noche la muerte tocará a su fin. Con el poder obtenido del querubín, nunca más tendré que tener miedo de estar ante Dios. El
dios de nuestro interior es mucho más poderoso que el dios del
exterior. Ésa es la verdad de estos tiempos. Tendré el control de
fuerzas que ni siquiera imaginas, y no podrás detenerme —entonces el párroco metió la mano debajo del altar. Sacó una pistola alargada y echó hacia atrás el percutor. El gatillo dio un fuerte
chasquido al quedar listo para disparar—. Creo que esto te hará
obedecerme —dijo Demurral riendo, haciendo un gesto con la
cabeza al servil Beadle.

Éste atravesó la sala cojeando. Agarró a Rafah cautelosamente del brazo y lo llevó hacia las tres sillas de madera. Lo empujó a la silla central y rápidamente le ató las muñecas y los pies
con el cordón de oro. Le hizo heridas en las muñecas, dejándose-
las pegadas a la dura madera.

La puerta de las escaleras se cerró y les llegó un fuerte ruido
de pasos que subían por la torre. Demurral se volvió hacia Beadle:

—Ve a ver quién es; no queremos que nos molesten —dijo ladrando la orden.

Beadle se encaminó hacia la puerta y ya iba a agarrar el pomo, cuando ésta se abrió, empujándolo a un lado y lanzándolo contra la pared de piedra. Jacob Crane entró en la sala, mirando de refilón el amasijo del suelo al que había quedado reducido Beadle. Demurral parecía sorprendido de verlo. Posó la miraba en una mancha de sangre cada vez mayor en la parte superior del brazo y hombro de Crane, pero no dijo nada.

Éste miró a Rafah:

—Conque aquí tenemos el origen de tanto jaleo, un egipcio a juzgar por su aspecto. Yo no me mediría con él, Demurral. Trae mala suerte enfrentarse a los de su clase —Crane dio un paso hacia el párroco.

—La suerte la proporciona Lucifer. ¿Dónde están los otros? —preguntó Demurral.

—He venido a por el dinero. Los niños están abajo —dijo el contrabandista, indicando con su tono que era mejor no enfrentarse a él.

—Tenemos un pequeño problema, señor Crane. Tendréis que esperar —Demurral señaló a Rafah atado en la silla—. Nos ha entretenido. Beadle os llevará a la casa y os dará el dinero. Traed a los niños; su amigo los espera y yo también.

—Ni se os ocurra hacerme trampas, párroco. Si me huelo la traición, abriré a vuestro sirviente otra sonrisa de oreja a oreja encima de la papada —Crane hizo con la mano el gesto que describía. Demurral lo apuntó con la pistola.

—¿Qué me impide mataros ahora y quedarme el dinero?

—Adelante, apretad el gatillo —dijo Crane—. Mis hombres prenderán la mecha del barril de pólvora colocado en la puerta y vos y esta torre aterrizaréis en el otro mundo —sonrió—.

Así nos enteraríamos todos si de veras existe Dios —se llevó una mano al hombro haciendo una mueca mientras se dirigía a Beadle—: Vamos, babosa, levántate del suelo y baja arrastrándote por las escaleras. El olor que hay aquí me da ganas de vomitar —se volvió hacia Demurral—. Cuando tenga el dinero mandaré a los niños. Lo que hagáis con ellos es asunto vuestro.

Beadle se incorporó agarrándose al pomo y siguió a Crane hacia el piso inferior hasta salir de la torre.

Rafah miró al otro extremo de la sala llena de humo. Demurral estaba en el altar y empezaba a levantar la parte de arriba de la piedra del Azimut. Puso las dos mitades de la roca una al lado de la otra.

—Dentro de poco, morenito, tendré todo lo que siempre he querido. Cuando lleguen tus amigos todo será perfecto —esbozó una tenue sonrisa.

—No os han hecho mal alguno. ¿Por qué los metéis en esto? ¿No tenéis bastante conmigo? —repuso Rafah.

—¿Bastante? Nunca se tiene bastante. Después de todo, tres corazones son mejor que uno. ¿No te has dado cuenta de que siempre tiene que haber un sacrificio? Hasta tu Dios lo sabe. Un sacrificio pleno, perfecto y suficiente para el perdón de los pecados, ¿no? —dijo, mientras el tejado metálico de la cámara vibraba con la tormenta.

El muchacho no tardó en responder:

—Eso es más de lo que vos estabais dispuesto a hacer.

—Sé lo que es sacrificarse. Durante toda mi vida he renunciado a esto o he suprimido aquello. Ahora es mi momento —respondió Demurral.

En ese preciso instante, la puerta de la torre se abrió, y Crane introdujo a Beadle en la cámara de un empujón, seguido de Kate y Thomas. Dos de sus hombres bloqueaban la salida.

—Aquí tenéis, vicario, a los dos que queríais y en condiciones inmejorables. Haced con ellos lo que os plazca —Crane empujó a los niños hacia Demurral.

—Me gustan aquellos que cumplen con su palabra —respondió Demurral.

—¿Su palabra? Es un tramposo y un embustero. Un gandul —exclamó Kate.

—Átalos a las sillas y saca de aquí al gandul y a sus hombres. Tenemos cosas que hacer —Demurral apuntó a Crane con la pistola—. Nada de trucos, señor Crane; sé usar esto igual de bien que vos.

—Son todos vuestros, párroco. Haced lo que os plazca. Yo tengo el dinero y el barco está dispuesto para zarpar.

Crane se dio la vuelta e indicó a sus hombres que salieran de la estancia. Él la abandonó caminando de espaldas, sin despegar la vista de Demurral y la pistola.

—Lo siento, jovenzuelos, los negocios son los negocios y la vida no es mas que humo... y de poca valía. Treinta reales de plata —sonrió a Kate mientras salía de allí. El último temblor de la tormenta sacudió la torre.

—Muy apropiado. Me gustan las tormentas, enardecen el corazón —Demurral se volvió hacia Beadle—. Prepáralos para el ritual.

En ese momento un haz luminoso entró por las ventanas estrechas, extendiendo en la habitación llena de humo un prisma de luz multicolor.

—Es demasiado tarde, amo, ha llegado el alba, se nos ha pasado la hora. Es de día —gritó el criado.

—Una noche más y se nos irá la luna —contestó Demurral rezongando—. Átalos fuerte. Prepara la cámara y volveremos esta noche. Supongo que merece la pena esperar otro día aburrido, teniendo en cuenta lo que pasará —se quitó la larga túnica blanca y la dejó doblada en el altar—. Asegúrate de cerrar la puerta cuando salgas; pueden estar un día sin comer. De todas formas, allá donde van no importa si están gordos o flacos —salió de la cámara y dejó a Beadle renqueando junto al altar, colocando el querubín en el centro y apagando las velas.

Beadle se detuvo para mirar a Kate. Recorrió con la vista sus rasgos suaves. Se acercó a ella, arrastrando la pierna atrofiada, la miró a los ojos y le acarició la mejilla.

—Qué hermosa eres, menuda pérdida. Todo lo que podías haber sido, todo lo que podías haber hecho habrá desaparecido cuando mañana salga el sol.

—Apártate de ella, engendro —le gritó Thomas—. Como la vuelvas a tocar te arrancaré las verrugas de la cara —tiró de la cuerda que lo sujetaba a la silla, pero esta parecía apretarse más cada vez que se movía.

—Haré con ella lo que quiera —repuso Beadle—, y esta noche haré lo mismo contigo. Espera a que salga la luna y verás lo que os tiene preparado.

—Kate, no le hagas caso. No se atreverán a tocarnos —dijo Thomas, intentando demostrar la mayor valentía posible, antes de volver a dirigirse a Beadle—: Saldremos de aquí en cuanto su padre se entere.

—Su padre lleva muchos años comiendo gracias a Demurral. ¿Quién creéis que está detrás de todo lo que sucede? Un día ejerce de juez, otro de párroco y de noche se ocupa del contrabando que hemos tenido durante todos estos años. El párroco es quien manda aquí, no tu padre. Si no fuera por Demurral, tú también estarías en el asilo picando alumbre en la mina a marchas forzadas, jovenzuela —dio un bofetón a Thomas—. En cuanto a ti, lo mejor para un Barrick es que lo ahoguen al nacer..., pero, en fin, normalmente se ahogan solos antes de cumplir los 40 —se rió de su propio chiste y el chico se esforzó por contener la rabia.

Rafah intervino en voz baja:

—Déjalo, Thomas. Sus propias palabras lo destruirán. Una palabra justa puede contrarrestar la ira, pero las suyas son como ascuas encendidas. Hay cosas más importantes que su rabia.

—Tiene razón, Barrick. Escucha al morenito. Puede que sea la última voz que oigas en este mundo.

Beadle tomó la vela del altar y se encaminó hacia la puerta de la cámara. Junto a ésta había una cajita de madera con una cerradura de latón. La tapa tenía varios agujeritos. El criado salió y la abrió de un puntapié.

—Esto os entretendrá en mi ausencia. Odian la compañía, especialmente a los niños —Beadle dio otra patada a la caja y las cabezas de tres víboras recién despertadas salieron por arriba. Sacaron la lengua mientras observaban toda la sala. Movieron sus feas cabezas marrones intentando encontrar calor. Beadle cerró enseguida la puerta. Gritó desde la escalera—: Adiós, amigos. Volveré a traeros luz cuando caiga la noche.

La cámara era fría. La mezcla de humo rancio de incienso y sebo pendía en el aire como una espesa niebla marrón. El sol naciente aún no iluminaba mucho y, sin velas, la sala quedó sumida en una penumbra turbia. Las sombras se fundían entre ellas y el lugar parecía la tumba antigua de un rey muerto. Las serpientes silbaban fríamente en la caja, enroscándose y subiéndose unas encima de otras. De vez en cuando sacaban la cabeza por el borde de madera, pero no se aventuraron más lejos.

Thomas contempló las velas del altar y vio cómo ascendía el humo de las mechas apagadas. Parecía la espiral de fuego fatuo que danzaba en el lago a mediados de verano. Recordó otros tiempos. Una época en la que sentía el calor en el rostro, en la que el viento frío no lo golpeaba en la espalda ni le cortaba los dedos.

Se acordó de una vez en que estuvo nadando con Kate hasta la madrugada, viendo a las libélulas saltar y brincar en el agua tranquila, aterrizando en las lilas y suspendidas en el aire como criaturas de otro mundo. Se quedaron sentados durante horas a la orilla viendo cómo los peces atrapaban las migas de pan que la muchacha hacía con las manos.

Hablaron del capitán Farrell, el capitán de los dragones, y de cómo había capturado a 12 contrabandistas en una noche. Se contaron sus secretos más íntimos durante lo que pareció una eternidad, y él no le había dado importancia. Entonces pensaba que su vida no tendría fin, pero ahora, en las alturas de la torre, atado a la silla y aguardando la vuelta de Demurral, no podía dejar de pensar en la muerte.

El muchacho estaba acostumbrado a verla de cerca. Había visto los cadáveres de muchos marineros arrastrados por la marea en la bahía.

La muerte visitaba Baytown a diario. Adoptaba la forma de la enfermedad, las tormentas y las tragedias.

Ahora se daba cuenta de lo valioso que era cada momento. Poco a poco tomó conciencia de su respiración, de los latidos de su corazón palpitante. Miró a Kate, que tenía los ojos cerrados y la cabeza agachada; una única lágrima le caía por la mejilla. Se volvió hacia Rafah, que contemplaba la luz creciente que empezaba a penetrar en la sala por las vidrieras de los ventanucos. El joven pronunciaba para sus adentros unas palabras que Thomas no podía oír; sólo percibía el movimiento rítmico de sus labios, salmodiando algo una y otra vez. No sabía qué decir, tenía que emitir algún sonido y romper el silencio. Era como si todas las fuerzas del mundo estuvieran en su contra, abrumadoras y poderosas; un sentimiento de indefensión y desesperanza se apoderó de él. Sus adversarios humanos se habían ido, pero quedaba el miedo espantoso del silencio y de lo desconocido.

—¿Qué van a hacer con nosotros? —preguntó.

—Nos van a matar —respondió tranquilamente Rafah.

—¿Por qué? —Thomas apenas pudo pronunciar las palabras: tenía la garganta seca como un desierto abrasado.

—¿Por qué se han matado entre ellos los hombres desde que abandonaron el jardín del Edén? ¿Por qué mató Caín a Abel? Algunos lo llevan en su interior desde que nacen —respondió el joven pausadamente—. Otros lo adquieren a través de la amargura y la cólera.

—¿Pero por qué nosotros? —preguntó Thomas de forma atropellada.

—No es por vosotros, es por mí. No deberíais estar aquí y nunca os tenía que haber pedido ayuda. Vuestra sangre pesará sobre mi conciencia —Rafah miró a su amigo e intentó esbozar una sonrisa tranquilizadora.

—Pero no puede matarnos; la gente se enterará —exclamó Kate entre llantos.

Pero Rafah le dijo mirándola:

—No somos los primeros y no seremos los últimos. Ese hombre nunca se detendrá, desea el mundo, gobernarlo mediante una magia olvidada que acabará por volverse en su contra y destruirlo. Sólo entonces veremos al verdadero Señor detrás de todo esto —hizo una pausa—. Entonces puede que sea demasiado tarde...

—Pero yo no quiero morir —dijo ella con brusquedad—. Entrega al párroco lo que quiere... Nos dejará libres.

—Demurral me quiere a mí. Quiere que muera. Si eso sucede, él se hará más fuerte. Igual que estamos atados a estas sillas en vida, después de muertos estaremos atados a él. Nuestros espíritus no hallarán reposo. Nos invocará y tendremos que responder, atrapados entre la vida y la muerte, entre la prisión y la libertad.

—No me lo creo. En la vida sólo hay lo que uno ve. ¿Cómo puede atrapar lo que no existe? —dijo, enfadada.

—Lo creas o no, no puedes cambiar la evidencia de que somos cuerpo, alma y espíritu. Puedes protestar cuanto quieras, Kate, pero en tu interior mora un espíritu que es eterno. Riatamus te creó para vivir en este mundo y después transformarte en el siguiente. Ésa es la verdad, y la verdad te hará libre —dijo casi gritando; las palabras resonaban en toda la cámara—. No temáis a los que acaban con el cuerpo; temed a aquel que puede destruir el alma —Rafah observó la caja de madera junto a la puerta mientras retorcía sus muñecas firmemente atadas—. Una serpiente arrastró al hombre al infierno; quizá tres lo ayuden a escapar al Paraíso.

16

La bruja del páramo Blanco

Crane, a lomos de su caballo, vio a Beadle salir de la torre y atravesar la gravilla hacia la puerta trasera de la vicaría. Desde su escondite en el bosque podía contemplar el camino de Whitby, su barco en la bahía y la mina de alumbre un kilómetro más allá.

Las últimas gotas de lluvia agitaron las hojas secas que colgaban de los árboles. Crane se subió el cuello del abrigo, sacó un sombrero impermeable y se lo caló en la cabeza dejando espacio debajo de la visera para mirar. En la alforja tenía también un catalejo y las trescientas libras que le había dado Beadle dentro de una bolsa de terciopelo verde con un cordón. Las enormes monedas de guinea pesaban en la bolsa. La sostuvo en la mano, sopesándola, haciendo chocar las monedas. "Dinero por no haber hecho nada", pensó.

No dejaba de mirar la habitación más allá de la torre. Con la luz del alba pudo comprobar que una fina pared de piedra conectaba la torre con la vicaría y hacía las veces de contrafuerte. El tejado circular de la torre era de un grueso cobre que se había puesto verde por los años transcurridos sufriendo las inclemencias del viento y el agua del mar. Los puntos de apoyo de las vigas estaban revestidos de metal y parecían las marcas de una brújula.

Gracias a sus años como marino, sabía que estaban colocados para marcar los cuatro puntos cardinales: norte, sur, este y oeste. En la cima del tejado había una larga vara de metal y de ella salía un hilo, también metálico, que desaparecía debajo del alero.

En alta mar el firmamento clareaba y se tornaba dorado por la irrupción de la luz en el horizonte, que iluminaba las nubes oscuras de tormenta que se extendían encima de las olas y que pronto taparían el sol. Los haces de luz iban de nube en nube y formaban olas en la superficie del mar embravecido. Por el norte, el extraño resplandor se hizo más intenso. Era como si el cielo se hubiera partido en dos; el resplandor ambarino se alzaba como una columna de nubes en llamas.

Crane oteó el horizonte de norte a sur, siguiendo con la vista la línea de unión del mar y el cielo. Buscó el motivo de la nube, pero no había más que ese peculiar resplandor. El contrabandista había visto muchas cosas extrañas en su vida, pero la nube en llamas superaba con creces todas sus experiencias. Sabía que no era un fenómeno natural, que detrás de su formación y control había una fuerza que no tardaría en manifestarse.

Observando desde el bosque, no podía dejar de pensar en la noche anterior. La imagen del Azimut se apoderó de sus pensamientos. En la luz del alba aún veía su rostro, sus ojos suplicantes y su deseo de aferrarse a un mundo ya perdido. Aquella manifestación del espíritu lo hizo salir de la incredulidad, y había plantado una semilla que, al cabo de unas horas, había empezado a crecer como una hiedra asfixiante en torno a su alma.

Crane sabía que detrás de su odio hacia Demurral se escondía un sentimiento de intriga y admiración. Eran la codicia del párroco, su secretismo y sus ansias de poder las que traspasaban sus emociones, normalmente endurecidas, infundiéndole ciertos celos. No le gustaba esa sensación: implicaba que algo escapaba a su control. Para él, sólo había un medio de enfrentarse al problema: desembarazarse de él fuese como fuese.

En el mundo sólo había una cosa que ansiaba Crane, y era el dinero. Desde la adolescencia había admirado los placeres de la riqueza y envidiado todo lo que suponían. Había visto a los hombres pelear y morir por dinero y traicionar a sus seres más queridos. Todo por el ruido metálico de las monedas de oro en una bolsa de terciopelo.

De algún modo, Demurral había conseguido todo aquello. Al contrabandista le hubiese encantado robarle todo. La oferta del párroco para controlar el mundo resonaba en su cabeza. ¿Y si era verdad? ¿Y si aquel hombre podía hacerle dueño de todo cuanto veía? Se acabaría el sabor de la sal pegada a la piel o esas noches en que los vaivenes del océano Alemán lo tiraban de la litera. Todo aquello podía cambiar, pero ¿a qué precio? Crane se oponía a la idea de trabajar para Demurral, de ayudarlo a conseguir lo que quería. Su propia codicia se enfrentaba a la noción de lo correcto. Él siempre había ido por libre, no le gustaba que le dieran órdenes, se dejaba llevar por su temperamento, y no temía usar 20 centímetros de acero frío para ganar una disputa. Si se asociaba con el párroco tendría que arrinconar todo eso y hacer algo de lo que se sabía incapaz: confiar.

Repasó una y otra vez sus ideas, ponderando todos los puntos e interrogantes que lo asediaban. Intentó aclararse, pero los recuerdos de la noche anterior y los ojos del Azimut irrumpieron como una tormenta en el mar. En su cabeza oía la voz de la niña rogándolo, llamándolo desde la ultratumba.

Desde su escondite podía ver el cuidado jardín de entrada de la vicaría, con hileras de arriates rodeados de setos cuadrados. En el rincón más alejado vio tres hoyos recién cavados. Volvió a mirar la torre y, después a su barco. Entonces silbó la señal.

El viento le acercó la respuesta desde el interior del bosque. Varios de sus hombres salieron de entre la maleza con Martin, que vio la sangre que manaba de la chaqueta de Crane.

—¿Qué ha pasado, capitán? ¿Os ha alcanzado una de esas bestias?

—Así es, Martin. Me entró por detrás y me traspasó. Quemaba como una olla hirviendo —se calló—. ¿Hemos sufrido bajas?

—Kirkby y Randall no han regresado. Al parecer se quedaron en la retaguardia para detener a los que os perseguían; no se les ha visto desde entonces —Martin señaló el páramo encima del bosque.

—¿Cuántos hombres harían falta para sacar de esa casa todo cuanto haya de valor y llevarlo al barco? —preguntó Crane.

—No creo que los muchachos tengan suficientes agallas, capitán. Después de lo que han visto anoche no hacen más que hablar de brujería y decir que era la vieja Meg transformada en liebre la que os perseguía —Martin miró al resto de los hombres, que permanecían callados y asustados.

—¿Cuántas veces tengo que deciros que no debéis tener miedo a la vieja Meg ni a esas historias de sus transformaciones? ¿Quién se asusta de un conejo? —dijo Crane, burlón.

—Ayer por la noche había algo, capitán, todos lo vimos —Martin miró fijamente a su jefe—. Estaba el espíritu maligno en llamas... y también esos seres. No era imaginación o superstición nuestra, capitán.

—Martin, como sigáis así acabaréis convenciéndome —Crane intentaba ocultar lo que sentía—. Ya se ha hecho de día. Las criaturas nocturnas han desaparecido. Tenemos un buen dinero que ganarnos y un barco con el que zarpar a Holanda. Haced que los muchachos coman algo. Nos veremos obligados a dejar a Kirkby y Randall en el páramo. Conocían los riesgos que corrían cuando se unieron a nosotros; nos beberemos una copa a su salud cuando lleguemos a Holanda.

—Una cosa... —repuso Martin—. Hay tres nuevos que quieren embarcar con nosotros. Dicen que son mineros del alumbre. Los encontramos cobijándose de la tormenta. Dicen que el extranjero los ha librado de las órdenes de Demurral. No paran de contar cosas de lo que el muchacho ha estado haciendo. Tanto, que planean atacar la torre para liberarlo. ¿Qué hacemos con ellos? —preguntó, casi riendo. Detrás de él, Skerry, Consitt y Blythe dieron un paso atrás nerviosos.

Crane no respondió. Sólo había escuchado a medias, porque había visto un grupo de caballos y jinetes a medio galope en el sendero de la vicaría. El sol se reflejaba en las insignias bruñidas y las medias corazas; las chaquetas carmesí y los pantalones blancos de los hombres brillaban al sol de la mañana. El ruido de espadas, hebillas y correas seguía el compás marcado por los cascos de 20 espléndidos caballos rucios. Algo por delante avanzaba una gran yegua negra. Su jinete vestía el mismo uniforme que el resto pero con una capa corta doblada sobre un hombro y un largo mosquete a la espalda. Llevaba un sombrero de ala corta con una pluma negra que aleteaba al viento.

—¿Es...? —preguntó Martin en un susurro.

—Es un asunto pendiente, eso es lo que es —a Crane le dolió la herida de la mejilla.

—¿Para qué va a desayunar el capitán Farrell con el párroco? —preguntó Martin.

—Sobre todo, cuando tengo un túnel lleno de contrabando bajo el suelo que pisan —respondió Crane—. Veinte hombres a caballo todos engalanados, y nuestro barco anclado a doscientas yardas de Baytown... ¿Para qué demonios querrá éste ver a Demurral?

—¿No será que busca el perdón de sus pecados? —dijo Martin, acercándose a la linde del bosque—. Habrá ido a ver al párroco para que Dios le perdone por haberos herido en la cara en el bosque de Wyke.

—A Farrell no le bastará Dios para ser perdonado. Mientras lleve esta marca no olvidaré lo que me debe. Sólo fue un golpe de suerte, y anda fanfarroneando de que me ha vencido con la espada. Debería haberlo matado en el acto. Otro dragón muerto no le supondrá una gran diferencia al mundo —mientras hablaba, Crane no despegaba la vista del grupo de hombres que se acercaba a la vicaría—. No creo que seamos suficientes para atacarlos, Martin. En cualquier caso, no me gusta luchar de día. No me gusta ver la cara que ponen cuando los atravieso. Es mejor de noche, le da un toque dramático —añadió riendo.

El capitán Farrell llegó al jardín de la vicaría y ató su caballo en una barra junto a la torre. Crane vio que Beadle salía corriendo a recibirlo y lo hacía pasar. Los demás hombres bajaron de sus monturas, las dejaron atadas y entraron en la casona alargada. En ese momento los propósitos de ayudar a Demurral se deshicieron como la niebla de la mañana.

—Martin, dejadme dos hombres. Quiero que os hagáis a la mar. Abandonad la bahía y, cuando estéis colocados, disparad el cañón contra la vicaría. Una vez hecho eso, poned rumbo al norte y no echéis el ancla hasta después de Ness Point. Allí no os verá. Esperad tres horas y, si no me encuentro, salid hacia Whitby —Crane se sacó una pistola del cinto y miró la pólvora.

—¿Qué vais a hacer, capitán? —preguntó Martin.

—No lo sé. Pero prometo que a medianoche Farrell y Demurral estarán rodeados de tierra fría compartiendo el espacio de una de las tumbas que éste ha cavado —señaló hacia la vicaría—. Hay demasiadas cosas que dejar atrás, y él sabe que son demasiadas; hechicero o no, le hará falta algo más que la magia para seguir con vida —señaló a Skerry, que aún estaba a poca distancia de Martin, en la oscuridad del bosque—. Acercaos. Decidme, ¿qué tiene ese africano de especial?

Skerry miró a Consitt y después a Blythe. Ninguno dijo nada. El primero no osaba mirar a Crane —conocía su reputación y su carácter fuerte—, pero respondió débilmente:

—Es diferente. Hace y dice cosas que hacen que las personas cambien. Sabe cómo curar, es como si leyera tus pensamientos.

—Entonces, ¿se trata de un brujo y un hechicero? —inquirió Crane.

—No, capitán, no es brujo. Él dice que son malos, no le gustan las cartas del futuro ni las sesiones espiritistas. Puso a la señora Landas en su sitio —Skerry removió la tierra con la punta de la bota—. Curó al chico sordo de la mina y le sacó un mal espíritu a Blythe —miró a éste.

—Es verdad —dijo el aludido—. Esa cosa se había apoderado de mí, quería que matase al muchacho. Pero él vino, y con una palabra le ordenó que se fuera y quedé libre.

—¿Os habéis vuelto todos locos? —preguntó Crane a Martin—. Hasta la noche pasada creía que los fantasmas eran historias que empleábamos para tener a la gente alejada del contrabando. Y mire donde mire hoy, me encuentro con espíritus, fantasmas y las hordas del infierno. Ahora me diréis que habéis recurrido a Dios para que os proteja.

—Bueno, capitán —dijo Martin lentamente—, algunos hemos pensado que nos gustaría oír al predicador de Whitby. Parece que el señor Wesley va a volver pronto.

—Wesley —Crane elevó el tono—. Ese hombre os alejará de las mujeres, la bebida y el contrabando a la mínima oportunidad. La última vez que vino a Baytown perdí a la mitad de la tripulación. Se os están reblandeciendo los sesos, Martin. Creía que seríais el último en tragaros una dosis de religión. Esperemos que se os pase tan rápido como ha venido. Ahora poneos en marcha, tenéis que preparar un barco. Yo iré al acantilado de las Bestias; desde allí entraré en el túnel y haré una visita a Demurral. Prometí a Reuben que volvería con los niños. Por una vez en la vida voy a cumplir con mi palabra. Me llevo a Skerry y a Blythe: conocen la mina y al muchacho. A lo mejor me cambia a mí también —añadió Crane con tono de burla.

Martin se llevó a los hombres, que desaparecieron en la negra espesura del bosque. Jacob Crane vigilaba la vicaría; Skerry y Blythe permanecían sentados en un tronco caído aguardando a que les dieran órdenes. No tuvieron que esperar mucho.

Crane sacó el catalejo de la alforja y miró con él hacia la vicaría. Podía ver el interior de la habitación que empleaba Demurral como estudio; junto a la ventana, en una mesa dispuesta para el desayuno, se sentaban el párroco y el capitán Farrell, este último dando la espalda a la ventana; los rizos largos de su peluca empolvada le caían sobre un hombro. Estaba claro que Demurral hablaba largo y tendido, gesticulando animada y frenéticamente con las manos.

—¿Conocéis bien la mina? —dijo Crane a Skerry y Blythe sin mirarlos; seguía observando por el catalejo.

—Bastante bien. Hemos estado allí... demasiado tiempo —respondió Blythe.

—¿La conocéis lo suficiente como para traerme un barril de pólvora? —preguntó.

—Podríamos hacerlo en un santiamén —dijo Skerry—. Creo que habrá alguien en el almacén contiguo a los pozos de fermentación.

—Me hace falta un barril de pólvora, algo de mecha y lo que consigáis de comer. Que no os atrapen, os veré en el acantilado de las Bestias dentro de dos horas. Ahora, en marcha.

Desde su punto de observación a lomos del caballo, Crane no dejaba de contemplar la vicaría y la conversación que Demurral mantenía con Farrell. Era evidente que no se trataba de un amable coloquio, pues pudo ver que daban golpes en la mesa; el párroco se levantó, echó hacia atrás la silla y se acercó a Farrell, tirándole de la túnica. Éste le dio un empujón y se volvió a sentar meneando la cabeza. Discutían, pero sobre qué... el contrabandista era incapaz de adivinarlo. Se frotó los ojos: estaba cansado, pero el dolor de la herida del hombro lo mantenía despierto, al igual que el balanceo de su montura.

Una incómoda sensación en el estómago le hizo sospechar que no estaba solo en el bosque. El caballo, que había permanecido tranquilamente mordisqueando la hierba, se detuvo y levantó la cabeza, con las orejas en punta y el hocico temblando. Crane miró a su alrededor. En el bosque se oían los sonidos de la mañana. En los campos de detrás, entre el bosque y la mina, veía a Skerry y Blythe avanzando por la hierba al lado del seto, donde lindaba con el arroyuelo. Muy a la derecha se encontraba el empinado camino de carros por el que los caballos arrastraban los vagones vacíos hasta la cantera, donde extraían la pizarra.

Alguien no andaba muy lejos. El caballo estaba intranquilo, relinchando, piafando y dando coces. Crane volvió a mirar a su alrededor y se llevó la mano a la pistola. Para llegar al acantilado de las Bestias, tendría que ir por el camino del sur, pasar por Staintondale y después atajar hacia el mar por la colina Bell. Era un trayecto que le llevaría una hora. Podía dejar allí el caballo y después descender por el estrecho camino de cabras hasta la extensión de terreno que antaño abarcaba desde la cima del acantilado, a 12 metros de altura, formando una inhóspita meseta tapizada de aulaga.

Era un lugar que pocos se atrevían a visitar. Circulaban muchas historias de personas que nunca habían vuelto, de cómo sus espíritus deambulaban por los senderos que se acercaban peligrosamente al acantilado de barro entre la tierra y el mar. El acantilado de las Bestias siempre había hecho honor a su nombre. En él nació la leyenda de los zulaks, criaturas más que dispuestas a invadir el mundo de los humanos acarreando el caos.

Empezó a reflexionar sobre las historias. La sensación de que lo miraban se hizo más intensa. Espoleó al caballo y se dio la vuelta para meterse en el camino y volver al páramo Blanco. Le invadió una sensación de alivio al dejar atrás la oscuridad del bosque y entrar en la luz del sol. La tormenta se había desplazado al sur y a lo lejos veía la fuerte lluvia cayendo a cántaros sobre el castillo en ruinas en lo alto de una colina a varias millas de distancia.

Se encogió de hombros para sacudirse la inquietud que había sentido en el bosque, e intentó reír para sus adentros y así disipar el miedo. El páramo Blanco era un lugar yermo con sólo unas pocas ovejas entre las ciénagas y los pedregales. Crane se acercó a los restos del hombre de paja. Había abrasado la tierra. En el suelo yacían unas ramitas de sauce intactas. A la luz del día, era un lugar distinto al de la noche anterior. Buscó en el valle el lugar del ataque y llevó al caballo por las bridas mientras rastreaba la hierba en pos de las flechas que lo habían dado en el brazo y después se habían estrellado en las rocas.

Descubrió los fragmentos de varias de ellas rotas, que parecían diamantes hechos añicos de cristal incandescente. Así que todo había sido cierto, no un ensueño o una alucinación causada por una magia extraña. La herida de la parte superior del brazo y los fragmentos de cristal esparcidos en las rocas eran las pruebas que necesitaba.

Crane recogió varios trozos de cristal multicolor. Cada uno despedía asombrosos destellos verdes, rojos, cobaltos y morados. Jamás había visto nada hecho por la mano del hombre que pudiera igualarse a la belleza hipnótica de aquellos vidrios.

Entonces oyó la canción que le llegaba desde detrás del mojón. No veía a nadie, pero oía una voz femenina. Entonaba un triste lamento, llorando la muerte de su hijo. Junto al mojón había un arbusto viejo y agostado sin hojas, de ramas secas y muertas. Era alto como un hombre y todas las ramas tenían anudados mensajes con cuerdas y lazos. Unos presentes de pan seco con forma de animal llenaban las rocas apiladas contra el tronco. El árbol estaba cubierto de ofrendas de cabello humano, con nombres escritos en pergamino y envueltos en telas colgando de las ramas como oraciones, que algún dios descuidado agitaba al viento. Hacían ruido al chocar contra el tronco seco en la fresca brisa de la mañana.

La canción se oía mejor pero Crane no conseguía ver a la mujer. Siguió la voz desde el mojón, bajando por un barranco y subiendo al otro lado, hasta que la vio sentada en unas rocas que formaban un promontorio en el páramo como los nudillos de una mano enorme. No comprendía cómo no la había visto antes, pues la roca estaba ante sus ojos desde que había salido del bosque y entrado en el páramo Blanco.

La mujer seguía cantando, con la cabeza entre las manos y la cabellera roja tapándole la cara. Llevaba ropas de pescadera: un chal sobre los hombros cubriendo un tosco vestido largo con un delantal de arpillera.

Crane se acercó y se detuvo ante de ella. Pudo ver entonces sus manos ásperas y sus uñas rotas mientras se enredaba el cabello entre los dedos. La canción se había convertido en una letanía que repetía lo mismo una y otra vez:

—Se ha ido y me ha dejado atrás, al lugar de irás y no volverás.

—¿Quién se ha ido, señora? ¿Qué hacéis aquí sola? —le preguntó Crane.

—Se ha ido, me ha dejado, se la han llevado —respondió la mujer cantando.

—Miradme, señora, quizá pueda ayudaros a encontrarla —dijo el contrabandista.

La mujer dijo que no violentamente con un gesto pero sin levantar la cabeza, agarrándose los cabellos con las manos.

—La he perdido para siempre, nunca la encontraré —siguió cantando, casi gritando—. Deambularé por el páramo Blanco hasta que vuelva a casa, junto al hogar y el fuego que permanece encendido.

Crane le tomó la mano y la obligó a mirarlo. Ella luchó por taparse los ojos, zafándose de él. Se puso en pie y lo empujó.

—Dejadme, dejadme ya —dijo—. Venís diciéndome lo que tengo que hacer, mientras a vuestro alrededor pululan criaturas que quieren arrebataros el alma... En este momento hay una que quiere vuestro corazón en una bandeja.

La mujer miró a Crane con dos ojos blancos y puros completamente ciegos.

—Señora, sois ciega. ¿Cómo podéis ver todo eso?

Ella lo escrutó fijamente, parecía saberlo todo de él.

—No son necesarios los ojos para ver la muerte, ni los labios para hablar de ella. Ahora dejadme. Quiero cantarle a mi niña. Puede que esté pasando y no la vea —la mujer comenzó a cantar de nuevo, gimiendo como el ulular del viento en una noche de invierno.

—Escuchadme, señora. ¿A quién buscáis? Quizá pueda ayudaros, mis ojos ven este mundo —Crane le volvió a levantar la cabeza, pues quería contemplar su rostro.

—Os hará falta algo más que unos ojos que puedan ver en este mundo. Tienen que poder distinguir el otro mundo y más allá... —extendió la mano y le tocó la mejilla, pasándole el dedo por la herida causada por el arma de Farrell—. Sois vos, herido por la espada y espoleado por el demonio. De corazón duro y terca voluntad... En este lugar, en mi páramo, en mi árbol. Capitán Jacob Crane, descansad en paz —dijo, mientras le acariciaba la cara con la mayor dulzura.

—No me habléis de muerte mientras aún siga respirando —protestó éste—. Estoy vivo y pienso seguir así.

—¿Cuánto tiempo podéis seguir enfrentándoos a aquello que no veis? ¿Cuánto tiempo os pueden seguir sin que los descubráis? Dadme el cristal de la flecha, dejádmelo en la mano.

Le extendió la palma. Crane se sacó del bolsillo los fragmentos de cristal roto y los depositó en ella. Le miró la piel áspera. Parecía cuero desgastado. Ella cerró el puño con los cristales dentro, y los machacó.

—Mirad ahora, capitán Crane —abrió la mano, y el cristal había desaparecido. Lo único que quedaba era un polvillo rojo como barro seco. La mujer extendió el brazo y el viento comenzó a llevarse el fino polvo de vidrio...—. Mirad esto, hermoso muchacho, mirad esto —cantó la mujer.

Entonces sopló sobre el polvo y se lo lanzó a Crane. Éste enseguida se llevó la mano a la cara para protegerse. El cristal rebotó en su piel y formó un remolino a su alrededor, cambiando de forma y color, transformándose en una criatura alada negra que revoloteaba en torno a él batiendo las alas y graznando. El contrabandista intentó espantarla con su mano enguantada.

—Dejadla, señor Crane, el ave no os hará daño. Sólo es tan real como vos queráis que sea —dijo la mujer.

Éste dejó de dar puñetazos al aire. El pájaro se elevó cada vez más alto, subiendo y bajando con la brisa, deteniéndose y planeando sobre el páramo.

—¿En virtud de qué dios hacéis esas cosas? —preguntó a la mujer—. ¿Por qué me atormentáis así?

—Os atormentáis vos mismo, Jacob. Nunca estáis satisfecho con lo que tenéis o lo que sois. Vuestro corazón está agitado y sois un hombre sin amigos. *Amor* es una palabra que jamás comprenderéis; no obstante, en vuestro interior hay una semilla de esperanza que aguarda para crecer —le dio un golpecito en el hombro—. Sólo tenéis que aprender. Id a la encrucijada de Rudda, en Rigg, y veréis vuestro futuro.

—¿Qué espíritu malvado os domina? Debería mataros aquí mismo por brujería.

—Eso no os serviría de nada, Jacob Crane. Después vendría otra y después otra... Mirad el cielo: ¿no os dais cuenta de que pronto será la hora? El mundo está cambiando. Las criaturas de la oscuridad harán acto de presencia, las personas volverán a este árbol para hallar el poder en su interior —la mujer comenzó a cantarle a su hija otra vez.

—¿Por qué decís acertijos, mujer? Decidme a quién servís —exigió Crane con impaciencia, alzando la mano para atacarla. Pero ésta había desaparecido. Miró a su alrededor pero no estaba. Se encontraba solo en el páramo. Entonces volvió a oír su voz que llegaba desde el mojón, pidiendo a su hija que volviera. Corrió al promontorio de rocas junto al árbol sagrado y miró el camino que iba del páramo Blanco a Rigg. A lo lejos pudo ver a la mujer caminando entre las piedras; el chal y los cabellos rojos ondeaban al viento. El cuervo negro volaba alrededor de ella, de la tierra al cielo, alzándose y bajando con cada nota que la mujer entonaba hasta que dejó de verla, pues desapareció detrás de una hilera de serbales que marcaban el límite del terraplén de la Guerra.

17

El querubín

Al capitán Farrell no le gustaba que lo gritasen. Era un militar que tenía que cumplir órdenes, preferiblemente las suyas. Había recibido todos los insultos de Demurral que podía aguantar en una sola mañana y se le estaba acabando la paciencia.

—Estoy convencido de que me tomáis por un total incompetente, párroco, pero sé hacer mi trabajo, y lo único que tenéis que decirme es cómo atrapar a Jacob Crane. Al fin y al cabo, ¿no fui yo quien casi acaba con su vida en el bosque hace tan sólo una semana?

—Sí —contestó Demurral—. He visto la cicatriz que luce en el pómulo.

—¿Cicatriz? Ese hombre estaba medio muerto cuando lo dejé —repuso Farrell.

—Pues si eso es estar medio muerto, cómo estaremos los demás. Está más vivo que vos y yo juntos, y no es eso lo que quiero. Os pagué bien para que lo matarais y no habéis cumplido. Ahora decidme si lo vais a hacer pronto, o si busco a otro —inquirió Demurral, dando un puñetazo en la mesa.

—¿Qué prisa hay? Estas cosas llevan su tiempo. Como el buen vino, hay que saborearlas y no beberlas de un trago —dijo Farrell, que a estas alturas estaba profundamente irritado.

—¿Esperar? ¿Eso es lo que queréis que haga? —preguntó Demurral—. Ya no puedo esperar más. Quiero que muera esta noche y que su barco estalle en mil pedazos. Todas las semanas miro por la ventana y ahí está, en Baytown, descargando todo género de mercancías que se pueda imaginar. ¿No os dais cuenta de que nos está arrebatando nuestro lucrativo comercio? Estáis contratado para impedir el contrabando, no para permitir que florezca.

—Entonces tendría que arrestarme a mí mismo, y a vos, por descontado —dijo Farrell, creyéndose muy gracioso.

—No seáis necio. ¿No os enseñan nada en el ejército? —Demurral hizo una pausa para tomar aliento—. Vos y yo compartimos un negocio: el contrabando y tenemos que suprimir a la competencia —suspiró exasperado, mientras Farrell se quitaba el polvo de la chaqueta de color rojo chillón y se atusaba los largos bigotes—. Por favor, capitán, haced una cosa. Matadlo. Por favor... No me importa cómo lo hagáis, podéis matarlo de aburrimiento si queréis... Haced lo que sea; pero, por favor, ¡MATADLO! —bramó Demurral. Beadle, que estaba fuera de la habitación, se tapó rápidamente los oídos.

—Creía que eso lo podíais hacer vos, párroco. Después de todo, no dejáis de hablar de vuestros poderes y vuestra magia. ¿No deberíais tener algún hechizo o maldición que os hiciera el trabajo? ¿No existe un espíritu mortífero que lo mande al infierno de un susto? Así mis dragones no tendrían que inmiscuirse... y es que la sangre les mancha el uniforme —dijo Farrell, sonriendo a Demurral.

—Sois... sois un petimetre y un señorito. Sois un bandido, un majadero, valéis menos que un real falso. Me hacía falta que alguien hiciera esto y creí que ese hombre érais vos. Uno no va por ahí usando la magia a diestro y siniestro para problemas que pueden resolverse con las manos. Es especial, hermosa y espléndida. La brujería es como pintar un bello cuadro. Uno no desperdicia la pintura.

Farrell miró a Demurral y después puso sus ojos en el mar. El barco de Crane estaba en la costa, en la bahía. Bajo el sol de la mañana, constituía una vista espléndida.

—¿Qué me tenéis reservado? —preguntó—. Sé que en todo esto hay algo más que contrabando. ¿Cuál es vuestro plan?

Enarcó una ceja al hacer la pregunta. Farrell sabía que le ocultaban algo. No le gustaba ser soldado. Echaba de menos la vida de un hombre de sociedad londinense. Allí, en el norte, se sentía a un millón de kilómetros de todo aquello que conocía y amaba, de aquello a lo que quería volver en cuanto fuese posible. Su padre le había comprado el puesto para salvarle de un fracaso sentimental. La medida sólo iba a ser temporal, para preservar el honor de la familia, y pronto podría volver. Ahora, 11 años después, seguía en el norte, en un promontorio rocoso frente al océano Alemán, persiguiendo contrabandistas, gritando órdenes y recorriendo las carreteras embarradas de Baytown a Whitby. "Esto", pensó, "no es vida para un caballero".

—Si os contara un cuento, una historia inventada, ¿podríais mantenerla en secreto y no contársela jamás a nadie? —preguntó Demurral al capitán.

Farrell quedó intrigado. Sin embargo, no respondió de inmediato. Recorrió la habitación con la mirada, tratando de ganar tiempo para pensárselo:

—Si fuera una historia verdadera, guardaría el secreto —respondió—. Si es un chisme de taberna, ¿para qué callarla?

—Porque es una historia sobre el poder, con palabras vivas que pueden enraizar en nuestras vidas. Palabras que pueden transformar la sustancia misma del mundo. Cada palabra es como una flecha que atraviesa el corazón —Demurral acercó la silla a Farrell—. Cada vez que se cuenta, las flechas salen disparadas y actúan en el mundo. Escapan a nuestro control, no se las puede dirigir y ellas eligen el blanco. Siempre dan en la diana.

En ese momento, Farrell le hizo un gesto con la cabeza para que continuase.

—¿Asumo, capitán, que guardaréis el secreto? —preguntó Demurral.

—Parece más que un chascarrillo de taberna. No se lo diré a nadie. Pero ¿y si lo cuento? —inquirió Farrell.

—Entonces la criatura que queréis que acabe con Crane os buscará en la noche y os cortará el cuello mientras aún respiráis —dijo Demurral, sonriendo afablemente.

Farrell se llevó la mano al cuello y se lo frotó.

—Entonces no diré nada.

—Bien. Ardo en deseos de contarlo. Vos, sois el único a quien me atrevo a decir lo que va a suceder. Dejaré que vos juzguéis su verosimilitud —se acercó a Farrell y le indicó que se aproximase—. Imaginad dos ejércitos enfrentados en una batalla, uno más poderoso que el otro. La parte más débil tiene un capitán que renuncia a su montura a favor de un burro. Pese a ello, sus tropas luchan valientemente y están a punto de vencer al enemigo. De pronto, en medio de la lucha, apresan al capitán. Lo sacan del campo de batalla, lo matan y lo dejan tirado. El desenlace de la contienda cambia de signo y el ejército menor se ve superado y huye corriendo, desperdigándose como ovejas sin pastor.

—Proseguid... ¿Y después?

—Muchos años después corren historias de que el capitán está vivo, de que ha vuelto a la vida gracias a un poderoso hechizo... y de que la batalla está a punto de reemprenderse. Os dais cuenta de que tenéis la única arma que puede detenerlo; en realidad, con ese instrumento os convertiréis en general del mayor ejército que se ha visto jamás. Controlaréis los vientos y el mar. En una palabra, podréis detener el tiempo. Es un arma tan poderosa que el mismo Dios se inclinará ante vos y sus ángeles se postrarán a vuestros pies. ¿Qué haríais?

Farrell quiso soltar una carcajada nerviosa; pero notaba que aquello no era un chiste o un cuento de brujo. Contempló el rostro de Demurral buscando la verdad:

—Yo, yo... No sabría qué hacer y rezaría a Dios para que una cosa así jamás sucediese —por la expresión del párroco supo que no era un cuento, que Demurral creía que era cierto—. ¿Tenéis esa arma? —interrogó al reverendo, sin saber si era una pregunta estúpida.

—Capitán Farrell. Vos, sois militar: ¿existe un arma así? —repuso Demurral.

—Si existiera tal cosa, valdría todo el oro del mundo. Con un arma así ningún ejército os detendría. No sé por qué, pero no me parece que habléis en lenguaje figurado. ¿Existe de veras? —Farrell volvió a enarcar la ceja, aguardando la respuesta.

—Existe y está aquí... en la torre. La he probado una vez con resultados inauditos. Estrelló un barco en la costa y lo partió en dos. Y pensar que cabe en la palma de la mano..., pero es tan poderosa que todo el cosmos tiene que obedecer sus órdenes —dijo Demurral, sonriendo animado.

—¿Cómo funciona una cosa así? —preguntó Farrell.

—Todavía no lo entiendo del todo. Es una cuestión de fe. Lo único que se me ocurre es que concentra una fuerza olvidada en una forma que no se ha visto en miles de años. El querubín no se ha usado desde los tiempos de Moisés.

—¿Y lo tenéis aquí? —preguntó Farrell.

—Sí. Supongo que querréis verlo —propuso Demurral.

—Me gustaría saber qué vais a hacer con él.

—Querido amigo, haré lo que quiera, cuando quiera y a quien quiera. No me vendría mal contar con un hombre como vos. Todo general necesita un capitán.

—Todo capitán tiene que ser pagado —replicó Farrell.

—Eso es un detalle que carece de importancia. ¿Qué país os gustaría dominar?

Demurral no parecía estar de broma. La emoción era evidente en su gesto. Se trataba de algo que tenía que compartir; necesitaba mostrarle a alguien su importancia, y Farrell era lo más parecido que tenía a un amigo. El párroco era incapaz de expresar afecto por alguien, y lo sabía. Su frialdad lo mantenía al margen de complicaciones innecesarias en la vida. Creía que las relaciones eran demasiado complicadas y exigían mucho esfuerzo: había que mantenerlas, trabajarlas, alentarlas. Él carecía de paciencia para ello. De niño había tenido un ratón, que guardaba en una caja de madera. Jugó con él varios días y dejaba que el bichito le subiera por el brazo y se le metiera en la ropa. Pero se cansó del animal. Cerró la tapa de la caja una última vez y la enterró en el jardín. Nunca volvió a pensar en el ratón, y menos aún le importaba cómo había muerto. Cuando creció, se le hizo incluso más fácil ignorar el sufrimiento de los otros, y también infligírselo.

—¿Quién más conoce el arma? —preguntó Farrell.

—El único que importa es Jacob Crane, pero ni siquiera él sabe su auténtico valor. Crane es un hombre sin creencias. Es un granuja desalmado que vendería a su propio padre si lo tuviese —respondió Demurral—. Una vez que nos hayamos librado de él, podremos hacer lo que nos venga en gana.

—Sólo me preocupa una cosa —Farrell no quería hacer aquella pregunta, pero sentía una imperiosa necesidad de formularla—. ¿Qué os impide matarme una vez que hayáis conseguido el poder?

—Nada. Absolutamente nada. Tendréis que confiar en mí —dijo Demurral, sacando un reloj de bolsillo del chaleco—. Tengo unas personas en la torre que quiero que conozcáis. Han intentado robar el querubín y ahora aguardan su castigo. También poseo algo que os ayudará a entender realmente cuál es el poder del que dispongo.

18

'Latet anguis in herba'

E n la torre, las serpientes se apiñaban en la caja abierta. El frío de la corriente helada que entraba por debajo de la puerta de roble las mantenía tranquilas; sólo sacaban de vez en cuando la cabeza por el borde para olisquear.

Kate, Thomas y Rafah hablaban de lo que les ocurriría cuando volviese Demurral. Después se callaron y cada uno se retiró a su mundo interior, enfrentándose a sus miedos.

La muchacha luchó con la cuerda de sus muñecas y se dio cuenta de lo firmemente que estaba atada a la silla. Pese a su indefensión, una cólera en aumento le infundió la determinación de no rendirse a Demurral. El odio avivó su decisión de escapar: eso, o causar al párroco una herida profunda, dolorosa y duradera en sus últimos instantes de vida. Planeó mentalmente lo que haría, echó un vistazo a la estancia y vio que los únicos objetos que servirían como armas eran los candelabros. Pero entonces se le ocurrió algo: cuando Crane los traicionó, no los habían registrado. Thomas aún tenía la espada del varrigal escondida en la parte de atrás de la túnica. Demurral y Beadle la habían pasado completamente por alto con la emoción de la captura. Kate se imaginó a sí misma soltándose las manos, acercándose a su amigo, tomando la espada y asestando unos golpes fatales al brujo y su aprendiz.

Tiró del cordón de oro que le ataba las muñecas, pero éste apretaba más que nunca y le hizo heridas. Era como si, cada vez que pensaba en escapar, la cuerda supiese qué maquinaba y lentamente, como una serpiente enroscada, apretara más y más los nudos. Se daba cuenta de que su sueño de fuga quizá no fuese posible.

Thomas no podía seguir callado. Llevaba dos largas horas oyendo a Rafah cuchichear entre dientes sin saber lo que decía. Lamentaba enormemente el apuro en el que se hallaban y creía que era su culpa. No tendría que haber confiado en Jacob Crane. Cuando escaparon del valle debería haber acompañado a Kate enseguida a su casa. Se sentía como un estúpido, y el cautiverio era su castigo.

A su entender, la mejor manera de escapar era negociar con Demurral, rogarle que los liberara. Éste no podría negarse. El párroco lo conocía desde que era un chiquillo, y él había escuchado un sinfín de sus sermones, rígidamente sentado en el banco frío e incómodo durante horas. ¿Podría matar Demurral a alguien que conocía? Se apoyó en la silla, con las manos entumecidas por la presión de los cordones. Percibió que el reverendo tenía un lado secreto, oscuro y violento que no mostraba al mundo. Empezó a tener dudas sobre su propio futuro, no tenía nadie a quien recurrir. Tan sólo esperaba que el sueño que había tenido se hiciese realidad, que no tuviese que temer a la muerte, y que creyendo en el rey tendría una vida eterna. Ésa era su única esperanza.

Mientras tanto, Rafah tenía la vista fija en la pared con una sonrisa de confianza, concentrando todos sus pensamientos en Riatamus. Se dio cuenta de que sus amigos miraban y escuchaban las palabras que repetía una y otra vez:

"Bendita sea la fuerza de Riatamus
que me da poder en las manos y dedos.
Mi bondad y mi fortaleza;
mi alta torre y mi salvador,
mi escudo, aquel en quien confío.
Él somete a mis enemigos...".

Rafah calló y se volvió hacia ellos.

—Antes de que preguntéis, es un cántico a Riatamus, es de su Libro —dijo—. Estoy rezando, hablando con él; me ayuda a conocer su voluntad.

—¿Qué dice Riatamus? ¿Que vamos a morir? —preguntó Kate bruscamente—. Si eso es lo único que ha dicho, entonces no sirve de nada; para eso podrías hablar con el techo o con el aire —intentó zafarse de la silla; los cordones le apretaban las muñecas—. Tu Dios nos ha metido aquí; así que, ¿cuándo nos va a sacar? —exclamó finalmente.

—¿Has intentado hablar con él alguna vez, o siempre dejas que la cólera hable por ti? —repuso Rafah.

—Me he dirigido muchas veces a Dios, pero nunca escucha —declaró, enfadada—. Cuando murió mi madre le pedía todos los días que me la devolviera, pero nada sucedió. Si es Dios, ¿por qué está tan sordo? ¿O no le importan las personas como yo?

—Te ama más de lo que crees, pero la fe nace de la aceptación, de asumir quién eres y reconocer tu fragilidad. Entonces verás el poder y la majestad de Riatamus. En nuestra debilidad hallaremos su fuerza, en nuestra pobreza hallaremos sus tesoros. Sólo en él podremos hallar paz. Es el ser más poderoso de toda la Creación —dijo Rafah, con una hermosa sonrisa.

—Entonces, ¿por qué vas a morir con nosotros si tu Dios es tan poderoso? —inquirió ella.

—Muchas personas más importantes que yo han dado su vida por él —dijo Rafah tranquilamente—. Todos morimos, es algo inevitable. Es más importante saber dónde iremos cuando crucemos el Puente de las Almas —Rafah observó que a Kate la perturbaban sus palabras; tenía los ojos encendidos de ira.

—¡Palabras! —exclamó—. Sólo las palabras vacías que no ayudan de un dios totalmente inventado. ¿Cómo puedes demostrar que es real?

—Hace falta fe —dijo Rafah—. Sólo una semilla de fe. Algo en lo que creer y en lo que confiar. Has sufrido demasiado, el dolor te ciega. Suéltalo. Deja que aquel que trae la paz entre en tu vida.

—¿Cómo puedo creer en algo de lo que no sé absolutamente nada? —Kate empezó a sollozar—. Tengo miedo, mucho miedo. Quiero que se acabe todo esto.

Thomas tenía un nudo en el estómago por lo que Rafah estaba haciendo sufrir a Kate. Había compartido muchas cosas con ella en vida y ahora sabía que morirían juntos. Quería gritar para que acabara aquello. Abrazarla y protegerla como su amiga siempre lo había protegido a él. Se sintió inútil y se dio cuenta de que no tenía energías para salvarla. Kate siempre era la que tenía la fuerza, la que lo animaba y le llevaba la comida.

Cuando el padre de Thomas murió, fue ella quien lo abrazó, aunque no era más que una niña, y quien lo consoló, le quitó el miedo a la soledad, el dolor y la pena que lo embargaban. Lo había sido todo para él y ahora estaba allí, llorando a su lado.

Se le hizo un nudo en la garganta que le impedía tragar y le empezaron a picar los ojos. Inspiró profundamente intentando contener las lágrimas, pero se sintió aún peor. Respiró agitadamente y dejó escapar un sollozo desgarrador, mientras intentaba controlar la creciente sensación de pánico que se apoderaba de su cuerpo. El corazón le latía desbocado y el miedo hormigueaba sus nervios y músculos. Lloró por él, por Kate, por aquello a lo que iban a enfrentarse. Sintió que la pena le abrumaba. Las serpientes se agitaron en la caja, silbando como respuesta.

—¡Salvador y escudo mío, aquel en quien confío! ¡Por la gracia de la Palabra, sálvanos! —exclamó de pronto Thomas, sin saber de dónde le salían las palabras, pero en la esperanza de que el rey de los sueños lo oyese, que fuese real en este mundo y no sólo un producto de su imaginación.

De inmediato sintió una poderosa y apabullante sensación de paz. Dejó de llorar y la agonía del miedo cesó al instante. En su mente vio el rostro del rey sonriéndole.

Por encima de la torre, Thomas percibió el sonido familiar del graznido de las gaviotas, pero los chillidos y gorjeos de los pájaros adoptaron un repentino tono salvaje que le provocó un escalofrío. Sólo una vez había oído graznidos similares, una vez que estuvo en alta mar en el barco de su padre. Entonces pudo ver cómo una colosal y amenazante bandada de gaviotas devoraba ferozmente una pequeña ballena medio muerta que se revolvía indefensa en las aguas tranquilas. Vio cómo arrancaban la carne del hueso y cómo el mar se llenaba de fragmentos de grasa del cetáceo no ingeridos.

Por los ventanucos de la torre apenas distinguía las siluetas de cientos de aves marinas dando vueltas desenfrenadamente. Los graznidos se hicieron más fuertes y las gaviotas lo llenaron todo, tapando la luz del sol. Se las oía posarse en el techo de metal, y cómo raspaban con las pezuñas y picoteaban en la superficie dura.

—Mi padre decía que las gaviotas eran las almas de los pescadores ahogados en el mar, que vuelven al lugar de donde partieron —dijo Thomas.

—Mi padre decía que, cuando morimos, vamos junto a Riatamus, y que los que hablan de volver a esta vida se engañan a sí mismos y también a los que los escuchan —replicó Rafah en tono áspero.

En lontananza, el repiqueteo de la campana resonaba en la mina de alumbre, indicando que algo andaba mal. Desde el tejado de la casa de alumbre, la campana emitía sus tañidos plañideros, diciendo a todos en la mina que corrieran a resguardarse en la vicaría.

Kate fue la primera en hablar, a la vez que miraba nerviosamente al exterior:

—¿Qué intentan hacer? —preguntó, mientras un número creciente de pájaros se posaba en el techo de metal.

Entonces sintieron el profundo estruendo. Primero pareció un trueno cayendo sobre las colinas lejanas. La torre se tambaleó y el querubín y los candelabros vibraron en el altar. Las serpientes metieron la cabeza en la caja y las sillas cayeron al suelo.

A cada sacudida caían del techo cortinas de polvo blanco; las aves emprendieron el vuelo formando una enorme y estridente bandada, surcando el cielo, chillando muy alto. Las vigas que sostenían el techo se desplazaron en las piedras del dintel y los muros de la torre comenzaron a moverse.

—¡La tierra tiembla! —exclamó Thomas. Kate miró a su alrededor, convencida de haber oído una voz que la llamaba.

—Riatamus ha oído tu plegaria y está sacudiendo la tierra airado. Su furia elevará los mares —intervino Rafah—. Las aves sabían lo que pasaría antes de que sintiéramos el temblor de la tierra. Tenemos que salir de aquí antes de que el edificio se desmorone.

Kate oyó unas pisadas que subían con dificultad los escalones de la torre.

—Escuchad... alguien viene —dijo en voz baja, haciéndose apenas audible en medio de los chillidos de las gaviotas.

Beadle abrió la puerta, entró en la cámara y echó un vistazo a las serpientes que se apiñaban en la caja. Tenía una expresión de pánico. Kate aprovechó la oportunidad:

—¿Qué sucede, Beadle? ¿Te envía tu amo para hacer el trabajo sucio?

—Quiere el querubín; dice que estará más seguro fuera de aquí. El mar se ha tragado los acantilados de North Cheek y la mitad de Baytown —respondió a regañadientes Beadle, que no quería quedarse ni un minuto más en la torre.

—Entonces, llévanos contigo —pidió la muchacha—. Supongo que no querrá que muramos si esto se derrumba. No creo que ése sea su plan, ¿verdad?

—No os ha mencionado, sólo me ha dicho que me lleve la estatuilla, y eso voy a hacer —repuso.

—Pero si vamos nosotros también, seguro que queda complacido. Necesita que Rafah esté vivo hasta esta noche, para hacer la ceremonia —dijo ella rápidamente.

Beadle se detuvo. Parecía confundido. Los contempló, atados en las sillas con los cordones de oro; su mirada reflejaba claramente su dilema.

—Si os desatara de las sillas... uno por uno... —hizo una pausa para pensar—, ¿qué os impediría intentar escapar?

Kate miró a sus amigos. Su mirada les decía que siguiesen callados; ella hablaría.

—Llegaremos al final pase lo que pase —dijo—. En cualquier caso, Beadle, ¿qué te parece verte involucrado en todo esto? Eres un buen hombre; mi padre siempre te alababa. No creo que estés de acuerdo con lo que Demurral se propone hacer.

Beadle miró a Kate y vio su gesto amable.

—A veces no me reconozco a mí mismo —intentó sonreír el criado—. Es como si algo se apoderase de mí, y tuviera que obedecerle en todo. No tendría casa ni trabajo si no fuera por él.

—Tendrías mucho más sin él —dijo Kate, alentando la traición y sabiendo que había hablado lo suficiente como para plantar la semilla de la duda en su cabeza.

Otro temblor que sacudió la torre interrumpió la conversación. El techo y los muros soltaron polvo que les cayó en la cabeza. Beadle agarró de inmediato el querubín y se tiró al suelo. la muchacha exclamó:

—No puedes dejarnos: la torre puede derrumbarse.

Beadle se detuvo y dejó el querubín en el suelo. Se dio la vuelta y se dirigió a Rafah:

—Supongo que tiene razón. El párroco no quedaría muy contento conmigo si desaparecierais. Os pido una cosa. Que no me hagáis daño, ¿entendido? —empezó a desatar los cordones de oro; los nudos se le resistían, como avisándolo de lo que inevitablemente iba a suceder.

Desató a Rafah, luego a Kate y finalmente a Thomas. Entonces se percató de su error. La chica sacó del abrigo de su amigo la espada del varrigal, que Beadle no había visto. Le puso el frío metal ante los ojos y éste vio que la hoja estaba manchada de sangre. El criado reculó hacia el altar protegiéndose con las manos.

—Por favor, no me matéis. Haré lo que queráis, pero perdonadme la vida —suplicó, esperando suscitar compasión—. Os ayudaré a escapar, os mostraré una salida.

—No nos hace falta tu ayuda —dijo Kate—. ¿Qué hacemos, Rafah?

Como respuesta, se produjo otro temblor que hizo balancearse al edificio. Las gaviotas levantaron el vuelo chillando y avisando de una catástrofe inminente.

—No podemos dejarlo aquí o se enfrentaría a la misma suerte que nosotros. Al menos, le debemos la vida —Rafah agarró a Beadle del pescuezo—. Me marcaste a fuego como esclavo, hiciste que me dieran golpes y me encarcelaran por orden de tu amo —calló y miró al criado directamente a los ojos—. Te perdono por lo que has hecho, que no se interponga entre nosotros.

Beadle no respondió; agachó la cabeza y miró pasivamente el suelo de piedra.

—Recoge las serpientes; parecen conocerte bien —ordenó Rafah, mientras lo arrastraba hacia la puerta por el pescuezo—. Lleva la caja. Así tendrás las manos ocupadas. Además, las serpientes pueden sernos de utilidad. Yo llevaré el querubín. Demurral creía que sería poderoso controlándolo, pero jamás imaginó las fuerzas que de veras puede desencadenar.

Kate a duras penas controlaba sus sensaciones; la embargaba la emoción mientras apuntaba temblorosamente a Beadle con la espada. Miró a Thomas:

—Me ha respondido. Creerás que era un trueno, pero he oído su voz, me ha hablado.

Los ojos se le llenaron de lágrimas, en esta ocasión por el júbilo que le inundaba el corazón. Rafah sabía cómo se sentía. Le puso una mano en el hombro:

—Aún no hemos salido de ésta. No sé qué habrá desatado ya Demurral gracias al querubín. Puede que haya puesto en circulación criaturas y fuerzas que tendré que detener —miró a sus dos amigos—. Podéis marcharos, o llegar hasta el final —contempló sus caras buscando una respuesta.

Ellos se miraron de refilón y después se dirigieron a Rafah:

—Iremos contigo —dijo quedamente Kate—. Formamos parte de esto, igual que tú.

El cuervo de oro

El cuerpo del bandolero se mecía suavemente en la brisa a dos metros por encima de Jacob Crane. El nudo apretaba el cuello y el hombre colgaba como un títere olvidado. El contrabandista observó el cuerpo maltrecho y ansió las botas nuevas que llevaba. Le sorprendió que no las hubiesen robado. Eran de caballero, de cuero negro con broches de plata, ahora embutidas en los pies de un cadáver en descomposición. Al examinarlo, advirtió las marcas inequívocas de la viruela que asolaban el rostro putrefacto del hombre: los carrillos hinchados y las profundas llagas en la piel. Ahí obtuvo la respuesta: nadie robaba el cuerpo de alguien que moría de viruela. A Crane le sorprendió que se hubieran atrevido a colgarlo, pese al miedo a contagiarse de la enfermedad. Se acordó de las palabras de la mujer del páramo y allí, en la encrucijada de Rudda, tuvo la respuesta. ¿Sería aquél su futuro? ¿Morir de viruela o ahorcado, colgado en la brisa otoñal sin nadie que lo enterrase y sin familia que llorase su fallecimiento?

—¿Y vos? —preguntó al cadáver—. ¿Quién lloró vuestra muerte? ¿Seremos hermanos en el más allá? —Crane tiró de las riendas del caballo y avanzó por el camino de la costa—. Que la paz sea con vos, amigo —dijo, despidiéndose de aquel infeliz, que se mecía al viento.

Anduvo varios minutos por el estrecho sendero y atravesó el bosque de Uggle; entonces resolvió que no corría peligro subiéndose de nuevo a la montura. Cuando se había producido el primer temblor había decidido llevar al caballo de la mano, pues no sabía qué ocurría. En el norte vio una columna de nubes que crecía y se extendía como un abanico gigantesco por el firmamento, hacia el este y el oeste. Emitía un resplandor extraño que incluso en la luz de la mañana era más intenso que el sol, aunque no calentaba. Miró al suelo y vio que tenía dos sombras, una que se proyectaba al norte y otra al suroeste.

Avanzó por el camino lleno de surcos y al cabo de un rato se encontró frente al acantilado de las Bestias. Volvió a tener la impresión de que no estaba solo y miró hacia atrás, al sendero al otro lado del prado. Estaba seguro de que lo observaban. Al borde del acantilado había un caminillo demasiado angosto para un caballo; descendía bruscamente a la llanura, zigzagueando en su descenso por el acantilado y desapareciendo en la espesura de arbolillos y zarzas. "Ahí se podría esconder a un ejército o un barco lleno de brandy", se dijo Crane para sus adentros.

Tomando la alforja y cargándosela al hombro, dejó el caballo en la cima del acantilado y bajó a buen paso por el caminillo. Enseguida se encontró bajo los árboles. Había una cañada muy transitada en el bosque y en varios troncos vio marcas extrañas profundamente talladas, algo que lo inquietó. Se acordó de lo que había dicho la mujer del páramo. El rostro del ahorcado con la expresión picada por la viruela se le había marcado a fuego en la memoria. Sacó la pistola del cinto y la amartilló, convencido de que, a cada paso que daba, alguien lo seguía por la maleza.

No quería que lo pillase desprevenido un hombre, un animal o —ya que las circunstancias habían obligado a Jacob Crane a expandir sus horizontes y admitir un mundo nuevo de espectros que estaban más allá de su imaginación— cualquier otra criatura.

Cautelosamente, avanzó por el camino que atravesaba el bosque. Sobre su cabeza, el follaje lo ocultaba. Mirando hacia arriba entre las ramas vio la figura de alguien en la cima del acantilado. Se detuvo y sacó el catalejo. Su inquietud aumentó. A través del anteojo de latón pudo ver a un hombre no mucho mayor que él, con largos cabellos negros y barba, y vestido de pies a cabeza de cuero negro, con una camisa blanca de flecos. El hombre miró hacia donde se escondía Crane, le sonrió y, alzando la mano, lo saludó amablemente. El contrabandista volvió a mirar, pero el hombre había desaparecido.

No tardó en llegar a la entrada del túnel oculto que comunicaba el acantilado con la vicaría. En el claro vio a Blythe y a Skerry. A sus pies tenían un farol y un pequeño barril de madera. ¡Pólvora!

Se apresuró hacia ellos:

—Excelente, muchachos, eso es justo lo que necesitaba. Debería bastar para que Demurral se caiga de la cama por la explosión —dijo.

—Ha sido el acantilado de North Cheek, se lo ha tragado completamente el mar; eso y la mitad de Baytown —le informó Skerry.

—¿Y qué le ha pasado a mi barco?

—Después del desprendimiento de tierras hubo una ola enorme que barrió la bahía —dijo Blythe, mirando a Skerry—. Vimos cómo la ola golpeaba vuestro velero, lo levantaba como un corcho en una botella y lo dejaba caer como si nada hubiera pasado. Hizo tambalearse a toda la mina; parecía el fin del mundo.

—Puede que quede menos de lo que pensáis, muchachos —dijo Crane, acercándose a la pólvora—. Entremos en el túnel.

El contrabandista se aventuró hacia el interior. El agua goteaba del techo y las paredes estaban cubiertas de una gruesa capa de musgo viscoso. Crane se detuvo y se volvió para mirar la luz del día. Aguardó.

—¿Algún problema, capitán? —preguntó Blythe.

—Sólo estoy esperando. Creo que alguien está interesado en nuestro recorrido. Quiero ver si nos siguen o si los acontecimientos de los últimos días me están volviendo loco.

Bajo la protección de las ramas del tejo y rodeada por espesos arbustos, Kate apuntaba con el cuchillo a Beadle, que sostenía precariamente la caja de serpientes todo lo alejada que podía. Rafah y Thomas atisbaban por la maleza intentando ver a los dragones.

—¿Qué camino tomamos, Thomas? —preguntó Rafah—. ¿Cruzamos la casa y entramos en el túnel, o vamos por el camino de la mina?

El muchacho reflexionó unos segundos, sopesando las posibles opciones:

—La casa y luego el túnel. Estaremos más protegidos, pero tendremos que adelantarnos a Demurral.

—Yo os guiaré —se ofreció Beadle.

—No, Beadle —dijo Kate con brusquedad, apuntándolo con la espada—. No creo que nos podamos fiar de ti. Vendrás con nosotros, pero cuando salgamos de la casa te soltaremos. Estate calladito o te arrancaré las orejas —lo amenazó riendo, sintiendo que cobraba fuerzas; ahora que habían salido de la torre, escapar podía ser posible. La chica pensó en su casa en lo alto de los acantilados de Baytown. Quería ver si seguía allí y dar con su padre.

Rafah observó la nube que esparcía su gran resplandor por el cielo.

—Apenas nos queda tiempo, dos días como mucho —dijo—. Demurral ha hecho algo al mundo sin siquiera darse cuenta al usar el querubín. Incluso puede que haya soltado a los glashan. En ese caso, nos acabarán encontrando.

—¿Quiénes son los glashan? —preguntó Thomas.

—Antes del comienzo de los tiempos, los glashan se rebelaron contra Riatamus. Intentaron conquistar la Tierra, pero los serubines se enfrentaron a ellos y muchos cayeron luchando. Aquel que los dirige fue expulsado a la Tierra; desde entonces tienta a los hombres. El poder de los glashan ha sido contenido desde los tiempos de la Gran Captura, cuando Riatamus los venció en la batalla de la Calavera. Su cabecilla era una criatura llamada Pirateon que ansiaba el querubín desde que fue creado. Mi familia siempre lo ha guardado, pero uno de los nuestros hizo que se lo vendieran a Demurral —dijo Rafah en voz baja—. Hay dos querubines en el mundo, uno de oro, el otro de carne y hueso. Hoy estamos entre vosotros.

—Por eso Demurral quiere matarte —dijo Kate.

—Sí, y si lo hace, los glashan volverán a enfrentarse a Riatamus. La Gran Captura quedará abolida. Demurral piensa que el querubín es un artefacto mágico que puede usar a su antojo. Pero Pirateon nunca le dejará controlar sus poderes. Ese párroco corre un peligro mayor del que cree.

—¿Qué sucederá si Demurral lleva a cabo sus planes? —preguntó Thomas.

—Está escrito que manará sangre de la luna, el cielo se oscurecerá y una estrella fugaz chocará contra la Tierra, emponzoñando los mares. Las plagas asolarán los campos y las guerras y los terremotos destruirán todas las ciudades. La Tierra quedará a merced de Pirateon durante mil años. Sería mejor que muriéramos todos antes que pasar por algo así —Rafah se sumergió en la sombra del tejo temiendo que le oyeran oídos no deseados. Hizo un gesto a sus amigos para que se aproximasen—. Demurral sufrirá por su codicia; Pirateon le exigirá todo lo que le debe. Intentará apoderarse del querubín antes de que acabe la luna llena.

—¿Cómo podemos detenerlo si sólo somos tres? —preguntó Kate, sin quitar a Beadle la vista de encima.

—En estas tierras se celebra una festividad llamada Samhain; algunos la conocen como Halloween. En esa noche, las fronteras que separan a los glashan de este mundo se debilitan. Tengo que haber salido del país para entonces con el querubín. El poder de Pirateon es limitado: no puede estar en dos sitios a la vez. No es todopoderoso y está a merced del trabajo de sus secuaces; las cartas del futuro, las sesiones de espiritismo y la brujería forman parte de su engaño. Aquellos que acatan su voluntad serán destruidos junto a él —explicó Rafah, llevándose el querubín al pecho.

—Entonces debemos dirigirnos a Whitby. Podemos estar allí esta noche y meterte en un barco a primera hora de la mañana —propuso Thomas—. Démonos prisa; a Demurral no se le ocurrirá que vayamos a entrar a los túneles por la casa. Desde allí podemos llegar a la playa y, aprovechando la marea baja, caminar hasta Baytown.

Para sus adentros, pensó que aquello era más fácil decirlo que hacerlo. Veinte dragones aguardaban en el granero entre el tejo y la puerta de atrás de la vicaría. En el interior, el capitán Farrell y Demurral estarían en una de las habitaciones a las que se accedía por el largo pasillo que llevaba a la cocina y después al sótano y al túnel. No podían fiarse de Beadle. De un grito podía alertar a los dragones o al párroco y entonces no habría escapatoria.

Thomas le quitó la espada a Kate y propinó con ella un golpe a Beadle.

—Si abres la boca, tendrás que correr con esto clavado. ¿Comprendido? —intentó parecer muy amenazador—. Lo haré, Beadle: mi vida depende de ello.

Éste los miró a los tres. Estaban sucios y cansados. Era evidente que a Rafah le dolían la quemadura de la espalda y el golpe en la cabeza. Algo en su interior hizo que el criado se sintiera responsable. Sabía que en parte era culpable del daño sufrido por el muchacho. No le gustaba esa sensación. Lo perturbaba. Miró a Rafah, y recordó lo que éste había dicho antes de salir de la torre.

—¿Cómo puedes perdonarme, con todo el daño que te he hecho? —preguntó.

—Es lo que ordena Riatamus —respondió Rafah.

—Pero no te conozco. Habría estado dispuesto a hacerte más daño... ¿Cómo puedes decir que me perdonas? —preguntó con un hilillo de voz, retorciéndose nerviosamente la verruga en la punta de la nariz.

—Si no te perdonase, me estaría engañando a mí mismo. El rencor te reconcome por dentro. Me resultaría fácil odiarte para siempre por lo que me has hecho, y lo que hubieras sido capaz de hacerme; pero ¿de qué me serviría? Me convertiría en alguien tan malvado como tú y tu amo. Has obedecido ciegamente a Demurral demasiado tiempo mientras él se internaba en la senda del mal. No has hecho nada para detenerlo y tienes las manos manchadas de sangre por tu complicidad.

Las palabras dolieron a Beadle como un latigazo. Se quedó sin respuesta y sin habla.

—¿Qué hacemos entonces? —preguntó Thomas al criado—. Si gritas; te atravesaré con la espada.

—Os doy mi palabra, aunque para vosotros no tenga valor, de que no gritaré —respondió Beadle.

—No nos podemos fiar de él; ¿por qué no lo atamos a un árbol, lo dejamos ahí y continuamos nuestro camino? —susurró la muchacha.

—Algo me dice que debemos llevárnoslo. Si nos encuentran en la casa, siempre podemos intercambiar su vida por la nuestra —dijo Rafah.

—Os enseñaré cómo se va al túnel. Prometo que os daré una hora de ventaja antes de avisar a Demurral. Tardaré ese tiempo en volver del acantilado, podéis estar seguros —interrumpió Beadle, justo cuando Thomas se disponía a decir algo.

—¿Nos das tu palabra? —preguntó Rafah—. En ese caso, ven con nosotros. Muéstranos el camino. Si nos traicionas, responderás ante Riatamus.

—También responderás ante esta espada —le dijo Thomas al oído—. No soy más que un muchacho, pero en las dos últimas noches han sucedido demasiadas cosas. A lo mejor él te ha perdonado, Beadle, pero a mí aún me queman las muñecas por las cuerdas con que me ataste.

Salieron del amparo del tejo y los arbustos espesos que lo rodeaban, y cruzaron el jardín de grava hasta la puerta trasera de la vicaría. No había ni rastro de los dragones, aparte de los caballos, que descansaban en el establo. Beadle iba algo adelantado, aún portando la caja de las serpientes. Thomas caminaba detrás de él, con la espada en alto en la mano derecha, preparado para clavársela en un abrir y cerrar de ojos a la primera señal de peligro.

El criado los hizo entrar en la casa. Avanzando con sigilo, enseguida llegaron al pasillo que daba a la cocina, al sótano y finalmente al túnel. Demurral no hizo acto de presencia; la casa estaba sumida en un silencio sepulcral. La cocinera no despotricaba en la cocina. No se la oía tirando las cacerolas en el fregadero. En el edificio reinaba una inquietante sensación de vacío.

—Aquí no hay nadie —musitó Beadle—. Habrán salido a ver el derrumbamiento del acantilado de Baytown. Estarán en la entrada principal.

Fue un gran alivio saber que nada les impediría escapar. A causa del desmoronamiento del acantilado, no había gente ni caballos en la mina. Todos estaban en la cima del acantilado contemplando el alud de barro en la bahía y el resplandor creciente de la nube roja, cada vez mayor.

En el largo corredor flotaba un hedor a carne fría y pescado podrido. Todo estaba oscuro y sombrío; cada pocos metros, las velitas de unos candelabros de madera que había en las paredes descascarilladas, titilaron cuando pasaron junto a ellas, proyectando sombras largas en húmedos muros. Al final del pasillo la luz de la ventana introducía en la casa el resplandor rojizo de la nube. Se reflejaba en el enorme espejo de oro de la pared y centelleaba en el dorado de las alas del cuervo. Beadle se detuvo y les indicó que se mantuvieran en silencio.

Temerosos de ser descubiertos, avanzaron lo más silenciosamente posible, llegaron al final del pasillo y salieron a la luz del vestíbulo. La puerta del estudio de Demurral estaba cerrada; en la escalera que llevaba al piso superior no había nadie. La gran estatua del cuervo de oro que montaba guardia encima de la puerta contemplaba la entrada. Emprendieron el largo recorrido pasando por la cocina para finalmente bajar al sótano. Se oyó un rumor mientras la casa era sacudida por otro temblor. Apretaron el paso, al compás de sus corazones desbocados. El nerviosismo les dejó la boca seca y todos contuvieron unas ganas incontrolables de salir corriendo.

Rafah se dio la vuelta y vio la expresión de Thomas. Dejaba traslucir un miedo que iba en aumento. Miró a Kate, que se mordía el labio mientras fruncía el ceño de ansiedad.

Entonces oyeron un golpe fuerte y seco que venía de la puerta principal. Beadle fue el primero en darse la vuelta. Una expresión de terror absoluto se apoderó de él. El cuervo de oro, que había caído al suelo, comenzó a incorporarse y a ahuecar las plumas. Estaba vivo. Los miraba fijamente con sus ojos dorados, mientras daba picotazos al aire. Agitó las alas, dio dos grandes pasos hacia ellos y comenzó a extenderlas.

Sin mediar palabra, echaron a correr, Beadle arrastrando la pierna inválida. No tardó en distanciarse de ellos; el enorme cuervo se cernía sobre él con el imponente pico de oro.

—No os paréis, intentaré detenerlo —exclamó el criado, lanzando la caja de serpientes al cuervo.

Las tres víboras avanzaron reptando por el suelo de piedra, pero el pájaro gigante las hizo pedazos. Beadle intentó acelerar. Mientras avanzaba, iba abriendo todas las puertas que cruzaba para impedir el paso del monstruoso pájaro.

Oyeron los golpes de la enorme criatura al chocarse contra las puertas y apartarlas. Thomas se detuvo y vio a Beadle arrastrándose tan rápido como podía, con el pájaro enorme y torpe acercándose más y más. Espada en mano, corrió hacia él.

—No seas insensato, muchacho, sálvate —gritó Beadle desesperadamente.

Dicho esto, se metió por la puerta de la cocina y la cerró firmemente. El cuervo saltaba ante ella dándole zarpazos con las garras metálicas que se hundían en la madera, lanzando astillas por el pasillo. Thomas pudo oír cómo Beadle colocaba sillas delante de la puerta para prevenir el ataque. "No os paréis; id al sótano", oyeron que les decía la voz apagada del criado, apenas audible por el movimiento de muebles y el raspar en la madera.

Thomas no podía irse. Sabía que en cuestión de segundos el pájaro gigante echaría la puerta abajo y despedazaría a Beadle.

—Ven a por mí —gritó Thomas al ave, blandiendo la espada del varrigal.

El cuervo dejó de dar zarpazos en la puerta, se dio la vuelta y lo miró. Medía dos metros y casi ocupaba todo el pasillo; tenía las largas garras metálicas clavadas en el suelo de madera, preparándose para abalanzarse sobre él.

A Thomas lo invadió el pánico. Rafah y Kate se habían refugiado en el sótano. Estaba solo. Entonces oyó una voz que le hablaba en su interior:

—Estaré siempre contigo, hasta el fin de los tiempos —era la voz del rey.

El cuervo embistió contra Thomas con una velocidad que lo pilló desprevenido, y éste dio un traspiés, sin saber qué hacer o cómo enfrentarse a semejante criatura. La emprendió a golpes con la espada contra las plumas metálicas del ave, sin resultado alguno. El pájaro lo agarró de las solapas, lo tomó con el pico, lo zarandeó de un lado a otro y lo lanzó contra las paredes del pasillo. El chico dejó caer la espada y se dio un golpe en la cabeza con el quicio de una puerta. El cuervo lo tiró al suelo, se acercó y puso sobre su cuerpo una garra enorme, agachando la cabeza para comenzar a arrancarle la carne con el pico afilado.

Casi inconsciente, Thomas oyó el cántico de los serubines.

"Santo, Santo, Señor de los Ejércitos.
Llenos están el Cielo y la Tierra de tu gloria".

Una luz intensa y brillante que parecía penetrarlo en la piel lo rodeó; abrió los ojos. Se encontraba al final de unas largas escaleras de piedra, rodeado de serubines. Desde arriba, el rey lo miraba.

—¿Quieres seguir luchando, Thomas, o venir conmigo? —era una voz suave y cálida que lo llenó de paz—. Debes elegir.

Yo estaba a las puertas de tu vida y atendiste mi llamada; ahora puedes venir y sentarte a mi mesa.

Thomas sintió un impulso abrumador de abandonar el mundo e ir con el rey. En un instante repasó toda su vida. Vio la vicaría entera como si hubieran quitado las paredes, y el interior de las habitaciones y las personas completamente inmóviles, como si el tiempo se hubiera detenido. El cuervo estaba listo para atacarlo. Beadle permanecía junto a la puerta de la cocina. Rafah y Kate bajaban el tramo de escaleras que llevaba al sótano. Demurral, el capitán Farrell y dos dragones se encontraban en el túnel, a punto de volver a entrar en el sótano. Cuando sobrevino el temblor, decidieron esconderse allí.

Desde su posición en las puertas del Cielo, Thomas vio que Kate y Rafah estaban a punto de ser atrapados por Demurral. El cuervo lo iba a matar y luego iría a por ellos. No tendrían otra escapatoria que caer en brazos del párroco, el capitán y sus hombres.

—Dejadme volver y pelear; debo avisarlos. Si no vuelvo, la tarea no quedará completada. Por favor, rey mío, dejadme volver —dijo Thomas.

—Muy bien, pero actúa deprisa. Tendrás que atacar antes que el cuervo. Lo empuja una fuerza maléfica que ha dado vida a la criatura. Apunta al corazón y ataca en mi nombre.

En ese instante, la luz intensa, los serubines y la escalera desaparecieron. El muchacho enseguida percibió el olor a humedad del pasillo. Agarró la espada del varrigal, que se había caído al suelo. El cuervo se elevó con las garras extendidas, a punto de caer y hundírselas en el pecho. Thomas abrió los ojos y gritó con todas sus fuerzas:

—¡En el nombre del rey…, desaparece!

Clavó la espada en el pecho de la criatura justo cuando las garras se le hincaban en la carne de los hombros. El arma traspasó el metal y atravesó el corazón del gran pájaro, que profirió un graznido largo, fuerte y lleno de espanto, mientras soltaba a Thomas y caía a un lado del pasillo. El metal empezó a fundirse y burbujear ante sus ojos, quemando el suelo de madera dejando caer humo en la humedad de las paredes.

El muchaco vio que la criatura se transformaba en un hombre. Tenía una larga nariz aguileña, un rostro de un blanco deslumbrante y el cabello de un tono rojo intenso. Llevaba una túnica, bombachos y botas de cuero. Mientras caía, Thomas pudo ver que sus dientes eran de oro macizo. Del pecho le manaba un líquido azul oscuro que brotaba al compás de los latidos de su corazón herido. En sus últimos momentos de vida, miró al chico con penetrantes ojos felinos. Era una mirada desafiante y llena de odio; el corazón dejó de latirle.

—¡Thomas! —exclamó Rafah—. ¿Qué has hecho? —se detuvo y miró el cadáver en el suelo—. Es un glashan. La Gran Captura ha tocado a su fin. Si han llegado aquí, Pirateon no puede andar muy lejos.

En ese momento se abrió la puerta de la cocina, y Beadle salió tropezándose con las sillas, cacerolas y sartenes, cepillos y una pila de utensilios que había amontonado en la puerta.

—Lo has matado; me has salvado la vida —dijo entre sollozos.

—Demurral y Farrell están en el sótano con dos hombres —explicó Thomas. Y dirigiéndose a Beadle añadió—: ¿Hay alguna otra forma de entrar en el túnel?

El criado les indicó que entraran en la cocina. Atravesaron el suelo de losas hasta la despensa, y el sirviente empujó la piedra de la pared que mantenía la temperatura. Se abrió una puerta detrás de la cual había tres escalones de piedra que se sumergían en la oscuridad. Beadle tomó una lámpara de un estante y, con la caja de yesca, prendió la mecha para conseguir la mayor intensidad de luz posible.

—Por aquí llegaréis al acantilado de las Bestias. Tened cuidado allí, hay criaturas controladas por Demurral. Dirigíos a la playa tan rápido como podáis —miró a Rafah, que asía el querubín de oro—. Vete de este país y llévate eso contigo; éste no es su lugar.

—Ven con nosotros, Beadle; tú también puedes venir —dijo Kate, tirándole de la manga.

—No. Me quedaré y hablaré con Demurral. Tengo que cerrar la puerta secreta desde fuera, así que no puedo ir con vosotros. Marchaos ya: no tardará en llegar.

Thomas tornó la espada y la linterna y condujo a los demás a las tinieblas. Beadle empujó la piedra y la puerta se cerró de golpe. Retiró los trozos desprendidos de escayola y, haciendo caso omiso de los pies del glashan, se puso a limpiar la cocina. Cuando escuchó pasos en el pasillo, se preparó para lo que se avecinaba.

Pirateon

Se produjo un largo silencio, sólo roto por el goteo del techo del túnel. La luz de la linterna iluminaba las húmedas paredes de piedra y las losas que formaban el suelo inclinado.

El pasadizo olía a mar, a charcos entre las rocas y peces muertos, mezclado con la humedad del barro fresco. En él retumbaban los pasos y era frío como la muerte. Thomas asió firmemente la linterna y la espada. No quería ser sorprendido. Kate caminaba entre él y Rafah, que le puso una mano cálida en el hombro mientras iba siguiendo al muchacho, mirando hacia atrás en la negrura de vez en cuando.

—Todos en silencio —dijo Thomas lo más bajito posible—. En un túnel como éste el sonido se propaga rápidamente varios kilómetros.

Siguieron a Thomas por la pendiente, esperando que hubiese tomado la dirección correcta. Él sabía que, siempre que fuese cuesta abajo, acabarían saliendo bien al acantilado, bien a la playa. Si se topaban con el acantilado, estarían a salvo. Si llegaban a la playa en marea alta, quedarían atrapados en la cueva sin otra forma de escapar que esperar a que se retirase el mar.

Thomas lo sabía bien. Pocos años antes, le había sucedido. Consiguió escalar a la cúspide de una roca que sobresalía en el acantilado y allí se quedó varias horas interminables, mientras una ola tras otra parecían acercarse a él para arrastrarlo consigo al fondo del mar.

Aquél fue el día en que encontró el túnel de la vicaría y también su primer barril de brandy oculto en las rocas a la orilla del mar. Desde entonces había sido un visitante frecuente, de día y de noche. Iba remando desde la playa hasta un barco alejado de la costa y volvía, después se introducía en el túnel con baúles llenos de té, seda y un remedio para caballeros, un espeso líquido verde en unas botellas oscuras que olía a gato muerto. Su padre le contó que se hacía con ajenjo y que te podía volver loco. Aquello, según le habían dicho, era la bebida favorita de Demurral.

En el túnel se oía el ruido del mar procedente de más abajo. Se detuvieron y escucharon. A Kate le pareció oír el arrastrar de botas en la piedra húmeda. No se atrevió a hablar pero dio un golpecito a Thomas en el hombro, y en la penumbra se señaló los pies y después el pasadizo.

Éste asintió. Él también había oído ruido de pisadas a lo lejos, en la oscuridad. Les indicó que caminasen lo más silenciosamente posible. Mientras abría paso, iba examinando el suelo por si algo podía hacer ruido. No dejaba de pensar en la criatura que había matado. Se sentía orgulloso pero también asustado. Luchó contra la imagen que había tenido del rey; parecía muy real, como si de veras hubiera estado a las puertas del Cielo. Era más que un sueño. Si el glashan era real, vendrían otros detrás de él. Sabía que buscaban a Rafah y al querubín. Thomas meditó sobre ello y se preguntó si su lealtad hacia Rafah sería más grande que el miedo a la muerte.

Un ruido metálico en la piedra que lanzó un eco por todo el túnel los hizo detenerse en seco. No tenían donde esconderse. El que lo había provocado se acercaba a ellos. A lo lejos podían ver la luz de una linterna reflejándose en las paredes mojadas. Thomas enseguida redujo la mecha de la suya hasta dejarla reducida a un mero resplandor y luego la tapó con la chaqueta. Estaban sumidos en una oscuridad total. La luz que se acercaba a ellos brillaba cada vez más. La criatura jadeaba y resoplaba mientras subía la pendiente del túnel. De vez en cuando tosía y escupía, casi dando arcadas en la penumbra.

Thomas blandió la espada, listo para atacar, apoyándose en la pared del túnel. Notó las marcas en la roca donde habían horadado en la piedra maciza. La bestia subía arrastrándose por el suelo haciendo el ruido de varios pies avanzando con fuerza sobre la roca húmeda.

Kate contuvo el aliento, sin saber lo que sería. Se apretujó contra la pared del túnel, como si intentara encontrar un resquicio o grieta por los que desaparecer. Rafah estaba de espaldas dirigiéndose calladamente a Riatamus.

El brillo de la lámpara de la criatura se acercó mucho y de pronto giró a la derecha. Había entrado por el pasadizo que se dirigía a la puerta del sótano. Thomas oyó que las toses y los jadeos se alejaban. Confundiéndose con el alivio enorme de que la criatura hubiera cambiado de dirección antes de toparse con ellos, sentían un terror que los rodeaba como manos invisibles que se apoderasen de sus pensamientos, un pavor aumentado por el olor del túnel, la humedad penetrante y el eco largo y estridente de cada pisada.

Esperaron lo que pareció una eternidad y luego Thomas extrajo la linterna del abrigo, aumentó la mecha y emprendió la marcha por el túnel. Sabía que no tardarían en salir de la oscuridad y llegar al aire fresco del acantilado de las Bestias.

Una franja de luz se hizo visible a unos cien metros. Era la salida del pasadizo. El resplandor rojizo de la nube se fundía con la dorada luz del sol formando un hermoso brillo amarillo y ocre que se reflejaba en las paredes. Aquello les procuró una sensación de alivio y apretaron el paso, con ganas de llegar cuanto antes. Rafah asía fuertemente el querubín; en su fuero interno creía que existía una posibilidad de devolverlo al templo. Había viajado muy lejos, y allí, en un país que se suponía civilizado, había hallado hostilidad, odio e ignorancia. Se había encontrado con gentes que, detrás de una profesión de fe, seguían creyendo en el poder de los espíritus. Gentes que seguían apegadas a los viejos dioses pero vistiéndolos con un traje nuevo; dándoles nombres distintos, pero creyendo todavía en su poder.

Entonces oyeron que las toses ahogadas se acercaban cada vez más. Rafah se dio la vuelta y, para su consternación, vio la luz de una lámpara que volvía por el túnel. Thomas miró a la entrada y, recortándose contra la luz, vio la figura de un hombre alto con la espada en ristre. Estaban atrapados.

Por atrás les llegaron unas voces masculinas que se aproximaban. Thomas miró hacia atrás y luego a la entrada. No se le ocurría cómo podrían escapar. Kate lo agarró del hombro:

—¿Qué hacemos? —preguntó desesperadamente.

—Nos han atrapado —contestó Thomas—. Lo único que podemos hacer es pelear o rendirnos.

—Hay otra posibilidad —dijo Rafah, sacando el querubín de su abrigo.

—Puedes guardar eso —bramó una voz desde la entrada—. No nos va hacer falta que nos ayude ese Dios tuyo —era Jacob Crane.

Detrás, los estornudos se hicieron más fuertes; se acercaban Skerry y Blythe. Éste arrastraba cansinamente los pies al andar y retumbaban en el túnel, amplificados por las frías paredes de piedra y sus imaginaciones.

—Hemos venido a buscaros —dijo Blythe jadeando, mientras se acercaban en la luz tenue—. El capitán Crane venía a liberaros, pero parece que lo habéis hecho solos.

Siguieron a Thomas hasta la salida del túnel. Crane esperó apoyado en la pared y agarrándose el hombro herido. Veía la expresión de enfado de Kate, y sabía que enseguida arremetería contra él con duras palabras.

—Nos abandonasteis —exclamó la muchacha—. ¡Para que nos mataran en la torre!

—Os dejé para ganar tiempo, y es una suerte que lo hiciera. Llegaron el capitán Farrell y los dragones. El viejo bribón me había vendido a Farrell. Si no me hubiera apresurado, ahora estaría encadenado, de camino a la horca de York —se señaló la mejilla—. Tengo asuntos pendientes con el capitán Farrell. El plan era dejaros aquí hasta esta noche y recogeros entonces. He ordenado que mi barco descargue una andanada contra la vicaría esta noche, cuando el párroco se esté sentando y se disponga a cenar.

—Hay algo que deberíais saber —interrumpió Rafah—. Hay unas criaturas que ha soltado Demurral. También quieren el querubín.

—Una de ellas intentó matarnos en la casa —apostilló Thomas.

—¿Y qué son esas criaturas, jovenzuelo? —preguntó Crane—. En los últimos dos días he visto muchas cosas que no comprendo.

—Son los glashan, serubines caídos y seguidores de Pirateon. Pretenden apoderarse del querubín y declarar la guerra a Riatamus. Los Cielos y la Tierra corren grave peligro. Demurral está siendo utilizado por ellos y no creo que él siquiera sepa que existen —dijo Rafah.

—¿Cómo los puedo reconocer? ¿Se les puede dar muerte? —preguntó Crane.

—Tienen unos ojos verdes como los de un gato, y cambian de forma —explicó el joven—. Parecen personas. El único modo de desenmascararlos es a través de los ojos. Si uno tiene fe, los puede destruir; si no, será vencido.

Crane se sacó la pistola del cinto y apuntó a Rafah:

—¿Pueden recibir una bala de plomo y seguir vivos? ¿Aguantan una herida de alfanje sin sangrar? —preguntó.

—Así es —contestó Rafah—. Ésas son armas de este mundo. Hace falta algo mucho más poderoso que plomo o metal fabricado por el hombre, es necesario aquello que procede de Riatamus y que es invisible.

—¿Un golpe directo en su nombre? —preguntó Thomas.

—Sí, en su nombre —corroboró Rafah.

—Me confundís —dijo Crane—. Me enfrentaré a esos glashan con lo que conozco. Si no basta, entonces moriré. Vosotros podéis enfrentaros a ellos con vuestros acertijos y veremos quién gana —bajó la pistola y miró a Rafah—. Sé que debo ayudarte a escapar. Desde que llegaste el mundo ha cambiado. Quizá cuando te hayas ido las cosas vuelvan a su cauce y así podré seguir con mis asuntos.

—Si no detenemos a los glashan y a Pirateon, no habrá mundo en el que seguir con vuestros asuntos. Lo que debéis entender es que Demurral ha abierto las puertas de la Gran Captura. Los glashan son libres de nuevo; se apoderarán de este mundo y después atacarán a Riatamus —miró los rostros de quienes lo rodeaban. Bajo el resplandor de la lámpara, lo miraban como si hablase en un idioma extranjero, como si fuesen incapaces de entender lo que decía—. Existen dos mundos: uno visible, el otro invisible. En este mundo rigen el tiempo, la salida del sol, las estrellas y las mareas. En el otro nos hallamos más allá del tiempo: el presente, el pasado y el futuro son lo mismo. Una oración de hoy puede afectar a un acontecimiento del ayer; una maldición de mañana puede ser como una flecha disparada al pasado. Pirateon quiere abolir todo eso.

—Eso es lo que me dijo Demurral, que quiere controlar los elementos —exclamó Crane, llevándose la mano a la herida, que cada vez le dolía más.

—Estáis herido —se alertó Rafah—. Tenéis que curaros para la batalla que se avecina.

—Lo que me hace falta es una jarra de ron y una cama blandita —respondió Crane.

Rafah no le hizo caso y le puso la mano en la frente. Cerró los ojos y guardó silencio varios minutos; luego empezó a hablar en bajito para sus adentros. Crane sintió un calor intenso que manaba de la mano del joven y le recorría el cuerpo. Empezó a temblar; el calor hacía que le ardieran los nervios y que le vibraran los tendones. Sintió como si estuviera debajo de una catarata cálida que se precipitaba sobre su cuerpo, purificando y limpiando todo pensamiento y deseo. Instintivamente, se llevó una mano protectora a la herida, para descubrir sorprendido que el dolor había desaparecido. Se abrió la camisa para examinarla y sólo vio piel sana y tersa. Para un hombre de acción, sin respeto por las ideas o teorías elaboradas, era como si aquello que había considerado imposible estuviera llamándolo, poniendo su mundo del revés. Buscó una explicación pero no la halló, y lo invadió una sensación de pánico. La locura estaba más cerca de lo que creía.

Aquellos pensamientos incómodos, sin embargo, pronto abandonaron su mente, pues, antes de que ninguno pudiera hablar, una corriente repentina recorrió el túnel. A lo lejos oyeron el sonoro ruido de una pesada puerta de metal cerrándose.

—Tenemos poco tiempo —dijo Rafah—. Todos habéis visto algo de este otro mundo. Tenéis que decidir de qué lado queréis combatir. Si no estáis con Riatamus, estáis contra él; no existe la neutralidad en los reinos del Cielo y el Infierno.

—Nunca creí que me fueran a pedir que luchara por Dios. ¿No puede apañárselas solo? —preguntó Crane.

—No creáis que nos va a dejar indefensos. Nos ha enviado a alguien que luchará con nosotros, codo con codo, en lo más encarnizado de la batalla. Él estará a nuestro lado y los serubines lucharán en aquellos ámbitos invisibles para nosotros.

—Bien, muchacho —dijo Crane—; o estás loco, o este mundo ha cambiado de pies a cabeza. Hace dos días te hubiera metido en un manicomio por hablar así, pero ahora estoy seguro de que debe de haber un ápice de verdad en lo que dices. Sólo podemos luchar contra aquello que vemos. Tendrás que mostrarnos lo invisible, nuestros ojos están ciegos a eso de lo que hablas, y mi alma se ha vuelto indiferente a Dios por tantos años de peleas y robos.

El ruido de unos pasos acompasados retumbó en el túnel. Producían un eco cada vez más fuerte, superponiéndose entre ellos, atronando en el pasadizo.

—Son dragones —dijo Crane—. Rápido, al bosque.

—Ése es el lugar de los varrigales —repuso Kate—. Puede que hayan vuelto.

—Sean quienes sean, no pueden detenernos: tenemos tres pistolas, un barril de pólvora y dos espadas. Suficiente para enfrentarnos a 20 dragones —dijo Crane—. Ahora, en marcha. Al bosque. Nos esconderemos allí y dejaremos una sorpresita para los que nos siguen.

Thomas fue el primero en salir del túnel e internarse en el bosque. En el claro se respiraba frescura. El rocío perlaba las briznas de hierba y los árboles tapaban la entrada como una tupida cortina verde. Se detuvo junto al acebo y contempló el follaje; no vio a nadie. Hizo un gesto a los demás para que lo siguieran. Crane se quedó en la entrada del túnel y escondió el barril de pólvora entre unos árboles cuyas raíces entraban y salían de la roca. Tomó un pedazo de mecha previamente empapado con aceite de la lámpara y recubierto con limaduras de hierro y pólvora negra, y se alejó corriendo del barril hasta el tocón de un árbol situado a varios metros de la entrada.

El sonido rítmico de las pisadas se acercaba cada vez más.

—No queda mucho —la voz le resultaba familiar a Crane—. Sacad las pistolas. Pueden estar en cualquier lado —las palabras resonaron en el pasadizo.

El contrabandista sonrió. "El capitán Farrell...," se dijo. Si pudiera ajustar el momento de la explosión, sería de lo más adecuado que el túnel le saltara en la cabeza. Hizo una seña a los demás para que se pusieran a resguardo. Thomas, Kate y Rafah corrieron un poco por el camino y se escondieron entre los helechos secos. Podían ver la entrada del túnel detrás del acebo y oír cómo los hombres se aproximaban.

La muchacha vio la primera chaqueta roja que aparecía en el acebo. Se trataba de un hombre bajito con un uniforme que no era de su talla. Éste se tapó los ojos ante el brillo del sol y miró a su alrededor antes de volver a entrar en el túnel.

Después apareció el capitán Farrell, con el sombrero enorme y la pluma ondeando en la brisa. En una mano llevaba una pistola, en la otra un estoque, cuya hoja brillaba fría y limpia bajo la luz. Kate vio que Crane prendía la mecha, que emitió unas chispas azules, chisporroteó y despidió un humo azul oscuro.

Farrell se dio la vuelta para mirar, sin saber qué pasaba. La mecha se consumió enseguida, recorriendo la distancia en cuestión de segundos. Crane corrió a protegerse debajo de un recio roble, aplastándose todo lo posible contra el tronco; el ruido atronador de la explosión se extendió por el bosque.

Farrell cayó hacia atrás sobre las hojas afiladas del acebo y quedó cubierto por grandes porciones de tierra mojada. El estruendo ensordecedor se propagó con una onda expansiva que desgajó las ramas de los árboles y levantó los helechos muertos. La entrada del túnel se había desmoronado por completo por la fuerza de la explosión. Lo único que podía verse era un cráter de barro removido y pizarra que ocupaba el lugar donde había estado la entrada.

Los dragones se habían quedado atrapados en su interior. La única forma con que contaban para salir al exterior era volver a la vicaría. Farrell, ahora separado de sus hombres, yacía sobre un arbusto aplastado, cubierto de polvo. Su traje rojo estaba manchado de barro y el sombrero espléndido con la pluma había desaparecido por completo.

Crane salió de su refugio del roble. En él se habían incrustado trozos de madera y piedra que habían volado como metralla lanzada por la explosión. Se acercó a Farrell y lo miró desde el montículo que se había formado a un lado del cráter. Sacando la pistola del cinto y con la espada en la mano, contempló al capitán, que seguía tirado, atontado por la explosión.

—¡Alto ahí, o se os llevará el diablo! —gritó Crane a Farrell—. Despedíos de los vasos de whisky, querido amigo. Ninguna mano os ayudará —bajó del montículo y se acercó hasta él, que se esforzaba en incorporarse—. No os mováis, aún no he acabado con vos. Esperaba que hubierais muerto en la explosión, pero ahora tendré que encargarme yo de ello —miró a Farrell—. ¿Qué preferís, la pistola o la espada? En cualquier caso, prometo procuraros una muerte lo más lenta y prolongada posible.

—Llevaos mi dinero; perdonadme la vida —musitó Farrell con dificultad—. Prometo no seguiros.

—Me quedaré con vuestro dinero y vuestra vida; no hay trato que hacer. Habéis venido a por el muchacho y ahora os he capturado yo —Crane cargó la pistola y se la puso a Farrell en la sien, hundiendo el cañón en la carne—. Despedíos de Jacob. La próxima vez que nos veamos será en el infierno —su dedo se acercó al gatillo.

Una mano se posó en el hombro de Crane. Sorprendido, éste se dio la vuelta y descubrió a Rafah:

—Hay otra manera de hacerlo, capitán Crane; no tiene por qué morir.

—Tú no te metas en esto, muchacho, que es demasiado complicado para que te involucres —repuso Crane—. Va a morir ahora, como debe ser. Si lo suelto, mis hombres pensarán que me estoy volviendo blando. Todos intentarán quitarme el puesto. Si lo mato, sabrán que yo no me ando con chiquitas.

—Así que lo vais a matar para salvar vuestra reputación; ¿qué clase de hombre hace eso? No es un perro al que se puede matar cuando ya no sirve, es un hombre de carne y hueso, como vos y yo —Rafah puso la mano en la pistola—. Después vendrán otros a por vos si lo matáis. Tendréis que matarlos y seguir haciéndolo hasta que acaben con vos.

—Pertenece al cuerpo de los dragones. Sabía a qué se arriesgaba cuando aceptó los chelines del rey. Sabía que algún día podía acabar así. ¿Pensó él en mí cuando intentó rebanarme la cabeza en el bosque? —Crane accionó el percutor de la pistola.

—No tenéis por qué comportaros como él espera. Podéis liberaros de eso. Una palabra amable deshace la ira. Perdonarle la vida no es señal de que seáis débil; muestra que en vuestro poder también hay compasión. Si está compinchado con

Demurral, entonces puede que haya otra forma de conseguir lo que queréis.

—¡Blythe, Skerry! —gritó Crane—. Atadlo, aún está atontado por la explosión y no os dará problemas. Lo dejaremos aquí; no tardarán mucho en encontrarlo —Crane se agachó y miró a Farrell cara a cara—. Os concedo el derecho de vivir. No vayáis contando por ahí que casi me habéis capturado, porque entonces remataré la tarea. Id a decirle a vuestro amo que aumento la apuesta. Quiero la mitad de lo que ha robado a la gente y que se vaya de estos lares para siempre. Decidle que lo deje en oro junto al árbol de los deseos en el páramo Blanco esta medianoche. Si intenta atrapar a cualquiera de mis hombres, mandaré que mi barco bombardee su casa y la haga pedazos. ¿Entendido? —Crane apartó la pistola de la cabeza de Farrell—. Atadlo al espino, aseguraos de que esté incómodo.

Blythe y Skerry arrastraron de rodillas al capitán por el claro hasta el espino. Usando el resto de la mecha, le ataron firmemente los brazos a unas ramas bajas y los pies al tronco. Skerry encontró entonces su sombrero, estropeado y deshecho, y se lo puso en la cabeza a Farrell, tapándole los ojos para que no viera. Crane les hizo un gesto para que se dirigieran en silencio al camino que llevaba a la playa.

Al cabo de unos minutos estaban en el barrizal desde el que se veía la playa. La marea estaba baja y una amplia superficie de arena se extendía a lo lejos. Al otro lado de la bahía podían ver por dónde se había derrumbado el acantilado. Esparcidos por la playa y mezclados con el barro, la tierra y la piedra, yacían los restos de las casas y tiendas de King Street, que se había venido abajo. El barco de Crane estaba anclado en la bahía. Dos millas de arena los separaban de la seguridad de la nave y de la huida hacia la libertad para Rafah y el querubín.

—Si vamos por la playa, Demurral nos podrá descubrir durante todo el camino —dijo prudentemente Crane—. Si nos separamos, tendremos más posibilidades de llegar —se dirigió a Thomas—: Tú lleva al muchacho al molino de Reuben, y yo iré a buscar el barco. Martin debería haber llegado ya. Zarpamos a las seis en punto; no puedo esperar —señaló un camino lleno de surcos que tomaban los mineros para llevar el alumbre a los barcos que amarraban en la costa y que de ahí lo llevaban a Londres—. Id por ese camino, no os acerquéis a la mina y llegad lo más deprisa posible. Reuben os llevará al barco. Yo traeré por aquí a mi tripulación; no deberíamos tardar más de una hora. Buena suerte.

—No creo en la suerte —dijo Rafah—. Deja muchas cosas al azar.

Dicho esto, los tres se dirigieron al empinado camino que iba de la playa al bosque. Thomas se dio la vuelta y vio cómo Crane y sus dos hombres avanzaban por la arena, lo más cerca posible del alto acantilado, para que no los vieran Demurral ni los dragones.

En el bosque, el capitán Farrell seguía atado al espino de pies y manos. Notó que alguien andaba cerca. El sombrero que le tapaba los ojos le impedía ver. Oyó una pisada que quebraba una ramita, una mano que se le posaba en el hombro, un aliento cálido que le acariciaba el cuello.

—¿Quién sois? ¿Quién me tortura con sus juegos? —gruñó, enfadado por su captura y su humillación.

—Soy yo —dijo una suave voz femenina—, aquella que amáis y a la que abandonasteis tanto tiempo atrás.

—Elizabeth, ¿sois vos? —preguntó, sin saber si soñaba—. Si sois vos, quitadme el sombrero para que pueda veros la cara.

—Si insistís... —dijo la voz, más suave y adorable que antes. Notó que unos dedos largos y calientes le acariciaban el cuello.

Le retiraron el sombrero de la cabeza y abrió los ojos para mirar. Asustado, dio un grito repentino, agudo y largo. Delante de él, vestido de cuero negro de pies a cabeza, había un glashan, con los largos cabellos blancos y la barba ondeando en la brisa de la mañana.

—Ay, capitán Farrell —dijo dulcemente, con la voz de Elizabeth—. Cuánto me alegro de veros.

El glashan rió y le propinó una bofetada.

—Seres humanos, mugre humana —gruñó entre dientes de oro—. Qué podredumbre. Miraos, dominado por la codicia y la lujuria, tan confundido que ni siquiera sabéis lo que sentís. Sois un esclavo de vuestras ansias de poseer cosas que no sirven para nada y, al final, tenéis que abandonarlas cuando la muerte os besa suavemente y os recoge en su seno.

La criatura agarró a Farrell de las orejas y lo miró fijamente con sus ojos felinos.

—Vos, amigo mío, seréis empleado para lo que mejor servís —chasqueó los dedos largos y finos, e hizo aparecer a la figurilla agazapada de un dunamez, que rascaba la tierra del bosque como un cerdo salvaje, dando saltos de emoción.

—Tranquilo, enseguida será tuyo —dijo el glashan al dunamez, que jadeaba impaciente—. Disfrutemos de lo que nos disponemos a hacer. No podemos meter prisa al capitán Farrell, quien querrá verlo todo.

Entonces el glashan dio un paso atrás e indicó al dunamez que se acercara. Antes de que Farrell pudiera gritar, se le había metido en el cuerpo dejándolo sin respiración. Lo invadió el hedor de su aliento mientras la criatura se expandía dentro de él.

El Roble Retorcido

La luz de la nube penetraba lo más hondo del bosque propinando un brillo extraño a las hojas caídas esparcidas por el suelo. Formaba dibujos oscuros e irregulares en la tierra, proporcianado la impresión de que luchaba contra el sol por proyectar sombras más negras.

Thomas, Kate y Rafah avanzaban por el camino, con el único ruido de las hojas secas bajo sus pies. Thomas asía la espada en la mano. Rafah apretaba firmemente el querubín debajo del abrigo. Le parecía que su recuperación había sido demasiado fácil: las fuerzas que ansiaban su poder lo habían dejado marchar sin que se derramara una gota de sangre.

Kate vigilaba, escudriñando entre los árboles el menor rastro de las criaturas que los habían perseguido en el mismo camino. Pasaron al lado del árbol en el que el varrigal los había atacado, y vio la honda incisión de la espada en el tronco donde había intentado matar a Thomas. El árbol había empezado a pudrirse, el tronco se había convertido en una pulpa blanda que manaba del corte y se extendía como la gangrena. Torcido e inclinado, parecía estar fundiéndose mientras la podredumbre corría todas sus fibras. Un olor desagradable inundaba la atmósfera. Se taparon la boca con la mano y pasaron deprisa.

—Eso te podía haber sucedido a ti —dijo Kate a Thomas.

—Debe de ser algo en el metal de la espada —respondió éste, mirándola, con ganas de desembarazarse de ella. No le parecía correcto llevarla, como si tuviera unos poderes de los que él no debiera participar.

—Es la criatura la causante del mal —dijo Rafah—. Donde hay vida la transforma en muerte, la fertilidad la convierte en esterilidad, y donde hay luz, emerge la oscuridad. Es un reflejo de Pirateon. Las criaturas sólo pueden seguir sus designios.

—¿Y Demurral? Él cree que puede controlarlas —exclamó Thomas.

—Es como si las tuviera prestadas. Las puede utilizar, pero no le pertenecen. Le han hecho creer que él detenta el poder, pero en realidad también es un títere. Las personas que usan esas fuerzas no llegan a comprender la energía real que se esconde tras ellas —dijo Rafah—. Creen que son los amos, pero en realidad no tardan en convertirse en esclavos. Pirateon les da lo que quieren... hasta que los quiere él.

—Pero yo pensaba que Demurral era un hombre de Dios —interrumpió Kate—. ¿Cómo puede olvidarse de eso?

—Es muy fácil. Muchas personas toman el camino correcto, pero después la avaricia o la envidia empiezan a corroerles el corazón. Antes de que transcurra mucho tiempo, las cosas de este mundo se les imponen y se alejan del punto de partida. El poder siempre ha sido más ansiado que el amor; sin embargo, el auténtico poder sólo nace cuando encontramos a aquel que nos procura un amor perfecto. Debemos agarrarnos a eso con todas nuestras fuerzas.

Thomas escuchaba a Rafah mientras caminaban. Desde el sendero se veía la bahía. Sabía que le aguardaba un futuro nuevo. No era posible volver a su vida anterior. Pasase lo que pasase, sabía que su vida estaba lejos de allí. Al mirar el mar hacia Baytown, la imagen pareció cambiar. No sabía si era por la luz extraña de la nube o si algo en su interior le había abierto los ojos y le permitía ver de un modo diferente. Estaba entristecido pero animado. Era como si estuviera cambiando, creciendo. Agarró la espada, intentando dar sentido a todo lo que había visto. A la luz del día y al aire libre, el mundo de las tinieblas quedaba muy lejos, pero sabía que, incluso detrás de ese velo de luz, las fuerzas y poderes que ansiaban su destrucción seguían amenazando, aguardando el momento para atacar.

El camino del bosque bajaba por un vallecito; un roble retorcido extendía las ramas como el techo de una gran catedral gótica.

Kate fue la primera en ver al hombre que parecía haber surgido de la nada. Caminaba lentamente delante de ellos con la cabeza gacha. Llevaba un enorme báculo de pastor en la mano derecha y del hombro le colgaba un morral de piel de cabra. Un gran sombrero de fieltro tapaba unos mechones de cabello negro que le caían en largos rizos por la espalda y por la sucia levita gris ribeteada de amarillo que le venía a todas luces grande.

Kate dio un golpecito en el hombro a Thomas y señaló al hombre.

—¿Qué hacemos? —preguntó.

Dejaron de hablar e intentaron decidirlo. Fue Rafah quien propuso la solución:

—Sigamos andando; parece un pastor. Thomas, ten la espada a mano. Si no es un hombre, atácalo y luego salimos corriendo. Kate, adelántate y no aminores el paso.

El hombre se detuvo y se sentó en el tronco de un árbol caído que se encontraba en la larga cuneta que bordeaba el camino. Se retiró el morral del hombro y lo dejó en su regazo. Tenía una piel morena y curtida. Con la mano derecha se enjugó el sudor de la frente.

—No tengáis miedo —les dijo—. No me gusta que me sigan; al menos, por estos bosques. Nunca se sabe quién puede andar detrás.

Thomas intentó ocultar la espada detrás de su espalda; no quería que el hombre viera lo que llevaba.

—Puede que algún día te haga falta, muchacho, no tienes por qué esconderla —gritó el hombre—. ¿Por qué no venís aquí y os sentáis conmigo? Tengo pan recién hecho y pescado en salazón, podéis comer todo lo que queráis.

El hambre hizo que Thomas mirara a los otros y les hiciera un gesto para que lo siguieran. Se acercaron cautelosamente al hombre y Kate se apoyó en el árbol. Thomas se quedó a cierta distancia, con la espada firmemente dispuesta en la mano.

—Los tres parecéis hambrientos —dijo el hombre—. Tened, comed de este pan.

Tomó la hogaza con sus manos grandes y fuertes y la partió en dos, y después en cuatro, dando un trozo a cada uno y quedándose con otro para él.

—¿Queréis pescado? Está muy ahumado y sabe a cuero, pero me han dicho que es muy reconfortante.

Les ofreció un pedacito de pescado. Éste tenía una piel oscura y olía a serrín de roble. Thomas se metió ávidamente un trozo en la boca. Lo mezcló con el pan y formó una masa deliciosamente ahumada que despedía a cada mordisco la fragancia de la madera quemada, la levadura y el pescado.

—Todos parecéis tener hambre. Debéis venir de lejos —dijo el hombre, antes de mirar a Rafah—. Por tu aspecto deduzco que tu recorrido ha sido el más largo. Uno no espera ver a uno como tú por aquí —guardó silencio y esperó que el joven respondiese. El hombre tenía algo familiar, cosa que irritaba a Thomas. Sabía que lo había visto antes, pero no recordaba cuándo ni dónde.

—¿Sois de por aquí? —inquirió el muchacho—. No recuerdo haberos visto antes, pero creo que os conozco.

—Soy pastor y he venido a recoger a algunas de mis ovejas, que se han perdido. Ya me conocéis. Tú eres Thomas Barrick, tu padre era pescador, y tú, jovencita, eres Kate Coglan, hija del recaudador. Veis, os conozco bien a los dos. ¿Adónde vais?

—Vamos a casa de un amigo —respondió Thomas, dándose cuenta de que el hombre había esquivado la pregunta.

—El único amigo que yo tendría en este bosque sería Reuben, el espíritu burlón. Es un buen amigo mío, un hombre en quien se puede confiar. Lo conozco desde que era un niño —aseguró el hombre.

Kate lo miró; no parecía tener más de 30 años. Tenía una mirada joven y azul clara que brillaba en el contorno oscuro de su rostro curtido.

—Os dobla en edad, ¿cómo pudisteis haberlo conocido de niño?

—Verás, Kate... —el pastor hizo una pausa—. Tu abuela tenía razón en lo que dijo cuando murió tu hermano. No es la duración de la vida o el oro de los reyes lo que hace rica a una persona, sino el amor que obtiene en su camino.

Fue como si la muchacha hubiera recibido un golpe súbito y paralizante. Se echó a temblar y cayó sentada sobre el tronco del árbol caído, jadeando de incredulidad. Aquéllas eran las palabras que le decía su abuela todas las noches antes de dormir. Eran las últimas que dijo en vida. Eran palabras íntimas dichas con amor, palabras que habían mantenido a raya a los miedos nocturnos, palabras que Kate había repetido y repetido como una oración. Era inverosímil que el pastor las supiera.

Sentía que se las había robado, que había espiado los momentos más valiosos de su vida. Sin embargo, al mismo tiempo transmitían una sensación contagiosa de amor y le infundían ánimos, como si fueran pronunciadas por primera vez.

—¿Cómo las conocéis? —susurró.

Thomas y Rafah miraron a Kate, pero no comprendieron la importancia de lo dicho.

—¿Y vuestro viaje? ¿Va a ayudaros Reuben? —preguntó el hombre.

—¿Cómo conocéis a Reuben? No podéis ser mayor que él —terció Thomas.

—Conozco mucho de lo que acontece aquí. No tienes más que escuchar el viento o quedarte callado en el bosque para poder oír las voces que hablan. No hay secretos, no se me puede ocultar nada.

Thomas lo contempló, sabiendo que ya se había mirado antes en esos ojos.

—Qué me dices, Thomas, ¿cuándo aprenderás a nadar? No puedes depender de esa mascarilla que llevas, o de este muchacho, para que te rescaten cuando te caigas al mar.

Thomas miró asombrado a Rafah.

—En mi familia no nadamos. Hay que confiar en el barco. ¿Cómo sabéis que mi amigo me sacó del mar? ¿Fuisteis vos quien me tirasteis? —preguntó Thomas, airado.

—Eres igual que tu bisabuelo; tenía un carácter fuerte como el tuyo. Me conoció antes de morir. Me llamó y estuve junto a él... Eres un Barrick de los pies a la cabeza —dijo el hombre.

—¿Cómo iba a llamaros? Estaba a 10 millas de la costa en medio de una tormenta. No lo encontraron, sólo nos trajeron el bote vacío —Thomas estaba muy enfadado. Aquel hombre era capaz de mostrarle cualquier momento de su vida.

Rafah lo observaba mientras tanto sin decir nada. A él también le resultaba familiar en algo, algo que ya había visto u oído. El hombre tenía una piel morena que parecía curtida por años de esfuerzos bajo el sol. Alrededor de los ojos le surcaban un sinfín de arrugas que evidenciaban horas de alegría; su amplia sonrisa dejaba ver unos dientes blancos que lanzaban destellos cuando hablaba.

El hombre partió otro trozo de pan y se lo entregó a Rafah.

—Pareces hambriento, y lejos de tu hogar. Lo que te ha traído hasta aquí debe de ser importante para ti —dijo.

—Es mucho más importante de lo que algunos comprenderán o sabrán jamás —repuso el joven. El hombre rió.

—Quieres servir a tu señor con toda tu alma, ¿verdad? —miró a Rafah, que trataba de ocultar mejor el querubín con la chaqueta—. ¿Qué tienes ahí? —preguntó.

—Nada —replicó Rafah, dando rápidamente un paso atrás—. Nada importante —el ojo perlado del querubín resplandeció bajo la luz del sol.

—¿Y ésa es tu recompensa? —preguntó el hombre.

—Mi recompensa es mucho más valiosa —contestó el joven, alejándose otro paso del hombre.

—¿Tienes miedo de que te lo arrebate, de que te lo quite como un vulgar ladrón? —preguntó el hombre—. Míos son los rebaños de mil laderas, ni siquiera Salomón en toda su gloria tuvo la riqueza que yo poseo.

—¿Salomón? —Rafah miró al hombre, sin estar seguro de haberle oído bien.

—Salomón —respondió enseguida el pastor—. El gran rey, el que construyó el templo para depositar eso que llevas.

Rafah se quedó atónito.

—Ya sabes quién es Salomón, tu pueblo desciende de él. Vuestra misión es preservar del mundo esa criatura que tan fuertemente aprietas. Habéis conseguido salvar al querubín de aquellos que lo emplearían para obrar el mal.

Rafah, Thomas y Kate se quedaron mirando al hombre. En ese preciso instante se dieron cuenta de que estaban en presencia de alguien poderoso e imponente que, sin embargo, se había presentado a ellos con los harapos de un pobre pastor.

—Vos sois... —Rafah apenas podía hablar.

—YO SOY EL QUE SOY. No necesitáis saber más. Debéis iros a toda prisa de aquí, pero no vayáis al molino. Id hacia el norte, al puerto. Allí hallaréis una iglesia en la cima del acantilado. Dirigíos a ella. Es importante que lleguéis antes de la medianoche de mañana. En ese pueblo encontraréis a un hombre que me conoce y que os embarcará en un navío a Francia. No dejéis de confiar en mí: enviaré a los serubines cuando hagan falta.

El suelo en el que se apoyaba empezó a resplandecer, sus ropajes se transformaron, su aspecto se suavizó y sonrió:

—Siempre estaré con vosotros, hasta el fin de los tiempos —dijo, mientras quedaba envuelto en un remolino de luz dorada que giraba como un millón de finas hebras.

De la nada, un viento furioso empezó a soplar desde el mar. Los árboles del bosque chocaron unos contra otros como si fueran leños y las ramas salieron volando. El viento arremolinado levantó la hojarasca del suelo y formó con ella un torbellino impenetrable. Las hojas los golpearon en la cara, y Thomas se agazapó contra el suelo mientras Rafah y Kate se apretujaban en un resquicio entre el tronco del árbol y la tierra fértil.

El sonido de las ramas quebrándose, partiéndose y desgajándose lo invadió todo. El impacto de la madera sobre la madera retumbó en el bosque. Entre las ramas más altas salían lenguas de fuego azul y rojo que lanzaban destellos y chispas cuando éstas chocaban. El estruendo del torbellino, las llamas y los golpes era ensordecedor.

Thomas levantó la vista, y el polvo y los troncos lo golpearon. Intentó mirar al hombre, que se hallaba en el ojo del huracán, completamente transformado. Ya no llevaba ropas de pastor. Su vestimenta refulgía como la plata brillante, su rostro era tan radiante como el mismo sol. Thomas tuvo que retirar los ojos de aquella luz; a los pocos instantes, lo único que quedaba era el morral de piel de cabra apoyado en un árbol. Reinaba una paz total.

Rafah fue el primero en salir de su refugio del tronco. Apartó las hojas y ramas que el remolino había amontonado sobre él. Kate salió a rastras, respirando con dificultad. Thomas yacía boca abajo en el suelo, y se tapaba la cabeza con las manos para no oír el ruido del viento. Se arrodilló y miró a Rafah y a Kate.

—¿Era...? —preguntó, sin poder terminar la frase.

—Era Riatamus, sé que era él —respondió titubeando Rafah, abrumado por la experiencia.

—¿Cómo puedes estar tan seguro? Podría haber sido una de esas criaturas con otra forma —dijo Kate, quitándose las hojas secas del pelo—. Nos podía haber matado con esa tormenta. ¿Ahora dónde está? ¿Cómo estás tan seguro de que era él?

—Lo sé, no me preguntes por qué. Era su voz, algo en su mirada. Era todo lo que sabía sobre nosotros —respondió Rafah.

—Entonces tendremos que hacer lo que nos ha dicho. Caminar hasta Whitby supone un buen paseo; en dos horas habrá oscurecido y no llegaremos antes de que caiga la noche —aseguró Thomas mientras se ponía en pie.

Kate recogió el morral, que estaba hecho de un solo trozo de piel doblado y una gruesa correa de cuero enlazada de un lado a otro. Miró su interior. Olía a hierba fresca y melaza, canela y pan caliente. Cerró los ojos y respiró ese aroma espléndido. Comenzó a sonreír.

—¿Qué hay dentro? —preguntó Thomas.

La muchacha volvió a mirar en la bolsa, donde había otra pequeña hogaza de pan, varios pedazos más de pescado en salazón envuelto en muselina, unas monedas de oro y un frasquito de plata. Hurgando en el fondo, encontró dos piedras. Cuando las sacó, vio que eran idénticas, del tamaño de un huevo de ganso y completamente transparentes, como el cristal. Tenían la superficie pulida hasta darles brillo y pesaban, para su tamaño, mucho más de lo normal. Se las enseñó a Rafah.

—¿Qué es esto?

—No he visto nunca una cosa semejante —dijo éste, tomando una y estudiándola de cerca—. Si proceden de Riatamus, tendrán algún poder y algún fin. Vuélvelas a meter en la bolsa; es posible que haya ojos mirando; este lugar me da mala espina —oteó el bosque en busca de algún indicio que le dijera si los habían seguido—. Creo que deberíamos proseguir nuestro camino. ¿Por dónde se llega antes?

—Si salimos del bosque, podemos subir al páramo Blanco y de ahí tomar el camino de Whitby —dijo Kate—. Sería mejor evitar Baytown. Nos conoce demasiada gente.

—¿Qué hacemos con el morral? —preguntó Thomas.

—Nos lo llevamos. Contiene todo lo que nos hace falta para el viaje. Nos ha sido entregada por un motivo y tengo la impresión de que no tardaremos en descubrirlo.

22

Seirizim

A la luz de la vela de la mesa de la cocina, Beadle intentaba aliviarse los moratones de la cara con un pequeño trapo húmedo que se había usado para limpiar la grasa del tocino de la sartén. Cada pasada del paño grasiento y sucio le causaba un dolor ardiente en la piel. Había sufrido golpes en la cabeza durante varios minutos, varios minutos largos y dolorosos. Lo habían pegado por extraviar a los prisioneros. Para que Demurral aplacase su ira, lo había golpeado con una sartén y una silla de la cocina y, cuando se rompieron y ya no servían, empleó los pies para castigar a su sirviente.

Beadle se sirvió una gran jarra de la cerveza más fuerte, que tenía al lado como una especie de tazón de sopa fermentada. Tomó la taza y se la llevó cuidadosamente a los labios; la espuma casi sólida le cubrió la nariz. Tomó aire y al mismo tiempo dio un trago de cerveza caliente. Le picó en el interior de la boca y le dejó un regusto en la garganta al tragar. Levantó la vista de la mesa y, con los ojos amoratados y entrecerrados, pudo ver el cuerpo del glashan, todavía desplomado en el vestíbulo. Demurral deambulaba detrás de él, conteniéndose para no pegarlo de nuevo, y conformándose, momentáneamente, con lanzarle exabruptos.

—Hay que ser estúpido para dejar que se fueran. Era importante que estuvieran bajo mi poder —bramó—. Ahora se han ido y se han llevado el querubín. Es todo culpa tuya y pagarás por ello antes de que pase otro día —contempló al hombrecillo—. Tengo pensado cambiarte por él, y usar tu sangre en lugar de la suya. ¿Qué dirías a eso?

—Sería un alivio —musitó Beadle entre dientes.

—¿Qué? ¿Qué has dicho?

—Que sería comprensible. Lo siento muchísimo —dijo el criado implorante.

Le fallaban las fuerzas. La idea de pasar el resto de su vida con aquel hombre lo ponía enfermo. Quería escapar, pero sabía que sólo daría unos pasos antes de que Demurral lo atrapase y terminase con él. Ahora lamentaba no haberse ido con los otros, en busca de una nueva vida. Kate había dicho que tenía la posibilidad de convertirse en otra persona, en alguien muy distinto, mucho mejor.

—Entonces lleva a esa criatura al sótano. Quiero ver qué es —farfulló Demurral.

Beadle se levantó de la mesa, malherido y amoratado, y se acercó a la criatura. Agarrándola por las botas, la arrastró y la hizo descender por las escaleras del sótano. No prestó atención al ruido que hacía mientras la llevaba a rastras por el suelo, ni tampoco vio cómo le subía y bajaba imperceptiblemente el pecho, como si respirara débilmente. Tampoco advirtió el centellear de la mirada del glashan, ni el ligero chasquido de sus dedos.

En el piso de arriba, Demurral avanzaba por el pasillo mascullando para sus adentros, mientras se dirigía hacia la puerta principal para averiguar quién llamaba tan insistentemente. Tomó un bastón recio del perchero para propinar un bastonazo a quien estuviera aporreándola; miró hacia arriba y vio que la talla del cuervo de oro había desaparecido.

—Silencio, hombre. Me estoy dando prisa —exclamó.

Al abrir la puerta, pudo ver al capitán Farrell, con el uniforme desgarrado por la explosión y la cara quemada por la pólvora. Demurral no abrió la boca. Farrell entró renqueante y se dirigió al estudio, donde se desplomó en un sillón junto al fuego.

—Traedme algo de beber... Quiero algo de beber —era el dunamez en su interior el que gritaba—. Un vaso de whisky, como poco.

Demurral salió y volvió con la bebida, y Farrell se llevó la copa a los labios, tomando el líquido de un trago.

—Magnífico —dijo la criatura, intentando usar la voz del capitán—. Llevaba años sin probarlo —añadió, enjugándose la cara con una manga—. Sentaos, párroco, traigo un mensaje para vos.

Demurral se sentó en el sillón de enfrente:

—Veo que el accidente que habéis sufrido no ha mejorado vuestros modales londinenses. Seguís igual de pagado de vos mismo. Por lo que me dijeron vuestros hombres, os creía muerto.

—No tardará en estarlo —dijo el dunamez con su propia voz—. Y vos también, si no me escucháis. Habéis traído un nuevo amanecer al mundo y, bien por vuestros esfuerzos conscientes, bien por vuestra estupidez, habéis hecho posible algo realmente maravilloso. Hemos pasado de la era de Riatamus a la era de Pirateon.

—Farrell, no juguéis con eso. ¿Qué sabéis de Pirateon? ¿Quién os ha hablado de él? —preguntó Demurral.

—Vuestro amigo no puede hablar —dijo el dunamez, riendo—. No puede salir de su interior. Yo lo uso como un abrigo... muy desgastado, por cierto.

—Entonces, criatura, decidme lo que tengáis que decir y salid de él —exigió el reverendo al dunamez.

—¿Que salga de él? Casi parecéis un párroco. Conozco a Riatamus, conozco al querubín, pero Demurral es alguien con un poder ínfimo, otorgado sólo por aquel que controla el mundo. Sois un títere —dijo burlonamente el dunamez—. He venido a por el querubín. He de llevárselo a Pirateon. ¿Dónde está?

—Está cerca —respondió Demurral, reaccionando con rapidez—. Y en buenas manos.

—Entonces traédmelo y os dejaré tranquilo. Hay placeres de la carne de los que quiero disfrutar y sólo puedo hacerlo mientras calzo las botas de Farrell.

Demurral se levantó del sillón y se acercó a la ventana. Miró hacia Baytown; el resplandor de la nube era más intenso que nunca.

—No es tan sencillo. El querubín no está aquí. Siempre quedaba la posibilidad de que lo robasen, así que se lo di a lord Finnesterre de Stregoika Manor. Me ha prometido protegerlo hasta que lo recoja mañana —dijo Demurral, esperando que no se notase que mentía.

—Iréis hoy, y no se hable más —masculló el dunamez entre dientes, casi saliéndose de Farrell por la ira—. Pirateon llegará esta noche y no me gustaría estar en el pellejo del hombre que le haga esperar.

—Pero no sois un hombre, ¿qué clase de criatura sois? —preguntó Demurral, intentando evitar el tema del querubín.

—Una que vive fuera del tiempo, sin morir nunca, sin nunca vivir de veras. Soy un espíritu al que le gusta el abrigo de la carne y la sangre. Hay algo extraordinario en la capacidad de tocar, oler y degustar. Los humanos no sabéis cuán magníficamente estáis creados, no reparáis en esas cosas. Yo sólo puedo conocerlas cuando vivo dentro de uno de vosotros —calló y miró a Demurral—. Y nunca sabréis lo desoladora que puede ser una vida.

—¿Y qué hay de vuestros poderes...? ¿Qué podéis hacer? —preguntó el párroco.

—¿Sólo pensáis en el poder? El poder se lo dejo a los demás; lo único que anhelo es vivir las maravillas de este mundo, comer y beber y tener junto a mí... —la criatura dejó de hablar y, girando la cabeza de Farrell, aguzó el oído—: Creo que vuestro sirviente os llama.

—No oigo nada... —aseguró Demurral.

—Está en el sótano, le oigo chillar. Creo que está a punto de morir —dijo el dunamez con gran tranquilidad.

Demurral salió apresuradamente de la habitación, seguido de Farrell, que andaba a paso lento mientras la criatura admiraba el pasillo.

Se oyeron unos gritos ahogados que salían de la puerta del sótano. Era Beadle. A gran velocidad, el párroco bajó las escaleras y golpeó la puerta cerrada.

—Déjame entrar, diantre. ¿Qué sucede? —gritó, mientras aporreaba la puerta. Nadie respondió, sólo llegaron desde el interior unos gruñidos ahogados.

Demurral dio una patada al cerrojo, que salió despedido, y contempló la negrura del sótano. Notaba otra presencia aparte de la de su criado. En la oscuridad, lo oía gemir y quejarse, pero sabía que había alguien más, y muy cerca.

—Sal o sacaré la espada e iré a por ti —mintió el reverendo, intentando que se descubriera el que se ocultaba en la habitación oscura.

De la penumbra, salió volando una caja de brandy que le dio en el pecho, haciéndolo caer a los pies del dunamez de Farrell. La criatura lo miró con calma:

—Yo no entraría ahí si fuera vos. Siempre podéis conseguir otro sirviente —dijo.

—Pero pueden matarlo —repuso Demurral, poniéndose en pie.

—En ese caso, tomad mi espada —dijo la criatura, tendiéndole el estoque de Farrell—. Tened cuidado, no vayáis a cortaros —añadió sarcásticamente.

Demurral entró con cautela en la habitación negra como el azabache. Oía cómo Beadle sollozaba a su izquierda. Recorrió el sótano con la mirada intentando ver en la oscuridad. Delante de él sabía que estaba la puerta del túnel, y junto a las paredes, apilados cajas y barriles de artículos de contrabando. A su derecha se produjo el ruido súbito de algo que raspaba la pared de piedra. Como un gato gigante, un ser vestido de negro surgió de una esquina de la habitación. Agarró a Demurral de las orejas y lo tiró al suelo; éste cayó y soltó la espada, que salió despedida dando vueltas por las losas hasta el otro extremo de la sala.

Farrell miró desde la seguridad de la puerta cómo la criatura asía a Demurral de la cabeza y lo levantaba del suelo, con unos ojos felinos que centelleaban en la oscuridad. El párroco agarró al espectro e intentó zafarse de él. Lo lanzó por los aires y cayó en las escaleras. La puerta metálica del sótano se abrió y la criatura desapareció; el ruido de sus pasos retumbó en las húmedas tinieblas del túnel.

El camino de Whitby salía serpenteando del cobijo del bosque y se introducía en el páramo Blanco, salvaje y luminoso. Expuestos a los elementos, caminaron muy cansados con la cabeza gacha frente al viento por el sendero, entre tupidas matas de brezo. El sol de la tarde se desvanecía por el oeste, haciendo que la luz de la nube que se alzaba sobre el mar por el este pareciese aún más brillante.

Muy por debajo de ellos podían ver Baytown colgando del acantilado mientras la marea alta se llevaba los escombros del derrumbamiento de tierras. En la bahía, el barco se preparaba para zarpar. Cada uno de los tres mástiles tenía un farol en la base, como tres estrellas que brillaban en un mar negro.

Entonces, por el oeste, del cielo límpido cayó un repentino e intenso chaparrón de granizo, que se rompía golpeando en las rocas. Se oyó cómo las piedras de hielo se deshacían en las ramas de los árboles y cómo rebotaban en el camino. Los tres fueron acribillados, y Thomas cayó al suelo.

Kate y Rafah lo pusieron en pie y se lo llevaron bajo una gran roca. Allí se cobijaron para protegerse del azote gélido, mientras la tormenta cobraba intensidad.

—Tendremos que salir del páramo —gritó Kate, intentando que se le oyera entre el ruido de la tormenta y los golpes del granizo—. Hay una casa allá en el valle, veo las luces... Podríamos escondernos en el granero... No llegaremos a Whitby antes del anochecer.

Corrieron por el sendero que salía del páramo sin perder de vista las luces de la casa. A Thomas lo invadió una creciente sensación de inquietud. Ya había estado una vez allí, cuando era pequeño. Era la casa de lord Finnesterre.

Escampó y la nube brilló más que la luna mientras salvaban corriendo los últimos pasos hasta la entrada de Stregoika Manor. Era una mansión hermosa, grande, sobrecogedora, con siete chimeneas que se alzaban en el cielo. De ellas salían unas volutas de humo y, en la ventana que daba a los prados del jardín, brillaba una vela roja. En uno de ellos había una piedra alta que parecía haber surgido del suelo y que doblaba en tamaño a un hombre. Era como un pilar antiguo, la señal de un pueblo olvidado.

La mansión estaba construida con sillares y de lado parecían tres casas unidas en una, que las generaciones sucesivas habían ido ampliado al mismo tiempo que su riqueza. Tres de los lados estaban rodeados de árboles, pero por el este daba al mar y al páramo. Desde la puerta de entrada se tenía una vista completa sin obstáculos de la vicaría y la mina, cinco millas al sur. El jardín de la casa estaba lleno de piedras de granizo blancas que se derretían. Reinaba un silencio fantasmal, ni siquiera roto por el canto de un pájaro. El resplandor de la nube había cambiado del rojo a un verde apagado, y por el sur, en alta mar, la luna llena atisbaba el horizonte. Mientras se acercaban a la puerta, Thomas tiró de la manga del abrigo de Rafah:

—No sé si hacemos bien. Mi padre me contó historias de esta casa. Decía que no era un sitio recomendable —miró a su amiga—. Tú lo sabes, ¿verdad, Kate?

—Yo sólo sé que no me vendría mal una cama calentita. Únicamente pediremos permiso para dormir en el establo, y por la mañana nos marchamos a Whitby —respondió fríamente.

—Tendríamos que haber hecho caso a Crane y haber ido al molino, y de ahí al barco. Ya habría acabado todo y habríamos salido de este sitio —Thomas empezaba a dudar de que Riatamus se les hubiese aparecido de veras. Se preguntaba si no los habría engañado un espíritu del bosque, si no habría sido una ensoñación colectiva—. Tengo un mal presentimiento, Kate. Nos quedamos en la puerta; ve tú y pide a su alteza alojamiento en los establos.

Thomas y Rafah fueron a la entrada. Éste se agachó junto a la puerta de piedra y pareció esconder algo en un hueco de la pared seca. Kate se acercó al gran portón de madera que protegía la entrada de Stregoika Manor. Era enorme y estaba tachonado de grandes clavos negros hundidos en la madera. Tenía un pomo de latón y, en la mitad, había una aldaba enorme con la forma de una cabeza de cabra.

Extendió la mano, agarró el llamador y dio tres fuertes golpes que resonaron en el silencio. Kate esperó. Entonces oyó que alguien caminaba sobre las baldosas del suelo con unas botas pesadas. La puerta se abrió lentamente y delante de ella apareció un hombrecillo de rostro rubicundo, patillas blancas y una sonrisa amplísima y amistosa. Llevaba unos bombachos a la moda, un abrigo de caza rojo y botas de montar negras.

—Por Dios, ¿qué haces fuera en una noche como ésta? —dijo, con una voz cálida—. Entra, que vas a pillar un resfriado.

Sonrió amablemente a Kate; le brillaban los ojos a la luz de las velas. De la casa llegaba un olor a café y canela; la muchacha sólo lo había olido una vez, en la posada del Grifo de la plaza del mercado de Whitby. Había probado un poco de la taza de su padre, que estaba allí hablando con el terrateniente; era amargo y grumoso, y le llenó el paladar con el sabor de las galletas quemadas. Aquel día quedó prendada de ese olor fuerte y aromático. Le hacía imaginarse lugares lejanos, era emocionante, embriagador y elegante. El café era una bebida para los ricos, los pensadores, los artistas, y valía su peso en oro. En Stregoika Manor el olor a café la invitó a entrar, transmitiéndole seguridad y comodidad y haciendo desaparecer el menor resquicio de miedo. Miró al hombre a los ojos y supo que al fin había hallado a alguien que los ayudaría.

—Mis amigos están en la puerta. Nos encontramos en un aprieto terrible. Por favor, ¿podemos dormir en vuestro establo esta noche? —dijo al hombre, sin pensárselo dos veces. No se detuvo a preguntarse por qué no había abierto la puerta un ama de llaves u otro sirviente.

—Claro que sí, querida niña, pasa —gritó entonces a Thomas y Rafah—: Pasad y venid con vuestra amiga. Hay sitio al lado del fuego y comida en el horno... Entrad y secaos.

Su voz sonaba amistosa y balsámica. Por el oeste comenzaron a formarse unas nubes negras en el cielo, antes de desplazarse hacia la nube de fuego, casi tragándosela. La luna se esforzaba por resplandecer, pero pronto cubrió el cielo un velo espeso. A regañadientes, Thomas hizo un gesto a Rafah y los dos se dirigieron hacia la puerta de la casa. Fueron recibidos con la misma sonrisa amable y, cuando entraron, el hombre les estrechó la mano dos veces.

—Bienvenidos, bienvenidos a Stregoika Manor. Ésta ha sido la casa de mi familia durante trescientos años. Mis antepasados llegaron aquí procedentes de lejanas regiones del este, de una tierra de montañas y bosques, y aquí llevamos desde entonces —dijo atropelladamente a Rafah, con una voz como los chirridos de una puerta—. Nosotros también fuimos extraños y mi familia siempre dispensa una cálida bienvenida a los desconocidos que llegan —los condujo al vestíbulo grande y recargado—. Excusadme, no me he presentado. Soy lord Finnesterre. ¿Y quiénes sois vosotros? —preguntó, con una radiante sonrisa de dientes blancos.

Kate los presentó uno a uno, temblando, mientras las piedras de granizo fundidas goteaban en el suelo.

—Creo que deberíamos ir a la cocina —sugirió el hombre enseguida—. Allí hay una chimenea y agua caliente para que os lavéis —miró a Rafah—. Nunca había conocido a alguien como tú; deber de venir de lejos y tendrás muchas historias que contar. Cuando os hayáis lavado y comáis, nos sentaremos al lado del fuego y me contaréis de dónde venís y qué hacéis aquí.

Finnesterre los llevó a la cocina. Era una estancia amplia con muros de piedra y una gran chimenea en la que ardía un vivo fuego, que iluminaba la pared y lanzaba chispas, humo y llamas.

—Poneos cerca, os secará por completo —dijo.

Se acercaron al calor, y la humedad se evaporó. Parecía que les ardían las prendas. Thomas miró las llamas que le calentaban la cara y le tiraban de la piel de las mejillas. Tenía hambre, la boca seca, y el olor del café resultaba casi embriagador, hirviendo en el caldero que permanecía suspendido delante de ellos. El recipiente quemado, con su ancha tapa negra, burbujeaba haciendo mucho ruido.

—Me gusta que el café hierva —dijo Finnesterre—. Le da un gusto ahumado.

El caballero iba de acá para allá por la cocina, removiendo cacerolas y poniendo pan en la mesa de roble. Parecía que el señor de la casa solía hacer esas cosas. Aunque la cocina estaba barrida a conciencia y los armarios limpios, no había ni rastro de los sirvientes. Ninguno de los tres prestaba atención a lo que hacía, mientras contemplaban las llamas en silencio, pensando en lo que les había sucedido y en lo que se avecinaba.

Kate dejó volar la imaginación mientras miraba el fuego. La danza de las llamas hizo que su pensamiento saliera de allí y se sumiese en otro mundo. Vio imágenes de calles y casas; la aguja de una gran iglesia se elevaba y luego desaparecía, transformándose en las velas agitadas de un barco. Extendió las manos frías hacia el fuego y notó que una irresistible sensación de sueño le subía por las piernas y le adormecía los músculos.

—Venid a la mesa —dijo la voz animada a sus espaldas—. No es mucho, pero os dará fuerzas —Finnesterre esbozó una sonrisa amable y afectuosa.

En la mesa había una hogaza de pan recién hecho, queso, manzanas y carne fría. Finnesterre depositó un cazo caliente de café y cuatro tazas. Era como un ritual. Colocó las tazas formando un cuadrado perfecto y sirvió el líquido oscuro en cada una. El vapor caliente formó remolinos en la penumbra, como los efluvios del caldero de una bruja. A la luz de las velas, tenía un resplandor fantasmal que le envolvía las manos mientras servía cuidadosamente la bebida.

—¿Es café? —preguntó Kate, quien quería cerciorarse.

—Lo es, querida niña. El café, el chocolate y algún vaso de vino que otro son los únicos pecados que puedo confesar —dijo, sentándose a la mesa.

—Señor —intervino Rafah—, no quiero parecer descortés, pero no puedo tomar esto. No quiero padecer sus efectos.

—Un hombre sensato siempre sabe lo que debe evitar —dijo Finnesterre con gravedad—. Pero no debería imponer sus opiniones a los demás —sonrió entre dientes, mientras acercaba las tazas a Kate y Thomas—. Seguro que vosotros dos queréis probar este maravilloso elixir, ¿verdad? —hizo una pausa—. ¿Qué os trae a Stregoika Manor?

Thomas tomó la taza y se apoyó en la silla de respaldo alto. Nunca había sido muy hablador, pero la calidez del fuego y el café caliente y amargo le aceleraron el pensamiento. Se sentía a gusto con Finnesterre, casi como en casa. Sus miedos se habían desvanecido y en su lugar sentía una necesidad imperiosa de contar todo lo que había pasado a alguien que, según su impresión, estaba dispuesto a escuchar. No notó que la inquietud de Rafah iba en aumento.

Durante los 10 minutos siguientes Thomas le refirió sus aventuras, desde el momento en que habían entrado en el túnel, el querubín, la huida, y la caminata por los páramos.

—¡Válgame Dios! —exclamó Finnesterre—. Y pensar que todo esto ha ocurrido muy cerca de mi casa. ¿Dónde está ahora el querubín? —preguntó, sin mostrar mayor interés.

—Lo he perdido —intervino Rafah, antes de que los otros pudieran hablar—. En el trayecto hasta aquí, se me ha debido de caer en el páramo. Me miré el abrigo en la puerta y ya no estaba. Cuando nos vayamos tendremos que volver a buscarlo.

—No nos lo habías dicho —replicó Kate.

—No ha surgido la ocasión —terció Rafah.

—Bueno, un objeto así no debe andar mucho tiempo extraviado. No conviene que algo con tanto poder vuelva a caer en malas manos —Finnesterre dio una palmada a Thomas en la espalda—. Eres un chico valiente; deberías dormir algo. No consentiré que lo hagáis en el establo, podéis ir a la habitación de los sirvientes, en el último piso. Estoy solo. Desafortunadamente, nadie se queda aquí mucho tiempo; dicen que no les gusta la casa. Venid, tomad una vela y la comida, y os enseñaré vuestro cuarto. Encendí la chimenea cuando supe que ibais a llegar... —se detuvo repentinamente, como si se hubiera ido de la lengua; se levantó y les indicó que lo siguieran.

Cambiaron el calor de la cocina por el frío gélido de las escaleras traseras que llevaban al último piso. En cada rellano había un pasillo que conducía a las habitaciones, que tenían una llave en las cerraduras. Finnesterre siguió subiendo hasta que llegó a la altura del tejado. El viento silbaba en las baldosas de piedra y soplaba, entrando por el techo encalado de cañas, en la habitación alargada y estrecha que constituía las dependencias de la servidumbre. Cuatro camas ocupaban media habitación, dejando poco espacio para moverse. Una alfombra grande cubría el suelo de madera y un vivo fuego ardía en la pequeña chimenea.

—Poneos cómodos. Os veré por la mañana —dijo Finnesterre dirigiéndose hacia la puerta—. No os preocupéis si oís ruidos. Fuera hay búhos y zorros, y a veces emiten sonidos casi humanos. Esta casa cruje y gime, pero no hace daño a nadie —se calló y se apoderó de su rostro una expresión preocupada—. No deberíais salir de la habitación. Yo, en vuestro lugar, no pulularía por los pasillos. Me disgustaría mucho que sufrierais un accidente.

A continuación hizo una cortés reverencia y salió, cerrando la puerta tras de sí. Esperaron hasta que dejaron de oírse sus pisadas bajando por la escalera.

Thomas observó incrédulo las camas. Nunca había dormido en algo tan fabuloso. Las sábanas estaban limpias y en las mantas no había rastro de pulgas que lo picaran mientras dormía. Se dejó caer en el colchón y lo envolvió el placer de la suavidad de las plumas. Poco después, Thomas y Kate estaban en otro mundo, soñando, mientras Rafah, sentado en la cama y bajo la luz de la vela, escuchaba cada sonido, esperando algo que sabía que iba a llegar.

23

El tambor de Lubbock

Crane subió con dificultad a la cubierta del *Magenta*. Las embestidas de la marejada le hacían difícil mantenerse erguido. Se agarró a la barandilla y miró hacia arriba. El barco estaba listo para zarpar. La tripulación tiraba de los cabos y, al lado de la vela mayor, estaban cargando de pólvora el cañón y preparándolo para disparar. El viento hinchaba las velas y la nave se balanceaba, chocando con las olas. Crane lanzó un profundo suspiro; en tierra firme siempre se sentía confinado, casi encadenado, pero en el mar se sentía un hombre libre. Se llevó la mano al bolsillo, sacó una monedita de plata y, con un solo ademán, la tiró al mar.

—Gracias por el anclaje sin incidentes —dijo entre dientes mientras pagaba al Selkie, esperando que el espíritu marino cuidase del barco hasta el regreso—. Atención, muchachos —exclamó—. Pondremos rumbo a la bahía; nos acercaremos todo lo posible al acantilado, y después directos a la acción.

Martin apareció en esos momentos en cubierta y saludó respetuosamente a su capitán.

—¿Han llegado al barco? —preguntó Crane.

—Ni rastro de ellos, capitán. Puse a dos hombres para esperarlos, pero no podemos aguardar más. Tenemos que aprovechar la marea o no saldremos de aquí hasta por la mañana —Martin entró en el camarote de Crane.

—Espero que Demurral no los haya atrapado. Cuando pasemos la bahía nos detendremos y le daremos una buena sorpresa —dijo Crane—. Tendrán que arreglárselas solos.

El *Magenta* subía y bajaba con las olas. El viento en las velas pronto lo impulsó por las aguas y lo alejó de la bahía. Crane podía ver las luces de la vicaría en lontananza, en lo alto de la colina. Más abajo, la chimenea de la mina de alumbre expulsaba un humo oscuro y acre.

Crane y Martin observaron la vicaría desde la puerta del camarote. En su fuero interno, el contrabandista sabía que lo que estaba a punto de hacer lo convertiría en un proscrito para siempre. Sabía que, en cuanto el cañón disparase, él estaría condenado. Farrell se encargaría de ello, y no dudaba de que Demurral mentiría descaradamente. "Pero", pensó Crane, "la satisfacción de hacer explotar la casa desde el acantilado es muy superior al precio de pasar el resto de mi vida alejado de este país". Habría otros puertos, otros países y, quizá, sólo quizá, encontraría lo que andaba buscando.

El capitán recorrió la cubierta con la mirada. A su alrededor sus hombres tiraban trabajosamente de las cuerdas y colocaban el cañón en su sitio.

—Quiero música. No hay nada mejor que una canción y la visión del fuego de un cañón. ¿Dónde están Lubbock y Fingus? —exclamó—. Que vengan aquí inmediatamente esos dos maleantes, quiero música.

Lubbock y Fingus estaban borrachos y sentados en un círculo de sogas, al margen de lo que pasaba. A Lubbock le colgaba del hombro izquierdo una gruesa correa de cuero y en los pies tenía un gran tambor de piel de cerdo que había robado a un dragón. Fingus tenía en el regazo un violín guardado en una bolsa de terciopelo negro. Con el grito del capitán, los dos se pusieron en pie, tambaleantes.

Fingus era un hombrecillo con las piernas muy delgadas y una nariz larga. El violín y el arco chocaron con sus largos pies cuando los sacó; se puso el instrumento debajo de la barbilla y comenzó a tocar. Lubbock tomó el tambor y empezó a marcar un compás, cada vez más rápido. Parte de la tripulación daba palmadas mientras Fingus bailaba y tocaba el violín. Dio unas vueltas, se golpeó contra la puerta del camarote y cayó de rodillas, sin dejar de entonar una melodía estridente a los sones rápidos del tambor de su compañero. Cuando el barco se puso en movimiento, Fingus se fue de un lado a otro, pero no dejó de tocar. La melodía se hizo cada vez más rápida; algunos hombres bailaron, entrelazaron los brazos y dieron vueltas y vueltas. Fingus danzaba en cubierta lo más rápido que podía. Pero Crane no despegaba la vista del acantilado y de la vicaría en lo alto. A un lado del barco dos delfines surgieron entre las olas y dieron un salto en el aire.

El tambor de Lubbock sonó más fuerte y el arco de Fingus recorrió las cuerdas a toda velocidad. Unos chorros de agua empezaron a entrar en cubierta y, al norte, el resplandor traspasó la nube. La música se detuvo súbitamente.

—Listos para disparar —gritó Crane, cuando la vicaría entró en la línea de fuego del pesado cañón. Esperó a que la marejada levantase el lado del barco más cercano al acantilado. El navío se inclinó sobre las olas—. ¡Fuego!

El aire nocturno se llenó del olor de la pólvora quemada. Una luminosa cortina de color rojo salió disparada del cañón traspasando el cielo negro. Se oyó un potente estruendo mientras la bala viajaba por el aire hacia el blanco. Entonces, con una violencia inesperada, el tejado de la vicaría explotó, esparciendo por el aire tejas grises y provocando una onda expansiva en el suelo.

—¡Fuego! —volvió a gritar Crane a los hombres que manejaban el segundo cañón. El disparo rugió en la noche como un puño invisible, e impactó en la pared de la esquina llenando el suelo de ladrillos y piedras.

Entonces se oyó el chasquido del disparo de los mosquetes y se vieron fogonazos, como pequeñas chispas en la cima del acantilado. Las balas cayeron sobre los aparejos del barco como piedras de granizo.

—Id a por los mosquetes —ordenó Crane. Esperó a que se meciese el barco— ¡Fuego!

El primer cañón volvió a rugir, lanzando su carga directamente al grupito de fusileros de la cima del acantilado. Entre las sombras de la luna y la nube, Crane pudo ver cómo la bala daba en el blanco, lanzando por el aire trozos de tierra. Los disparos cesaron por completo.

—Fingus, toca algo alegre, quiero celebrar esto —dijo Crane pausadamente, mientras entraba en el camarote. La tripulación lanzó un "hurra", y Fingus tocó otra melodía al compás del tambor de Lubbock.

El ruido del disparo del cañón retumbó en el valle. En Stregoika Manor, Rafah se incorporó de la cama de un salto y corrió a la ventana. En la lejanía pudo ver el humo y el fuego de la vicaría, que ardía como una vela tenue y roja en la cima de la colina oscura.

—Deprisa —apremió entre susurros a Thomas y Kate—. Hay un incendio en la casa de Demurral.

El muchacho despertó atontado de su sueño y se dirigió dando traspiés hasta la ventana, arrastrando a Kate. Los dos miraron con ojos soñolientos lo que tenían delante.

—¿Qué ha pasado? —preguntó la chica.

—Sea lo que sea, no creo que Demurral esté muy contento. Vendrá a buscarnos, y estamos peligrosamente cerca —respondió Rafah.

—Mirad —exclamó Thomas, señalando de pronto al jardín, al otro lado de la ventana.

Andando entre los árboles y por el prado, se acercaba una larga procesión de negras figuras encapuchadas. Avanzaron éstas hacia el monumento de piedra y formaron un círculo a su alrededor.

Thomas se adentró en la habitación para apagar la vela, y volvió a unirse a los demás en la ventana.

—¿Qué hacen? —preguntó, mientras observaba cómo las figuras se daban las manos y comenzaban a girar alrededor de la piedra en el sentido inverso de las agujas del reloj.

—Son brujos —dijo Rafah—. Caminan en el sentido contrario al sol. Están invocando un poder maligno.

—¿Cómo sabes lo que son? Podrían estar haciendo cualquier cosa —repuso Kate.

—Los he visto muchas veces. Intentan usar la roca como centro de energía. Está muy hundida en la tierra y...

—¿Por qué caminan alrededor de una roca? —interrumpió la muchacha.

—Creen que absorbe de la tierra una energía que pueden emplear; pero Pirateon se está sirviendo de ellos mientras tanto —respondió Rafah.

Vieron cómo el grupo de figuras encapuchadas se ponía a cantar. Comenzaron a caminar más rápido hasta que su paso se convirtió en danza y sus voces cobraron intensidad. Una de ellas dejó de bailar y, tomando un largo palo de madera, se dirigió a la piedra y la golpeó.

"Uno, el viento que sopla del oeste.
Dos, la tierra que nutre la vida.
Tres, el fuego que consume nuestro aliento.
Cuatro, el agua que nos cura.
Cinco, la luna que nos ilumina el camino.
Seis, el sol, la más grande luz.
Siete, el amo a quien invocamos esta noche".

La figura gritaba el conjuro a los cuatro vientos mientras golpeaba la roca con el palo. Después lo tiró al suelo y se alejó de la piedra. El palo empezó a florecer, unos capullos brotaron en su madera vieja y se transformó en un árbol vivo delante de sus ojos. Del tronco salieron unas ramas gruesas, y de éstas, verdes hojas nuevas. Unas flores blancas coronaron las ramas y se tornaron enseguida en pequeñas manzanas rojas. Todas ellas, menos una, cayeron al suelo, y se las tragó la tierra. El último fruto colgaba de la rama más pequeña y la doblaba. Con una mano, la figura se quitó la capucha. Era Finnesterre.

A ninguno de los tres le hizo falta pronunciar el nombre. Kate y Thomas se miraron con total incredulidad.

—Tenemos que irnos de aquí lo más pronto posible. No deben conseguir el querubín, y están más cerca de él de lo que creen —los apremió Rafah.

—¡Mirad! —exclamó Thomas, al percatarse lo que sucedía debajo.

En el jardín, las otras figuras comenzaron a quitarse las capuchas. Entre ellas estaba Demurral, al lado de Finnesterre y, junto a él, el capitán Farrell, con el rostro desdibujado por el dunamez, que entraba y salía temblando de su cuerpo, fundiéndose con él.

En ese momento la piedra comenzó a emitir un estruendo sordo, haciendo vibrar la tierra a su alrededor. Demurral miró a Finnesterre y sonrió. El suelo empezó a despedir una neblina que formó una cortina blanca alrededor del círculo y reflejó la luz de la luna. Dos glashan surgieron del bosque, se encaminaron hacia el centro y se situaron al lado de la piedra. El grupo empezaba a quedar oculto tras la niebla que se asentó sobre el jardín. En el monumento, la tierra se abrió en dos, y del suelo salieron huestes de varrigales con los escudos bruñidos, las espadas cortas y los cascos con la serpiente. Éstos formaron un nuevo círculo que rodeaba el aquelarre, como protegiéndolo de un adversario oculto.

Demurral sacó el bastón de acacia y la mano negra de debajo del abrigo. Lo sostuvo en alto y lo clavó en el suelo. Inmediatamente un resplandor incandescente hizo acto de presencia.

—Los dos querubines andan cerca —dijo—. Cuando la luna dé en la piedra será el momento —miró la ventana del dormitorio, en el tejado de la casa—. Duermen profundamente —comentó a Finnesterre.

Al decir esto, se hizo el silencio en la reunión. Demurral se dio la vuelta y vio que la guardia de varrigales se abría, y que una figura alta con cabello muy rojo y con una armadura de cuero entraba en el centro del círculo. Los varrigales se postraron y agacharon la cabeza ante él, sin osar mirarle el rostro, de hermosura indescriptible.

Finnesterre y Demurral quedaron en silencio, sin saber qué decir. Los dos lo contemplaron, sin atreverse a preguntarle el nombre y preguntándose si podía ser cierto lo que pensaban.

—Parecéis haberos quedado sin habla —el hombre tenía una voz sorprendentemente cálida, y sus palabras sonaban afectuosas—. Siempre estoy dispuesto a acudir y escuchar a aquellos

que me siguen, y es... un placer... conoceros —los miró y sonrió—.
No hace falta que os presentéis. Sé quiénes sois los dos, he seguido vuestras vidas con gran interés y mis ayudantes me han contado todo de vosotros y vuestros deseos. Tengo entendido, párroco Demurral, que antaño seguisteis el camino de... —se calló y miró al cielo—. Me pregunto qué estará pensando Él, momentos antes de ser destronado de todo su poder. He esperado muchas vidas para esto... y mirad: hasta tenemos el árbol y la manzana. Sólo nos faltan Adán y Eva y el querubín, y propiciaremos la caída del hombre y la caída de Dios, de una vez por todas y para siempre, sin interrupciones de Riatamus —dijo gritando, con una voz más grave e iracunda, contrayendo el gesto como si le doliera algo y de pronto calmándose y recobrando la compostura—. Caballeros, discúlpenme. Permítanme que me presente. Soy Pirateon; ése es mi verdadero nombre. Yo estoy detrás de todos los dioses que no son Él. Soy Pan, Baal, la diosa de la Tierra y todas las distracciones que pude urdir para conseguir que vuestra especie me adorase. Me han llamado de muchas formas, pero prefiero la de Pirateon; es el nombre que me dio mi padre.

—Vos... sois distinto a lo que esperábamos —dijo Finnesterre en voz baja y temerosamente.

Pirateon soltó una carcajada:

—¿Esperabais una bestia con cuernos y un rabo en punta cubierta de escamas? —miró a Finnesterre—. Me lo esperaba. Querido, querido Finnesterre, antaño fui un serubín, era el encargado del culto en el Cielo, me sentaba a sus pies. ¿Creéis que Él permitiría que alguien feo lo sirviese? La maldad llegó a mí como una alegría inesperada y yo tomé la oportunidad y, si no hubiera sido por Riatamus, habría triunfado —observó al párroco—. Desgraciadamente, Demurral, no tendréis todo el poder para vos. Habéis subestimado esto que habéis iniciado. Yo nunca podría dejar el gobierno del mundo en manos de un humano. Vuestra especie padece muchos arrebatos de compasión y piedad; incluso las personas más despreciables poseen esa espantosa semilla de amor que deshace el corazón. Fue el fallo de vuestra creación. Sin la capacidad de amar, tendríais grandes posibilidades. Desafortunadamente, ningún hombre está a salvo de la redención, por lo que no se puede confiar demasiado en vosotros. Cuando instaure mi reino tendréis lo que merecéis y lo que corresponde a un hombre de vuestra posición —recorrió con la vista el círculo del aquelarre—. ¿Dónde están esos tres?

—Están en la casa —respondió Finnesterre.

—En ese caso, lord Finnesterre, propongo que vayáis a buscarlos —hizo una pausa y se lo pensó mejor—: No. Enviaré a los glashan, ellos no suelen cometer errores ni dejan escaparse a la gente —les hizo una señal, y éstos deshicieron el círculo y se dirigieron a la casa.

* * *

Rafah los vio cruzar el prado; las figuras negras se recortaban contra la neblina blanca.

—Es Pirateon. Tenemos que salir de aquí, no tardarán en llegar. Podemos ir por las escaleras hacia la puerta de la cocina y escapar al bosque.

—¿Y si nos atrapan? —preguntó Kate.

—Entonces es posible que lo que Pirateon ansía se haga realidad. Riatamus nos prometió en el bosque que nunca nos abandonaría ni nos traicionaría, y que enviaría a los serubines cuando fuesen necesarios. Sabe a qué nos enfrentamos, debemos confiar en él.

Oyeron unos portazos sonoros que llegaban del piso de abajo y unas fuertes pisadas que avanzaban por el vestíbulo.

—Tomad la bolsa y alejaos —exclamó Thomas, corriendo hacia la puerta.

Kate agarró el zurrón y los tres salieron a toda prisa de la habitación y bajaron el primer tramo de escaleras, hasta llegar al rellano intermedio que conducía al pasillo de los dormitorios. La llave ya no estaba en la cerradura y la puerta estaba firmemente cerrada. Para su consternación, la de la cocina se abrió, y allí, en la penumbra, apareció un glashan que los miraba.

—Estamos atrapados —gritó Thomas, cuando salió un segundo glashan a la escalera y se dirigió hacia ellos. Sintió una oleada de frío en el cuerpo, como si la sangre se le hubiera convertido en hielo. Se quedó sin aliento y miró desesperado a sus amigos, sin saber qué hacer. Los glashan se acercaron lentamente a ellos con la enguantada mano negra extendida.

—Tiene que haber una forma de salir de aquí —dijo Kate, angustiada, buscando los dos cristales en la bolsa.

—Volvamos a la habitación, deprisa —exclamó Rafah.

Subieron corriendo las escaleras y franquearon la puerta del cuarto de la servidumbre. La chica cerró la puerta a su paso y Thomas arrastró las camas por el suelo para bloquear la entrada. Hicieron un montón con los bastidores y los colchones hasta donde llegaron, separaron los armarios de las paredes y los apoyaron contra la pila de muebles que se había convertido en su única defensa contra los glashan.

—¿Y ahora qué? —preguntó Thomas, esperando que aún hubiese una posibilidad de escape.

—Paz —dijo Rafah pausadamente—. Pediremos a Riatamus que nos conceda su paz; sé que nos la dará y nos ayudará a escapar del mal. Sentaos en el suelo, cerrad los ojos y pensad en él.

Los tres se sentaron en el suelo y cerraron los ojos. Kate asía un cristal en cada mano. Los glashan empezaron a tirar la puerta, pero la barricada se lo impidió.

—Pensad en él —dijo Rafah—. Dejad que os hable.

En medio del caos, los tres se concentraron en Riatamus mientras los glashan daban fuertes golpes en la puerta e intentaban entrar en la habitación rompiendo la madera. A pesar del ruido y el miedo, Thomas y Kate se sumieron en un estado de paz total. Era como si estuvieran sordos a los ruidos del mundo mientras sus mentes se internaban cada vez más en su ser. En un momento, el miedo se desvaneció y una esperanza certera y segura invadió sus corazones y sus espíritus. No dudaron de lo que pasaba, ni se preguntaron por qué; dejaron que aquella experiencia nueva y extraña tomase sus pensamientos y los condujese adonde quería.

Kate se aferró a los cristales; parecía que la superficie dura de las piedras se le derritiera en la mano. Sin abrir los ojos, vio la pared de la estancia. Le llamó la atención un fragmento de madera que sobresalía en la esquina de uno de los paneles. Observó que éste se abría y daba paso a una escalera.

—¡Un túnel! —gritó—. Hay un túnel secreto. ¡Podemos escapar!

Su voz los devolvió rápidamente a la realidad. En ese preciso instante, una negra mano enguantada rompió un panel de la puerta y comenzó a dar manotazos. Otra mano atravesó la pared al lado de ésta, esparciendo escayola blanca por el suelo.

—Deprisa —dijo Kate, apremiante—. Sé por dónde se sale —se incorporó de un salto y contempló la habitación. En un extremo, debajo del alero, vio el pequeño panel de madera en el revestimiento de roble, tal y como lo había visto en su cabeza. Accionó el resorte y el panel se abrió. Allí, delante de ellos, había un pasadizo secreto, antaño empleado para esconderse de los recaudadores de impuestos, que salía de la habitación para internarse en las tinieblas.

—No podemos entrar ahí, no tenemos luz —protestó Thomas, cuando un puño de cuero aparecía a través de otro agujero en la pared. Kate sostuvo los cristales ante él:

—Mira, brillan. Estas piedras nos darán luz suficiente para ver por dónde vamos —dijo, y el resplandor de los cristales les iluminó los rostros. Detrás de ellos, la puerta empezó a ceder ante el asalto de los glashan. La habitación vibraba con cada golpe y la barricada se iba desplazando hacia delante mientras la puerta se abría más—. Vámonos ya o nos atraparán —añadió.

Con una última patada, la puerta cedió y la barricada se deshizo. Los dos glashan saltaron encima del montón y entraron en la habitación, rastreando con la mirada las esquinas oscuras. Los tres habían desaparecido sin dejar rastro. La habitación estaba vacía. Las criaturas se miraron. La más alta se arrastró por el suelo olisqueando con su larga nariz, en pos del olor de los fugitivos.

Gracias a la luz de los cristales, les resultó fácil dejar atrás la habitación de la servidumbre por el pasadizo que parecía recorrer las paredes de la casa. Mientras corrían, pudieron ver algunas puertas que daban a otras habitaciones y lugares de almacenaje practicados en el suelo para ocultar el contrabando. El túnel bajaba de planta en planta hasta que les llegó el olor penetrante del agua turbia y la tierra. El aire se hizo más frío, al igual que la humedad. El suelo se convirtió en una corriente poco profunda de agua fresca; cada 10 metros, había unas rejillas en el techo. Habían salido de la casa. La luz de la luna traspasaba las rejas de metal y oyeron voces sobre sus cabezas.

—Comed esto —decía Pirateon—; así sabré si de veras estáis conmigo o contra mí.

—Pero ¿qué nos hará? —oyeron que preguntaba Demurral, con una voz inusualmente dubitativa.

—Os hará comprender cómo es realmente el mundo y os comprometerá para siempre conmigo. Es lo que habéis querido, ¿no es así? —respondió Pirateon—. Vos, lord Finnesterre, podéis dar el segundo mordisco; no os preocupéis, porque no pierde sus propiedades y habrá suficiente para los dos —sonrió—. Una vez que hayáis comido del árbol, no habrá vuelta atrás y, cuando mueran los tres, comenzará el ataque al Cielo.

Demurral miró a Finnesterre:

—No estoy seguro de que esto sea correcto. Yo sólo soy un ser humano y estas cosas no son de este mundo.

De pronto, toda su seguridad se retiraba como la marea. Por primera vez en la vida, empezó a ver las consecuencias de lo que se disponía a hacer. Finnesterre tomó la manzana de la rama del árbol y dio un gran mordisco.

—¿Veis? No pasa nada —dijo, masticando con la boca llena—. ¿De qué os preocupáis? No os puede hacer daño. Nos vendimos a él hace muchos años, Demurral. Ahora no es momento para el miedo y la cautela. Adelante, el mundo espera.

Le tendió al párroco la manzana mordida y mientras ésta cambiaba de manos, vieron que volvía a estar completa, totalmente intacta y perfecta. Demurral la tomó a regañadientes. Cuando los dos tragaron, el mundo empezó a cambiar de súbito. El reverendo tuvo la sensación de que el cuerpo le crecía y crecía. Los árboles del bosque lo saludaron entre susurros; casi oía las palabras que decían. Las ramas y las hojas parecían criaturas vivas e individuales. Irradiaban un brillo que jamás había visto. Las hojas ya no eran del verde común que siempre había creído, sino que lanzaban destellos azules y morados que titilaban bajo la luz de la luna. Deseó entender lo que decían, porque sabía que intentaban contarle un secreto largo tiempo perdido. Una gaviota describía círculos en el firmamento y le hizo levantar la vista al cielo. En ese momento, Demurral se dio cuenta de cuán pequeño era. Sintió que su tamaño disminuía cada vez más mientras contemplaba todas las estrellas brillantes. Lo invadía una sensación creciente de unidad con todo lo que lo rodeaba. Quiso que ese momento durara siempre. Aquélla era la experiencia que siempre había buscado, aquello era estar cerca de su dios, y ahora conocía su nombre... Pirateon.

Una suave brisa se extendió por el prado. La hierba empezó a mecerse cada vez que respiraba. Sintió que la naturaleza entera lo absorbía. Recorrió el aquelarre con la vista y miró a los ojos de todos los presentes, uno a uno. Entonces, al mirarlos, vio las vidas que vivían, las mentiras que contaban, las personas que realmente eran. Comprendió la triste realidad de cada uno. Se miró las manos. Resplandecían con una luz de plata.

—Esto es estar vivo —dijo—. Esto es como conocer la verdadera vida.

Finnesterre se había hecho un ovillo en la hierba y lloraba como un niño. Lo único que veía era la negrura fría de la noche más oscura. Estaba solo; era un pequeño de seis años al que habían encerrado sin luz en su habitación. La voz atronadora de su padre repetía una advertencia en su cabeza: "Si sales de la cama, los fantasmas te atraparán". Lloraba, confinado en su cama, deseando estar con su madre, porque sabía que ella lo protegería de todo lo que le daba miedo por la noche. El miedo lo atenazaba y revivió todos y cada uno de esos terribles momentos. Tendido en la hierba húmeda, escuchó las voces que había oído tanto tiempo atrás. Voces que decían cosas que no quería oír. Susurraban y le acariciaban el oído con palabras ásperas. Se llevó las manos a la cabeza, intentando no escuchar, esperando que el sonido cesase, esperando que callasen. Entonces se dio cuenta de que las voces estaban en su interior e intentaban salir. La voz de su padre gritó aún más fuerte: "¿Y dices ser un chico? Te comportas como una niña, pareces una niña. Yo quería un hijo, no un blandengue; quería un heredero y no un señorito que siempre está llamando a su madre".

Parecía que todos los que lo rodeaban lo habían vivido con él. El aquelarre al completo los miraba en silencio. Pirateon los contempló con sus ojos azules y tiernos.

—Así es el árbol —dijo el malvado dios—. A unos les proporciona conocimiento y a otros miedo. No os inquietéis, Finnesterre, no durará mucho. Los espíritus del pasado no pueden atormentaros para siempre.

En el túnel, los tres mantuvieron el mayor de los silencios. Kate guardó los cristales en su abrigo, temerosa de que la luz intensa brillara en la oscuridad exterior. Fueron avanzando poco a poco, metidos hasta los tobillos en la corriente fría. El pasadizo se hizo más angosto y reducido. Se agacharon para caminar y, al cabo de unos pasos, se cortó en seco. Sobre ellos había una piedra grande, alargada y plana como la lápida de una tumba. A un lado de ella había escalones que subían a la superficie. Kate dejó que la luz de los cristales le saliera del abrigo, y ésta brilló en las paredes del túnel, en las que se había aplicado algo que parecía pintura roja. La muchacha observó a la piedra.

—Puede que ésta sea la roca del camino de la puerta de entrada, lejos de donde están ellos —pasó la mano por el contorno de la piedra y en un lado encontró una gran bisagra—. Si empujamos por aquí, se abrirá —dijo.

Thomas empujó cautelosamente por un lado. Se oyó un chasquido tranquilizador y la roca se desplazó con facilidad. Rafah miró por la ranura y pudo ver el aquelarre en una esquina de la enorme casa, junto al monumento.

—Vamos —dijo quedamente—, podemos llegar al bosque antes de que nos vean.

Sin más tardanza, los tres subieron las escaleras del túnel y corrieron hacia el bosque. Rafah se pegó al muro de la puerta. Sabía que iba a pasar cerca de donde Pirateon aguardaba. En ese preciso instante, los glashan irrumpieron desde la casa y fueron corriendo por el prado hasta llegar junto a Pirateon. Rafah sacó el querubín de su escondite del muro y se internó rápidamente entre la maleza.

Demurral miró casualmente la mano mágica en el bastón de acacia y contempló su color apagado.

—¡Los querubines se han escapado! —gritó—. Deprisa. Persigámoslos.

—Querido Demurral. Tardaréis muchas vidas en comprender. Dejad que se vayan, no tardarán en ser encontrados. Que venga el Azimut, ella nos dirá dónde han ido.

24

'Vitae veritas'

B ajo la luz del alba, tres cuerpos cansados recorrían peno-
samente los últimos metros del páramo de Hawsker, antes de llegar a ver el estuario desde los altos acantilados
que rodeaban el pueblo de Whitby.

Habían corrido, caminado y dormido, escondiéndose en
los arbustos y pajares, con uno de ellos siempre montando guardia
para asegurarse de que no los seguían. Ahora, por fin, habían llegado al final del viaje, y tenían el querubín en su poder. Los miedos de
la noche se disiparon con la llegada del día; el brillante resplandor
del cielo por el norte era el único indicio de que algo raro sucedía
y de que el poder de Pirateon aún dominaba el mundo.

Por debajo de ellos, el puerto estaba lleno de barcos, algunos mayores de lo que Thomas había visto nunca, otros tan
pequeños que le pareció que no resistirían el viaje a Baytown, y
menos aún al continente o a Londres. Los navíos estaban apretu-
jados y muy juntos sin dejar apenas espacio en el muelle. A la luz
del amanecer parecían troncos negros aprisionados en la ensena-
da, los restos de una inundación reciente.

El olor a humo y a arenque ahumado les ayudó a sentir
que su viaje casi había concluido. Les recordó que tenían hambre
y apartó de sus mentes el miedo insistente que los había acom-

pañado toda la noche oscura. Unas finas volutas de humo salían de las chimeneas de las casas apiñadas a uno de los lados del acantilado, debajo de la iglesia de piedra que presidía todo el pueblo. Detrás de ésta, las ruinas de una abadía dominaban el paisaje. Thomas vio el tejado del hospital donde habían llevado a su madre después del incendio. No tenía modo alguno de saber si estaba viva. Como era habitual en él, la había dejado al cuidado de otros. Observando atentamente las tejas rojas se preguntó qué sería de ella, pero ni siquiera entonces había tiempo para pensar en buscarla.

—Si llegamos a la iglesia, quizá encontremos al hombre del que nos habló Riatamus —dijo Thomas, mientras dejaban atrás el páramo y tomaban el empinado terraplén de piedras que servía de camino a las caballerías.

—No creo que el hombre a quien buscamos esté en un sitio así. Por lo que conozco a los que trabajan allí, el bolsillo les importa más que el espíritu, y sus propias ensoñaciones más que las palabras de Riatamus —repuso Rafah con sinceridad—. Aquel a quien buscamos nos encontrará, y esto no sucederá como esperamos. Tenemos que ser cautelosos: Pirateon no nos dejará marchar tan fácilmente.

Siguieron el sendero por el terraplén, pasando por los caminillos y los huertos de las casas de los pescadores, hasta que al fin llegaron a la plaza del mercado. Pronto abandonaron la quietud de las callejuelas para entrar en el bullicio de las calles. En pocos segundos el olor penetrante de los puestos de pescado, carne fresca y pan, los invadió. La totalidad de la calle que llevaba a la iglesia estaba llena a rebosar de gente que se empujaba a empellones para intentar avanzar.

Kate agarró a Thomas del brazo, y los tres recorrieron los últimos metros hasta la puerta de la posada del Grifo. El cartel de la entrada se mecía en la suave brisa de la mañana, con el caballo blanco, entrelazado con el grifo de oro, balanceándose.

Una vez dentro, los tres se apretujaron en una mesa cerca del fuego. La sala estaba casi vacía. Al lado de la puerta tres ancianos estaban sentados con pipas de barro llenas, que humeaban como chimeneas blancas. Los viejecillos compartían una jarra de cerveza y media hogaza, pasándose la bebida de unos a otros y contemplando de vez en cuando a Rafah. Detrás del mostrador, una mujer gruesa llevaba los platos de un lado de la barra al otro, y después repetía la operación. En un muro, una ventana alargada a la altura de la calle dejaba pasar el resplandor dorado de la nube, que se reflejaba en la pared encalada del estrecho callejón.

La mujer levantó la vista de los cacharros y se acercó a los tres:

—¿Queréis algo o sólo habéis entrado para calentaros? —preguntó secamente a Rafah—. No solemos tener gente como tú por aquí y no puedes sentarte sin pedir nada; así que, ¿qué queréis?

Rafah se hurgó en los bolsillos desesperadamente en busca de dinero. Los tenía completamente vacíos. Kate metió la mano en la bolsa de piel de cabra. Tocó con los dedos dos grandes monedas redondas y, sin mirar, las depositó ruidosamente sobre la mesa. La mujer se quedó mirando los dos soberanos de oro, mientras la chica lanzaba un profundo suspiro de sorpresa y Thomas observaba incrédulo el tesoro que se mostraba ante él.

—Mi amigo es mercader; ha hecho un viaje muy largo y venimos a comer —consiguió decir Kate—. Queremos pan, queso y tres tazas de vuestro mejor chocolate —añadió, con un tono de seguridad que ignoraba que tenía. Cuando la mujer ya se iba, la muchacha la volvió a llamar—: Decidme, nunca había visto a alguien como vos, ¿de dónde sois? —la posadera no respondió, y se introdujo a toda prisa en la cocina.

Fue Kate quien vio al hombre que los sonreía desde la esquina más oscura de la estancia. Llevaba un sombrero francés y estaba sentado en una silla con los pies sobre la mesa y un vaso de vino tinto en la mano. No lo había visto al entrar. Estaba segura de que ya había echado un vistazo a esa parte de la sala y que la mesa donde ahora estaba el desconocido se encontraba vacía. Tenía la certeza de que no había entrado nadie en la posada. Habían estado solos, a excepción de los tres fumadores de la esquina. Volvió a mirar, y el hombre seguía allí, sonriendo. Tenía una mirada que hizo a la joven darse cuenta de que quería hablar, de que en cualquier momento se levantaría de la silla, iría hacia el otro extremo de la habitación y se sentaría a su lado.

El hombre la miró y rió para sus adentros; era como si supiese lo que estaba pensando. Se quitó el sombrero de la frente, se echó hacia delante, se puso en pie y se acercó hacia ellos, tal y como ella había imaginado. Kate notó que observaba las dos monedas de oro y el zurrón de piel de cabra.

—Tenéis una bolsa espléndida, damisela —dijo con un impecable acento inglés—. Conozco a un hombre que tenía una como ésa. Me contó que la dejó en el bosque y que no sabía cómo la estarían empleando.

Sin necesidad de darse la vuelta, Thomas empuñó la espada que tenía bien escondida en el abrigo; pero el hombre le puso una mano en el hombro:

—Espero que no os importe que me dirija a vosotros. Whitby no es lugar para andar con tanto dinero y tan pocos amigos, y ni siquiera el acero de los varrigales os protegerá de algunos que andan por aquí.

Thomas soltó la espada y puso las dos manos en la mesa, intentando ocultar las monedas con la manga. El hombre tomó una silla y se sentó entre el muchacho y su amiga.

—No he venido a robaros. Sólo quería acercarme a desayunar con vosotros. Detesto comer solo, y la compañía era muy... —señaló a los ancianos sentados entre una nube de humo de tabaco. Contrajo el gesto y sonrió.

—Somos viajeros —dijo Rafah—, y buscamos un barco que nos saque de aquí. ¿Conocéis alguno?

—¿Viajeros? Qué palabra tan interesante. Yo fui viajero, vi muchas cosas y gentes diversas. Incluso fui al país de donde procedes; pero eso fue hace mucho tiempo. Ahora sólo me desplazo allá donde es necesario. Me gusta emplear el tiempo para pensar. Recordar el pasado es algo maravilloso, muchas veces descubres cosas que pasaste por alto en su momento. Es como si la mente contuviese todo lo que has visto, olido, saboreado, o incluso pensado, y en el ajetreo de la vida olvidáramos gran parte de lo que somos —calló y miró a su alrededor—. Me pregunto si seríamos capaces de hallar la verdad, la *vitae veritas* de por qué estamos aquí, si pudiéramos vivir varias vidas, o si podemos conseguirlo en un único encuentro azaroso.

—Parecéis saber muchas cosas de nosotros, y nosotros muy poco de vos —intervino Rafah, asiendo con más fuerza el querubín escondido bajo el abrigo.

—Disculpadme, la idea de una agradable conversación y de desayunar con vosotros me ha hecho olvidar los buenos modales. Soy... —hizo una pausa, para pensar en un nombre, paseando la vista por la sala—: Abram Rickards —dijo, tras leer el nombre del cartel encima de la puerta—. Pero podéis llamarme Abram.

—Bien, Abram, sentaos con nosotros, por favor. Tenemos dinero para comer y no hemos disfrutado de una compañía como la vuestra desde hace tiempo —lo invitó Rafah, dándose cuenta de que el hombre no se iría hasta que hubiese desayunado.

Kate y Thomas lo miraron, sin saber qué decir. De algún modo, aquel tipo conocía sus vidas. No sabían si era un emisario de Riatamus, u otro adversario más que buscaba acercarse a ellos para entregarlos a Demurral o Pirateon.

Abram Rickards parecía un caballero, pero este hecho no garantizaba su rectitud. Demurral también parecía un párroco, y sin embargo estaba todo lo alejado de la bondad como le era posible. Abram se quitó el sombrero y lo dejó en la mesa. La posadera les sirvió la comida, con la vista fija en el suelo.

Abram tomó el pan con las manos, lo partió y les dio un trozo a cada uno.

—En Francia —dijo—, la última moda es meter el pan en el chocolate y dejar que se empape.

—¿Cómo es que sabéis tanto sobre nosotros, Abram? —preguntó Thomas.

—Pero si apenas sé nada de vosotros. Conoceros ha sido una gran coincidencia.

—Y ese amigo vuestro de la bolsa de piel de cabra, ¿sabe quién la encontró? —preguntó Thomas.

—Lo único que me dijo fue que, si alguna vez veía una igual, debía preguntar al portador adónde iba y ayudarlo en lo que tuviese que hacer —respondió con tranquilidad.

—¿Os dijo vuestro amigo dónde hallaríais a aquellos que la tuvieran? —preguntó Rafah.

—No. Me dijo que los buscase allí donde necesitasen ayuda, ayuda para encontrar un barco, para protegerlos de ciertas cosas... —repuso Abram.

—¿Cómo se llama vuestro amigo? —preguntó Kate, intentando desenmascararlo.

—Tiene muchos nombres: algunos conocidos en este mundo; otros son un secreto excepto para él. Su nombre es verdaderamente importante; pero lo que en realidad importa es conocerlo.

—¿Y cómo llamáis a vuestro amigo? —volvió a preguntar la muchacha.

—Lo llamo todos los días y he pronunciado su nombre mucho antes de que nacierais vosotros. YO SOY, Riatamus, o simplemente un anhelo en el corazón, son algunos de sus nombres —hizo una pausa—. Ya hemos jugado bastante esta mañana. Sé que no confiáis en mí y sólo el tiempo os demostrará quién soy. Él me ordenó que os buscara y aquí estoy. Os he conseguido un sitio en un barco a Francia. Debéis iros. Correréis peligro si os quedáis —metió la mano en el bolsillo del abrigo y se echó hacia delante—. Si algo os puedo enseñar para demostraros quién soy, es esto —abrió la mano. Dentro tenía un huevo de cristal igual a los que habían encontrado en la bolsa—. Sé que ahora entenderéis todo lo que os he dicho. Debemos marcharnos, me alojo en una casa cercana y tenéis que venir conmigo.

Dejó cinco peniques en la mesa y todos se pusieron en pie. Kate guardó en la bolsa las monedas de oro y se la colgó del hombro. Ninguno había notado el creciente olor a humo en la estancia, un humo que se extendía a sus pies como una niebla invernal y llenaba la sala hasta la altura de la cintura. Cuando se dieron la vuelta, se elevó como una nube ascendente. A los ancianos no se les veía ya. Observaron la expresión de Abram.

—¡Deprisa! Salgamos: es aliento de dragón. Los glashan andan cerca. Rápido, corred.

Abram agarró una silla y lanzó un golpe en la niebla a la altura de la cintura de un hombre. Oyeron el primer grito que procedía de la bruma y entonces vieron la figura que surgía como una serpiente de las profundidades, obstruyéndoles la salida. Dos cabezas más salieron enseguida de la niebla; sus miradas eran felinas.

—No vas a salir de aquí, Rafael; son nuestros —dijo la primera criatura.

—Son de Riatamus —repuso Abram.

—Pues que venga él mismo si se atreve, ¿o es que sigue enviándote a ti para que le hagas el trabajo? —exclamó con desdén la criatura.

La niebla se hizo más espesa y tupida. Pronto Kate dejó de ver. Agarró a Thomas por el brazo.

—Kate, los cristales —exclamó Abram—. Tira uno contra la pared.

La joven metió sin más tardanza la mano en la bolsa, agarró el cristal liso y lo lanzó contra la pared con todas sus fuerzas. Entonces se produjo un ensordecedor chasquido, seguido de un relámpago cegador y el bramido de un trueno. Toda la sala tembló por la explosión. Los tres salieron despedidos y aterrizaron hechos un amasijo en el otro extremo de la habitación. La niebla se había disipado completamente y las criaturas habían desaparecido. A Abram no le había afectado la explosión y se encontraba al lado de la puerta con una sonrisa en el rostro.

—Ha funcionado, mi querida niña. El cristal de Abaris puede emplearse de mil formas, y depende de ti encontrarlas —miró a Rafah—. Pronto podrás ver a los glashan cuando vengan disfrazados... Ahora os dais cuenta de lo importante que es que salgáis de este país. Pirateon os querrá muertos, porque así tendrá todavía más poder.

—Os llamó Rafael; oí que empleaba ese nombre —exclamó Rafah.

—¿Qué significa un nombre? Lo único que debéis saber es que estoy aquí para ayudaros. Tengo cosas que hacer. Deprisa, poneos en pie, puede que haya otros que os persigan y tengo que dejaros a salvo en la casa.

—¿Por qué no viene Riatamus y pone fin a todo esto? —preguntó Kate, mientras se ponía en pie trabajosamente.

—Sus caminos no son los vuestros, y sus pensamientos, tampoco. A veces no somos capaces de entender quién es o qué hace. Yo lo conozco hace muchísimo tiempo y, sin embargo, hay ocasiones en que no lo comprendo. Sólo puedo decir que él siempre lo controla todo, por oscura o difícil que se vuelva la vida. Su palabra dice que, en este mundo, miramos las cosas como si tuviéramos delante un espejo empañado, que no vemos sino un pálido reflejo de lo que la vida es en realidad. Es lo único que sabemos y en lo que ciframos todas nuestras esperanzas en esta existencia. Pero hay una vida venidera mejor para aquellos que lo siguen. Ahora daos prisa, tenemos que irnos —dijo Abram, ayudando a Rafah a incorporarse y recorriendo la sala con la mirada. Desde detrás del mostrador surgió un rostro asustado. La mujer gruesa parecía aterrada mientras contemplaba el escenario de destrucción en que se había convertido la posada.

Kate metió la mano en la bolsa, sacó las dos monedas de oro y las colocó en el mostrador delante de ella:

—Por todo lo que ha pasado y por vuestro silencio. No le contéis a nadie lo que habéis visto; aunque en cualquier caso, no os iban a creer —añadió.

La mujer tomó las monedas de oro y las mordió para comprobar si eran auténticas. Acto seguido, esbozó una sonrisa de inquietud, esperando que aquellos clientes se marchasen pronto.

En la calle los recibió el ruido atronador de los niños corriendo, la gente chillando y los carros de madera traqueteando en el pavimento de piedra. Unos gritos llegaban del muelle, donde los mástiles altos y los aparejos se alzaban sobre las casas. Varias mujeres que llevaban cestas de pescado pasaban a toda prisa profiriendo maldiciones sobre la noche anterior y sobre los bribones de sus maridos, que habían llegado borrachos a casa después de gastarse todo lo que habían sacado por el pescado. Unos niños harapientos, con el pelo muy corto y sin zapatos, estaban sentados a los pies de un pescador atareado con una red enmarañada y jugaban con los cordeles y las sogas sobrantes. Un párroco vestido de un respetable negro pasó por allí, miró a Kate a los ojos y sonrió. La muchacha ya no sabía en quién confiar. La vida se había convertido en algo impredecible, irreal, siniestro.

Abram los condujo, y pasaron junto a las ventanas de las tiendas atestadas y entre el gentío allí reunido para comprar y vender todo tipo de cosas.

—No está muy lejos: al lado de los escalones de la iglesia. Es la casa de un discípulo, un buen hombre en quien podéis confiar. Me he estado alojando allí una temporada. Estaréis a salvo —dijo Abram con confianza. Los tres sintieron que la calidez de su voz les entraba en el corazón y les infundía esperanza.

Kate lo miró y se percató de que no tenía arrugas; era anciano pero parecía muy joven, muy sabio pero con algo de niño en la voz. Lo siguió por la calle abigarrada sin prestar atención a nada más. No le quitaba la vista de encima, como si supiera que, mientras lo mirase, estaría a salvo.

—¿Qué es lo que ha hecho el cristal de Abaris? —preguntó, mientras lo seguía junto a sus amigos.

—Es algo de lo que los humanos saben muy poco. Riatamus lo ha creado todo en el mundo: un remedio para todas las enfermedades en las plantas y los árboles, la dulzura de la miel para aliviar la tristeza del invierno, nueces amargas para eliminar tumores incurables y el cristal de Abaris para poner en su sitio a los serubines caídos —respondió, mientras se abría paso entre el ruidoso gentío delante de los tres amigos.

—¿Así que van a volver? —preguntó Rafah.

—Algún necio volverá a invocarlos. Desde que Demurral usó esa magia antigua, las cosas se han trastocado en los dos mundos. Hubo una época en que los serubines y los hombres apenas se veían, pero ahora los dos mundos se están juntando lentamente —Abram señaló la nube luminosa—. Esa nube es como una puerta entre los Cielos y la Tierra. Algunas criaturas siniestras han conseguido entrar en este mundo y hay que detenerlas. Riatamus se está preparando para la batalla y tengo que cuidar de vosotros.

Tras subir tres escalones, llegaron a la puerta azul de una gran casa de ladrillo. Tenía dos pisos y un sótano. Encima de la entrada había un cartel que decía: "Joab Mulberry, notario público". El sótano del edificio lo ocupaba el taller de un zapatero. Justo enfrente, en el lado del puerto, había una taberna, desde cuyo extremo partía una callejuela angosta hasta las revueltas aguas marinas.

Abram se dio la vuelta al llegar ante la puerta:

—Podéis confiar en Mulberry; es un buen hombre.

Entraron en la casa. La habitación principal, con una gran ventana que daba a la calle, estaba llena de archivos y papeles, desperdigados en torno al escritorio enorme que la dominaba.

Joab Mulberry permanecía sentado detrás del escritorio, con unas gafas redondas en la punta de la nariz. Cuando entraron, se puso en pie. Thomas se percató de lo alto que era cuando se levantó con su traje negro inmaculado y su chaleco amarillo. La barba gris recortada que le tapaba el contorno de su rostro alargado no ocultaba una sonrisa contagiosa. Profirió una sonora carcajada al saludarlos:

—Así que vosotros tres sois la causa de tanto jaleo. Por todos los santos, y pensar que la mitad de los ángeles del cielo os han estado buscando por todo el país y aparecéis aquí en mi casa con mi buen amigo... —se calló y miró a Abram, esperando conocer el nombre.

—Es Abram quien os los ha traído, señor Mulberry, tal y como os dije —contestó rápidamente éste.

—¿Sanos y salvos, Abram, sanos y salvos? —preguntó el notario.

—Únicamente hubo un problemilla, pero la muchacha tiene un cristal de Abaris que no tardó en solucionarlo —respondió Abram.

—Y nuestro amigo que ha venido desde África... Siempre viene algo nuevo de África, y aquí lo tenemos, en Whitby —dijo sonriendo, dándole la bienvenida a Rafah—. ¿Y ahora qué? Habrá que esperar un poco hasta que el barco zarpe esta noche. Podéis descansar en el piso de arriba. Un cargamento sagrado, señor Abram, un cargamento sagrado... Confío en que iréis con ellos —preguntó, con su voz amable y educada.

—Falta mucho para la medianoche, creo que deberían descansar —dijo Abram, dirigiéndose a los tres—. Aquí estaréis a salvo. Los glashan o los varrigales cometerían una imprudencia si entrasen en este lugar. Joab ya se ha enfrentado a esas criaturas y es un hombre de gran valentía.

—Me halagáis, Abram. Yo sólo soy un discípulo del Camino, igual que nuestros amigos aquí presentes. ¿Puedo ver lo que llevas, muchacho? —preguntó Mulberry a Rafah.

Éste pareció sorprendido. Miró a Thomas y después a Kate, y se preguntó cómo sabía aquel hombre de la existencia del querubín. A regañadientes, se sacó del abrigo la estatuilla de oro y la sostuvo ante él. Mulberry contempló el querubín con ojos como platos.

—Es un objeto de gran belleza —dijo—; entiendo que quieran arrebatároslo.

—No es su belleza lo que ansían los hombres, sino su poder —repuso Rafah—. Creen que les procurará dinero, riqueza y felicidad, pero lo único que les proporcionará será el reflejo de lo que tienen en su corazón. Si un hombre es malvado, recibirá maldad; si es bueno, hallará la bondad. Mi pueblo lo ha protegido desde los tiempos de Moisés. Creíamos que estábamos lo bastante alejados del mundo, pero la avaricia siempre sabe cómo dar con las cosas de valor —Rafah miró a Mulberry—. Muchas personas han muerto por esta criatura, han rastreado los confines de la tierra; pero fue uno de los nuestros quien acabó por traicionarnos.

La puerta de la casa se abrió y se oyeron unos pasos en el vestíbulo. Rafah ocultó enseguida el querubín. Un hombre de mediana edad con un abrigo raído entró en la sala. Iba sin afeitar y sucio, y sus dedos cortos y gordezuelos agarraban con fuerza una gorra enrollada.

—Lo siento, señor Mulberry, vengo por lo del robo. Estoy seguro de que me van a apresar por ello y no quiero vérmelas con la horca —dijo atropelladamente, mientras miraba a todos los presentes.

Mulberry miró a Abram, como pidiéndole que se los llevara a otro sitio. Aquélla era una visita inesperada, y el notario no quería recibirla en su presencia. Abram se los llevó de la sala:

—Vamos, amigos míos, hemos abusado del tiempo del señor Mulberry. Descansemos y hablaremos después —propuso éste, dando la espalda al hombre e intentando proteger de él a los tres amigos.

—Te conozco —dijo el hombre cuando Thomas pasaba a su lado—. Eres Thomas Barrick, de Baytown. No hace ni una hora que he visto a tu madre en el hospital. En menudo estado se encontraba, en trance de muerte diría yo. Te llamaba llorando como una niña para que estuvieras a su lado. Y aquí estás tú, como si no tubieras preocupaciones en la vida y rodeado de caballeros... ¡Vaya un hijo que estás hecho!

—Este muchacho no es asunto vuestro. Ahora exponed vuestro caso a Mulberry o marchaos —la voz de Abram había cambiado. Su ira casi era visible; estaba dispuesto a sacar de allí a aquel hombre a empujones.

—Dejádmelo a mí, Abram. Me ocuparé del caso —dijo el notario—. Puede que no sólo esté escapando de la horca.

La habitación del piso de arriba daba al puerto. Las palabras del desconocido resonaban en la mente de Thomas. No podía quitarse a su madre de la cabeza. El muchacho iba de la puerta a la ventana una y otra vez, mordiéndose las uñas. La tenía muy cerca; en 10 minutos podía estar con ella cuando más lo necesitaba, darle la mano, escucharla. Ahora se sentía como un prisionero, confinado en una habitación sin saber la razón de su cautiverio. A medianoche se iría del país, como si lo arrastrara la ola del cambio apartándolo de su antigua vida. Todo había sucedido muy deprisa. Se sintió como un participante involuntario en una extraña batalla que se libraba a su alrededor y que estaba cambiando su vida para siempre.

A la luz apagada de la tarde, miró a Rafah y Kate, que estaban sentados en la cama hablando en voz baja y riéndose. Thomas sintió que las insistentes palabras de aquel hombre lo separaban de ellos. No sabía si su madre seguía aún con vida y sintió que el amor tiraba de él, apretándole el corazón y apoderándose de todas sus ideas.

Oyó que Kate le preguntaba a Rafah cómo era África. Ella parecía aceptar los cambios con gran facilidad. A Thomas le molestó que estuviera dispuesta a irse para siempre y que no hubiera mencionado a su padre. Tenía celos de Rafah, que podía sanar tantas vidas pero que ni siquiera se había ofrecido a curar a su madre.

Observó el querubín, que estaba encima del candelabro, junto a la puerta. En su resentimiento, le parecía un pequeño ídolo arrogante que fanfarroneaba de su poder con labios callados. Thomas miró a la calle por la ventana. El ladrón estaba allí, mirando hacia arriba. Sus ojos se encontraron. El hombre le hizo una seña y comenzó a subir los escalones. Se dio la vuelta y le hizo un gesto para que lo siguiese.

Estaba oscuro cuando Abram entró en la habitación con una vela y una bandeja con té. Sonrió afectuosamente a Kate y Rafah, recorrió la habitación con la mirada. Thomas y el querubín habían desaparecido.

25

La espada de Mayence

El aire frío de la noche cortó el rostro de Rafah cuando éste dejó atrás el calor de la casa de Mulberry y salió a la casi completa oscuridad de Church Street. Miró hacia la izquierda, donde un tramo de 199 escalones subía a la iglesia, que se recortaba contra el cielo bajo la plata de la luna llena. No había absolutamente nadie más en la calle. Todo estaba en silencio, salvo el suave rumor de las olas al final que llegaban a través de la callejuela de la taberna.

Se subió el cuello del abrigo y desenrolló los puños para taparse las manos; después se dio la vuelta e indicó a Abram y Kate que lo siguiesen. Salieron de la casa y se pegaron a las sombras del muro largo y alto que separaba la colina de los escalones de la iglesia. La calle estaba pavimentada con piedras partidas y en invierno fluía como un arroyo de la abadía al puerto, pero esa noche los cantos surgían de la tierra seca como las calaveras de los muertos despertados de su profundo sueño. La pronunciada pendiente de la colina los obligaba a caminar lentamente hacia el hospital que se encontraba tras los muros de la abadía en ruinas, mientras vigilaban las sombras, sin saber si alguien los espiaba o qué los aguardaba. Thomas había desaparecido y se había llevado el querubín. El hospital era el único lugar donde a Kate se le ocurrió que podía estar, por lo que siguieron su corazonada con la esperanza de encontrarlos a los dos.

Abram iba el primero, con un gran estuche negro en forma de cruz colgado a la espalda. Kate lo seguía con dificultad, intentando mantener el ritmo de sus decididos pasos. Más que andar, parecía volar; era como si sus pies no tocaran el suelo ni dejaran la huella de las pisadas en el barro.

Cuando estaban a mitad de la calle, un hombre surgió de las tinieblas; el brillo de una pipa le iluminaba el rostro a medias y dejaba ver una gorra calada hasta los ojos.

—Un glashan —susurró Abram, cuando se acercaron—. Un centinela que protege lo que hay detrás. No os paréis y veremos si nos sigue —hizo un gesto al hombre cuando pasaron a su lado. Éste respondió con una inclinación de cabeza, con la pipa en la boca y la vista fija en el suelo.

A Kate y Rafah los últimos pasos casi les hicieron estallar los pulmones. Una vez en la cima de la colina, se dieron la vuelta y divisaron el pueblo. Estaba muy tranquilo, muy hermoso, pero la oscuridad ocultaba la corrupción y el mal que acechaba en cada calle y que ahora los seguía a corta distancia.

A su derecha había un sendero que llevaba a la entrada del hospital. Al lado de la puerta, un brasero de metal alumbraba el camino, proyectando unas sombras inquietas. Detrás de ellos, el glashan se apoyó en el muro y los observó. La puerta se abrió con facilidad y accedieron al vestíbulo, donde los recibió una única vela de sebo. En ese momento, oyeron que alguien se acercaba desde una habitación contigua.

De la oscuridad salió una mujer alta y enjuta con dientes rotos y una sonrisa desdibujada. Se quedó durante un rato mirándolos fijamente, sin hablar.

—Es muy tarde para las visitas —dijo después con acritud—. Aquí hay enfermos a los que no se puede molestar. Algunos están muriendo y no querrán que haya gente como vos intentando que sigan en este mundo.

—Hemos venido a buscar a un amigo —dijo Rafah—. Quizá lo conozcáis; a su madre la trajeron de Baytown no hace mucho tiempo.

—Están en la habitación del fondo, junto al fuego —volvió a decir con aspereza—. No le queda mucho; si os dais prisa, quizá siga con vida, pero no os quedéis toda la noche.

Avanzaron sigilosamente entre las camas de los enfermos y los moribundos como un cortejo fúnebre, primero Rafah, detrás Kate y luego Abram. El joven observó las camas, cada una con su vela en una mesilla y los pacientes arrebujados en ellas. Las esquinas de las sábanas estaban bien metidas debajo de los colchones de paja. Algunos pacientes les tendieron las manos cuando pasaban para que se las tocasen; la habitación alargada se llenó de toses ahogadas.

—No les hagáis caso — gritó la mujer para hacerse oír—. Son como niños pequeños; estoy deseando que se hagan viejos y se mueran —sus palabras eran poco reconfortantes.

Antes de entrar, los recibió el sonido de la voz de Thomas procedente de la habitación. Estaba sentado a un lado de la cama, sollozando, con las manos entrelazadas como si rezara, y el querubín descansaba a los pies con la mirada vacía. No dejó de llorar ni hizo gesto alguno para recibirlos.

—No ha funcionado, Rafah. Lo traje para curarla y no ha funcionado. Todo es mentira; no existe un poder, no existe la bondad. He llamado a Riatamus a gritos y está sordo o no le importa que se muera —se incorporó y los miró con los ojos llenos de lágrimas—. Ella es lo único que tengo y hasta eso me lo van a arrebatar.

Rafah se fijó en un pequeño salero que había en la mesilla. Junto a él pudo ver un pedazo de pan rancio y mojado y un ramillete de hierbas amargas. Thomas advirtió qué miraba.

—Es para cuando muera. Echaré la sal en el pan y me lo comeré con las hierbas. Yo asumiré sus pecados; así se irá pura de este mundo y podrá ir al reino de los muertos sin sufrir penitencias ni torturas por las malas acciones —dijo sollozando—. Ya lo he hecho cientos de veces... Comer con los muertos... Es lo mínimo que puedo hacer por mi madre. Mil pecados más no me supondrán una gran diferencia. Me pasaré toda la eternidad en las tinieblas cuando muera.

—Ni se te ocurra hacerlo. Está escrito que las almas de los fieles acuden directamente al seno de Riatamus. Lo que te han contado es una tradición inventada por el hombre. No te engañes a ti mismo con esa magia estúpida. Todo lo que has visto debería demostrártelo —exclamó Rafah.

—¿Por qué no rezas por ella, amigo? Rezas por todo el mundo, ¿por qué por ella no? —gimió Thomas.

Se produjo un incómodo silencio en la habitación, sólo roto por la ahogada respiración de la madre del muchacho. Ésta tendió la mano y le tocó la cara. Tenía los ojos cerrados y respiraba con dificultad.

—Haz algo, Rafah... Abram, por favor, ayudadla... Ayudadme. Es mi madre y os necesita. ¿Dónde está ahora vuestra fe? —suplicó Thomas.

Abram no respondió. Se retiró el estuche negro y alargado de la espalda, abrió el cierre y lo puso en pie en la pared detrás de él.

—Rezaré por ella, Thomas, pero su enfermedad puede ser mortal. Quizá no sea ésa su voluntad —lo tranquilizó afectuosamente Rafah.

—Así que no hay problema en curar a un sordo y a un asesino... Pero mi madre es diferente, ¿no? ¿No lo merece? ¿O no hay suficientes espectadores aquí para tu magia? —preguntó con amargura.

El joven no respondió. Se acercó a la cama y puso la mano en la frente de la madre de su amigo. La tenía sorprendentemente fría para ser alguien que parecía sufrir fiebres altísimas. Al tocarle la piel, una sensación extraña le recorrió el brazo, como si hubiera tocado algo malo. Retiró la mano de la piel húmeda.

La madre de Thomas respiró con dificultad y la asaltó una tos violenta cuando intentó aspirar el aire rancio. Se estaba muriendo. Agarró con fuerza la mano de su hijo y la apretó fuertemente con sus débiles dedos. Con gran esfuerzo, levantó la cabeza de la almohada y abrió los párpados, dejando al descubierto el blanco de los ojos en unas cuencas hundidas y consumidas.

—Se está muriendo. ¿No puedes ayudarla, por mí? Creía que eras mi amigo.

Rafah no contestó. Miró a Abram, que meneó la cabeza e hizo un gesto evidente de que algo andaba mal.

La madre acercó más y más a Thomas hacia ella, como si intentara darle un último beso, una última recompensa por su fidelidad. Él le tendió las manos, tratando de sujetarle la cabeza con ellas, tratando de abrazar a aquella que tanto amor le había profesado. La mujer abrió la boca como si fuera a decir una última palabra; las arrugas causadas por una vida difícil empezaron a desaparecer mientras la muerte la consumía. Esbozó entonces una definitiva y tierna sonrisa de amor.

Todo sucedió en un instante: la mujer le propinó un mordisco a Thomas en el cuello con la fiereza de un león, y le clavó los largos dientes de oro en la piel suave, intentando dar con la vena mientras lo arañaba con las uñas largas y afiladas. Los ojos, antes ciegos, despidieron de pronto un intenso resplandor verde y felino; se incorporó, agarrándole el cuello con la boca, y lo lanzó al suelo con una fuerza asombrosa.

—¡Es un glashan! —exclamó Abram, sacando una espada larga y fina del estuche y embistiendo contra la madre de Thomas. La hoja traspasó el aire dejando un rastro de vapor ardiente, e hiriendo al glashan en la espalda.

La puerta del hospital se abrió, e irrumpieron en la habitación alargada tres criaturas más que corrieron hacia ellos. Thomas se levantó del suelo, con la herida del cuello chorreando sangre.

—No es ella. El ladrón me engañó y yo le creí —exclamó Thomas, dando una patada al cuerpo desgarrado del glashan, que intentaba aferrarse a su pierna.

—Estamos atrapados —exclamó Kate, mientras Abram se apostaba en la puerta.

—Es el momento de luchar por vuestras vidas —gritó, éste, cuando los glashan llegaron junto a él—. Kate, ¿tienes el cristal de Abaris?

Ella recorrió toda la habitación con la mirada en busca de la bolsa de piel de cabra y se dio cuenta de que, con las prisas por encontrar a Thomas, se la había dejado en la casa.

—Está en casa de Mulberry... Me la he dejado allí...

—Entonces debemos pelear con lo que tenemos y dirigirnos a la iglesia —clavó la punta de la espada en el frío suelo de piedra y lo traspasó sin dificultad alguna—. Así sea, entonces: con la espada de Mayence, el acero de los varrigales, el querubín y los corazones de los fieles, que comience esta batalla —exclamó, tomando el arma y blandiéndola sobre su cabeza—. Poneos debajo de la espada, lucharemos cuerpo a cuerpo; hagáis lo que hagáis, no os separéis de mí. Sintáis lo que sintáis, no apartéis la mirada de Riatamus. Pelearemos para salir por esa puerta.

Abram profirió un grito largo y agudo en un idioma que ninguno entendió. El aullido acalló los gemidos de los agonizantes como el graznido de un ave gigante en pleno vuelo o el grito del leviatán surgiendo de las profundidades. Arremetieron contra el muro de glashan que se interponía entre ellos y la libertad. Abram hizo girar la espada y golpeó a los atacantes. Los glashan respondieron con largos palos en punta. Uno de ellos se abalanzó sobre la hoja sin preocuparle la muerte, pues ésta le traspasó la carne varias veces. Otro lanzó un golpe con un cuchillo alargado y dejó a Thomas sin respiración al acertarlo casi en la cara.

Abram abatió a los glashan uno a uno mientras los cuatro escapaban. A veces, la pelea era tan encarnizada que Kate temía que, a cada paso, la hicieran pedazos. El ruido de la espada de Mayence girando sobre su cabeza y los gritos cuando el arma cortaba carne y huesos la hicieron temblar de terror.

Abram llegó a la puerta, mientras los tres seguían refugiados bajo la protección de la espada.

—Corred a la iglesia. Id al santuario al lado del altar, allí nada puede haceros daño. Yo os seguiré —ordenó, mientras, sin previo aviso, un glashan salía de entre los cuerpos de los enfermos y moribundos y se acercaba a él.

—¿De dónde salen? —gritó Rafah, encaminándose a la puerta.

—Emplean el momento de la muerte como una puerta a este mundo. Ahora daos prisa, tenéis que llegar al altar.

Thomas se apretaba la herida del cuello y Rafah se tapaba la quemadura del hombro, que le ardía más intensamente que nunca, con un gesto visible de dolor. Kate los azuzaba para que corrieran más. A sus espaldas, el fragor de la batalla se hizo más fuerte, y los chillidos de los glashan traspasaron el aire nocturno.

Delante de ellos estaba la puerta abierta de la iglesia, y el resplandor de las velas se filtraba por las vidrieras. Corrieron junto a las lápidas de justos y pecadores, pescadores y librecambistas, hasta que llegaron a la alta puerta de roble. Rafah miró hacia arriba. Sobre su cabeza había un dibujo de un ciervo blanco herido por una flecha. El ciervo llevaba una corona y un collar de acebo en el cuello, y unas manos extendidas hacia él salían de la oscuridad.

Kate los hizo entrar a empellones en el templo. Giraron a la derecha y pasaron por dos puertas de madera para llegar al largo pasillo iluminado con velas encima de los bancos. Ante ellos había un púlpito de tres plataformas con un baldaquino de madera y una única vela roja que alumbraba el libro de rezos negro que reposaba sobre un cojín.

Thomas sintió un escalofrío. Aquélla era la cámara de su sueño; era un lugar que temía. Se dio cuenta de que no podía moverse. Era como si una fuerza invisible lo atrapase. Intentó hablar, pero la lengua se le pegó al paladar. Kate le dio un empujón y lo acercó trastabillando hasta los escalones del santuario, que estaban cubiertos por una alfombra roja.

—Casi hemos llegado, Thomas, ánimo, enseguida estaremos a salvo, no pueden atraparnos en el santuario —dijo.

—No, pero yo sí —tronó una voz desde el púlpito—. Puede que los glashan y los varrigales tengan que obedecer el mandamiento de santidad, pero yo no —era Demurral, que estaba encima de ellos.

Era exactamente tal y como lo había vislumbrado Thomas, que permanecía petrificado.

—Entragadme el querubín por las buenas y os prometo que os dejaré marchar. Si tengo que arrebatároslo, os aseguro que moriréis todos aquí —exigió Demurral, mientras bajaba lentamente del púlpito.

—Venid al santuario —exclamó Rafah—. Prefiero morir donde yo elija, antes que donde quiera él.

—Dáselo, Rafah, y dejará que nos vayamos —dijo Kate, arrastrando a Thomas hacía las escaleras.

A ambos lados de los escalones del presbiterio había dos pilares de piedra que sostenían un balcón. En los dos aparecía un nombre tallado en letras de oro: a la derecha, Boaz, a la izquierda, Jaquín.

—Díselo, Rafah. Dile que puede quedarse con la estatuilla —imploró ella, sin dejar de tirar de Thomas con todas sus fuerzas.

Rafah llegó al final de las escaleras e intentó encontrar un modo de escapar. A su derecha había una puertecilla con un cerrojo del tamaño justo para que pasara una persona. Detrás de él, el altar de madera estaba sumido en la oscuridad absoluta del presbiterio. Aquello era el santuario... Kate subió a Thomas a rastras al primer escalón. Fue como si, de pronto, le hubieran quitado unas cadenas apretadas. La santidad de aquel lugar había deshecho el poder de Demurral.

Sintieron que habían cruzado la frontera de un mundo nuevo, un mundo de paz y libertad.

Thomas volvió a la vida con valentía redoblada y extrajo de su abrigo la espada del varrigal.

—Que venga a por nosotros —exclamó—, ¡pero no volverá a atraparme!

Dicho esto, se apostó desafiante en el escalón superior esperando a que se acercase Demurral.

—Así que crees que una espada puede detenerme... —el párroco recorrió los últimos pasos que lo separaban de los escalones.

—No crucéis esa línea. Éste es un lugar sagrado, no es para personas como vos —dijo el muchacho, apuntando a Demurral con el arma.

—La valentía... Primero tienes miedo, y al instante siguiente estás dispuesto a enfrentarte al mundo. A ver cómo combates esto.

El párroco hizo un ademán con la mano por encima de la cabeza. Todas las velas de la iglesia parpadearon brevemente, como si un agujero negro se tragase la luz. En la galería, los bancos se llenaron súbitamente de varrigales, con ropas negras y mirando hacia abajo con ojos inyectados en sangre.

—¡Cerrad las puertas! —exclamó Demurral—. No saldrán vivos de aquí —hizo una seña con la mano—. Volvedlo a pensar, dadme el querubín —un varrigal apuntó a la cabeza de Thomas con una ballesta. Éste levantó la vista y vio que la criatura comenzaba a accionar la palanca—. Si doy la orden, la flecha te matará al instante. No me vendría mal alguien como tú. Beadle ya no es lo que era y tiene arranques de compasión. El puesto te iría mejor a ti. Ven conmigo, sígueme.

—Yo sólo sigo a Riatamus —sintió que esas palabras extrañas salían de su boca y le llenaban los ojos de lágrimas—. Si muero aquí, lo haré feliz. Haced lo que queráis, ya no os temo ni a vos ni a la muerte.

Demurral hizo una señal casi imperceptible al expectante varrigal. La flecha salió disparada del arco y traspasó el aire. El tiempo se detuvo. Thomas vio cómo el proyectil avanzaba hacia él. Sonrió. Sólo podía oír el silbido de la flecha.

Ésta se rompió en mil pedazos al surcar el presbiterio, y explotó a mitad de su recorrido, esparciendo sobre Demurral fragmentos de vidrio roto que cayeron tintineando en el suelo.

—¿Veis? —gritó Rafah—. Éste es un lugar de paz. Nada procedente de Pirateon puede hacernos daño aquí.

—Hablando de mí... —dijo una voz en la oscuridad, desde detrás del altar. Rafah se dio la vuelta. Allí estaba Pirateon.

—¿Cómo es posible? —preguntó el joven.

—Olvidas que yo fui un ángel. Me sentaba a los pies de Dios. Este sitio no me gusta mucho, pero puedo soportarlo un rato —Pirateon avanzó hacia él—. Así que tú eres Rafah, el sanador, el guardián del querubín. Una tarea ímproba para alguien tan joven, tan hermoso y tan ingenuo. Dámelo ya y déjate de necedades —Pirateon tendió la mano, pero el joven no cedió—. Más vale que me hagas caso, muchacho; si tengo que quitártelo, te mataré.

—Entonces mátame —dijo Rafah, tranquilamente.

En un súbito arrebato de ira, Pirateon le propinó un puñetazo. El golpe aterrizó en la cabeza del muchacho y lo lanzó por los aires, contra la puerta de madera. El querubín cayó al suelo a los pies de Pirateon, mientras Rafah yacía hecho un amasijo sin vida en el frío piso de piedra. La suya fue una muerte discreta, sin alharacas. Todos pudieron ver un resplandor dorado encima de su cuerpo mientras su alma se aferraba a los últimos segundos de vida.

—Por fin, después de cinco mil años, es mío.

Pirateon se agachó para recoger la estatuilla. Thomas avanzó siete pasos, saltó por los aires, y mientras caía, clavó la espada a Pirateon todo lo fuerte y profundamente que pudo. Los dos se desplomaron juntos. Demurral subió corriendo los escalones y apresó a Kate. Pirateon se puso en pie, con la espada del varrigal hundida en el pecho. Thomas lo agarró de las piernas. El terrible dios se agachó y, con una mano, lo levantó del suelo y lo sostuvo con el brazo extendido; acto seguido, lo lanzó hacia Demurral.

—Atrapadlo; nos será útil. La muchacha podéis dársela a los glashan.

Por las vidrieras de la iglesia, la luz de unas antorchas encendidas se proyectó en los muros de piedra. Un lento batir recorrió la noche y la puerta tembló por los golpes de cien hombres.

—¡Atrás! —gritó una voz, mientras chisporroteaba la mecha de un cañón.

La explosión abatió el portón, lanzando astillas de madera por la iglesia; la bala de hierro entró a bocajarro en el templo, rodando y chocando, estrellándose contra los bancos mientras avanzaba hacia ellos.

Los varrigales salieron de la galería blandiendo las espadas al mismo tiempo que los primeros hombres irrumpían por la entrada de la iglesia, gritando y dando espadazos a todo aquel que se cruzaba en su camino. Jacob Crane apareció en el templo, con la espada y la pistola dispuestas; sus hombres luchaban, para conquistar metro a metro el espacio sagrado, contra un enemigo que jamás habían visto.

Uno a uno, los varrigales se replegaron hasta que una pared de espadas los obligó a salir del pasillo. Jacob Crane se acercó a Demurral. Levantó la pistola y lo apuntó a la cabeza.

—¡Dejad que se vayan! —dijo, amartillando el arma.

Pirateon rió desdeñoso:

—¿Quién es este hombre? —preguntó.

—Un contrabandista —respondió el párroco.

Se oyó un súbito rumor mecánico cuando el reloj de la iglesia accionó la grave campana que anunciaba la medianoche.

—Tenéis hasta la última campanada; entonces os separaré la cabeza del tronco de un disparo —dijo Crane tranquilamente, sin dejar de apuntar.

—No es tan sencillo —sentenció Pirateon—. Podéis matarlo si queréis. Él es prescindible. Hay muchos necios llenos de avaricia; uno menos no me supondrá diferencia alguna. Dentro de un minuto el mundo cambiará más de lo que nunca soñé.

Sonó la primera campanada. Pirateon alzó el querubín por encima de su cabeza y cerró los ojos. Kate pugnó por zafarse de Demurral, que la agarraba del cuello.

Sonaron la segunda y después la tercera... Los hombres de Crane contenían a los varrigales, que permanecían callados, esperando con ansiedad el momento divino.

Cuatro, cinco, seis campanadas resonaron en la iglesia y en los tejados de las casas de abajo. Pirateon comenzó a susurrar, moviendo lentamente los labios. Crane bajó la pistola y se le quedó mirando. Kate se soltó y corrió junto a Rafah.

La iglesia empezó a temblar y el querubín emitió una luz cegadora. El cielo de la noche dio paso al día; el sol salió, se puso y volvió a salir. Las mareas subieron y bajaron en el puerto, creciendo y retirándose con las lunas. Parecía que la Tierra cada vez girase más deprisa en el espacio. Cada vez que sonaba una campanada era otro día, otro amanecer, otra noche. Siete, ocho, nueve, 10, 11 veces. Repicó la última campanada y en la iglesia se hizo el silencio. Lo único que podía oírse eran los gritos de pánico procedentes de las calles. El mundo se había quedado sin luz. El sol, la luna y las estrellas desaparecieron del firmamento y un frío gélido se extendió por la superficie de las aguas profundas.

—Se acabó —exclamó Pirateon, triunfante—. Yo soy, YO SOY —rió—. Riatamus ha muerto.

Tiró el querubín al suelo, que dio unas vueltas sobre la piedra y quedó a los pies de Rafah.

—Entonces no importará que acabe con vuestro sirviente —terció Crane, apretando el gatillo de la pistola. Pero inexplicablemente, al caer el percutor, se oyó un golpe seco, y la bala salió rodando lenta del cañón antes de caer al suelo.

—Todo ha cambiado; ahora soy yo el que dicta las Leyes Eternas. La batalla de la Calavera queda abolida; la victoria del árbol ha concluido.

Se produjo un silencio absoluto en el universo. Pirateon miró a su alrededor, sin saber qué hacer. Había aguardado ese momento durante mucho tiempo y ahora lo invadía un súbito e inesperado sentimiento de tristeza por la muerte de Riatamus.

El momento fue interrumpido por los sollozos de Kate, que abrazaba el cuerpo inerte de su amigo:

—No, no ha terminado todo. Oídme —dijo la chica una y otra vez, estrechándolo fuertemente contra ella.

—El llanto de una niña. Qué conmovedor resulta que lo primero que oigo en mi mundo nuevo sea el llanto de una niña —dijo Pirateon, mientras los sollozos retumbaban en la iglesia.

Las lágrimas de Kate cayeron sobre el querubín. Ésta lo alzó y lo depositó en las manos de Rafah.

—Lo guardaste toda la vida, guárdalo ahora en la muerte —añadió.

Sin previo aviso, la puertecilla por la que se salía del presbiterio y se entraba al jardín fue limpiamente partida en dos, y apareció la espada de Mayence. Abram empujó los trozos de la puerta y entró en el santuario.

—¡Rafael! —dijo un sorprendido Pirateon—. Estáis...

—Sigo vivo. Los glashan me han entretenido más de lo que esperaba. Vuestros planes han ido demasiado lejos esta vez, Seirizim. Riatamus estará enfadado.

—Riatamus ha muerto, ha desaparecido; el brillante lucero matutino ha esparcido sus últimos rayos en este mundo... Así que postraos ante mí —exigió Pirateon.

—Os engañáis a vos mismo. Éste no era el momento ni el lugar para la destrucción final. Habéis confundido el tiempo. Venid al acantilado y contemplad lo que sucede en vuestro mundo —dijo Abram, a la vez que observaba el cuerpo de Rafah. Entonces se dirigió al joven como si estuviera vivo—: Tengo un regalo. Para ti, del Señor. Él sabía lo que iba a pasar —se agachó y respiró sobre él—. Recibe aquello que flota sobre las aguas —añadió, colocando el pulgar en el centro de su frente.

Kate lloró aún más cuando vio que la vida y el calor volvían a fluir en el cuerpo frío. Rafah abrió los ojos:

—Me devolvéis a la vida cuando estaba delante del rey. Creí que mi tarea estaba cumplida —dijo.

—El rey ha muerto. ¿Es que nadie me escucha? Ha muerto. Se ha ido para siempre —exclamó repetidamente Pirateon.

En ese momento, Abram levantó la espada de Mayence y apuntó a su cuello.

—Id al acantilado y contemplad vuestro mundo —dijo.

Uno a uno salieron de la iglesia. Rafah estrechaba fuertemente el querubín mientras caminaba entre las lápidas, ayudado por Kate. Thomas iba detrás con Demurral, Crane y Pirateon. La oscuridad era tan penetrante que parecía un agua negra que se cernía sobre ellos.

Avanzaron a duras penas de lápida en lápida hasta que oyeron que Abram les decía que se acercasen. Demurral gateaba como un perro viejo dirigido por la voz de su amo.

No brillaba ni una estrella. La nube brillante se había esfumado y la luna había desaparecido. Más abajo, en la penumbra, oyeron los gritos asustados de la gente. La oscuridad lo dominaba todo.

Abram se hallaba al borde del acantilado, radiante; de él manaba la única luz que podían ver. Sus ropajes brillaban como el oro y casi les cegaba.

—¿Veis? —exclamó Pirateon—. Es lo que yo decía. La luz ha desaparecido para siempre del mundo. Que nadie crea que Él sigue vivo.

—Os engañáis, y la verdad no está con vos, Seirizim. Mirad, seguid la luz de mi mano.

A lo lejos, una chispa luminosa empezó a formarse. Primero fue como un punto en la oscuridad, pero lentamente empezó a crecer y todo el horizonte se expandió con el resplandor del sol naciente.

—¿Veis, Seirizim? Simplemente habéis jugado con el tiempo. El querubín nunca llegó a ser vuestro; mientras Rafah estuvo muerto, no tenía poder alguno. Os hacían falta los dos, pero la ira os ofuscó, vuestras ansias de muerte os dominaron. Una luz brilla en las tinieblas y las tinieblas nunca la vencerán. Ved cómo se acerca; la luminosa estrella matutina ilumina la Tierra y vuestros días están contados.

Abram alzó la espada para abatirla sobre Pirateon, pero éste había desaparecido, al igual que los varrigales y Demurral. Mientras todos contemplaban la salida del sol, habían conseguido escabullirse al amparo de la oscuridad.

—No tenéis que decir nada más, todo es nuevo —afirmó el arcángel—. Sacad a estas personas del país. Deprisa, ya que Pirateon volverá a intentarlo y el querubín debe ser devuelto a su lugar. Marchaos ya.

Dicho esto, Abram se transformó ante sus ojos. Sus ropajes brillaron con el resplandor del cielo y su cabello se convirtió en oro bruñido. Un rayo de sol le tocó la frente y, en ese instante, desapareció.

El *Magenta* salió del puerto y se deslizó hacia alta mar. Soplaba una brisa refrescante y flotaba un cielo sin nubes. En la cubierta del barco los tres observaban los acantilados, la abadía en ruinas y la iglesia, a lo lejos. Crane se situó detrás de ellos y sonrió. No sabía qué les esperaba, pero en su interior era otro hombre.

A lo lejos, el mar comenzó a burbujear y una cortina de niebla espesa se formó en el horizonte. Por debajo de los graznidos de las gaviotas, se oyó el leve cántico de las selot...

Esta primera reimpresión se terminó de imprimir en
el mes de enero de 2004 en Artes Gráficas Color Efe,
Paso 192, Avellaneda,
Provincia de Buenos Aires,
República Argentina.